ナ先生の
日本語ミニ講座 II

吉田妙子 著
許玉穎 譯

第Ⅱ部　序言

　　筆者は 2014 年に政治大学を定年退職した後、2015 年 9 月より東海大学にて兼任教授として「日本語学総論」の授業を担当させていただきました。また、2014 年 2 月 14 日から 2019 年 6 月 2 日まで、台湾長老教会国際日語教会で、Ａ 4 一枚に収まる程度の内容を「妙子先生のミニ講座」と題して、毎週 1 回の礼拝の際に発表する機会を与えていただきました。その際、教会関係の多くの方々に翻訳をいただき、それを優秀な翻訳パートナーである許玉穎さんとの知己を得て監訳をお願いし、このたび瑞蘭国際から上梓する運びになり、皆様の義協力、誠に感謝に耐えません。本書は、主に東海大学の授業を内容として、日語教会の講義を基にまとめたものです。

　　また、筆者は東呉大学日文研究所、輔仁大学翻訳研究所において、元清華大学外語系主任・湯廷池教授の謦咳に触れる機会に恵まれ、多大なる学恩を受けました。本書の内容は、湯先生の授業で得た知識が多く盛り込まれています。この場を借りて、湯廷池先生に感謝と尊敬を込めて御礼申し上げます。

　　本書は、主に日本語学習者、日本語教師志望者を念頭において執筆いたしましたが、中国語訳を付けたので、日本語に興味のある人にも読み物として読めるかと思います。

　　本書の構成は、言語規則の分野を扱ったものは「1. オノマトペ」「6. 間投詞」「7. ハとガ」「8. モダリティ」「9. 助詞」、社会言語の分野を扱ったものは「2. 敬語」「3. 呼称」「4. 男言葉・女言葉」「5. 一人称と二人称」「10. 挨拶」「12. 和製英語」、そして、台湾人の犯しやすい誤用をまとめたものとして「11. 台湾日本語」の 12 のテーマとなっています。言語表現の背景には文化が控えています。どのテーマも、日本語と日本文化を擦り合わせて説明することを忘れないよう心がけました。これらを、テーマが一つの分野に偏らないよう、全 3 冊に振り分けました。勉強する気で姿勢を正して読むテーマと、気楽に日本文化を発見するつもりで読むテーマを均等に配分しました。

　　第Ⅱ部は「7. ハとガ」「8. モダリティ」「9. 助詞」「10. 挨拶」、の 4 つのテーマについてお話しします。

2020 年 4 月

第 II 冊　序言

　　筆者 2014 年於政治大學屆齡退休後，自 2015 年 9 月起，於東海大學以兼任教授的身分，負責教授「日本語學總論」。並於 2014 年 2 月 14 日至 2019 年 6 月 2 日，承蒙台灣長老教會國際日語教會給予機會，讓我將一張 A4 紙能容納的內容以「妙子先生のミニ講座」（妙子老師的迷你講座）為題，於每週一次的禮拜中發表。當時有很多教會相關的人士幫忙翻譯，並邀請到優秀的翻譯夥伴許玉穎這位知音監譯，此次得以由瑞蘭國際出版，對諸位情義相挺實在感激不盡。本書主要以東海大學的授課為內容，以日語教會的講義為基礎彙整而成。

　　此外，筆者有幸於東吳大學日文研究所、輔仁大學翻譯研究所聆聽前清華大學外語系主任——湯廷池教授教誨，獲賜教之恩。本書內容有許多知識來自湯老師的課堂。借此機會，表達對湯廷池老師的感謝與尊敬。

　　筆者執筆本書時，原是以日文學習者，以及有志擔任日文教師者為對象，但是由於加了中文翻譯，應當亦值得對日文感興趣的人一讀。

　　本書由涉及語言規則領域的「1. 擬聲、擬態詞」、「6. 間投詞」、「7. は與が」、「8. 情態」、「9. 助詞」；涉及社會語言領域的「2. 敬語」、「3. 稱呼」、「4. 男性用語・女性用語」、「5. 第一人稱與第二人稱」、「10. 寒暄」、「12. 和製英語」，以及統整了台灣人容易錯用的「11. 台灣日語」等 12 個主題組成。語言表達的背景有文化影響。不論任何一個主題，筆者都留心謹記說明時揉合日文與日本文化。筆者將這些主題分為三冊，不偏重單一領域。平均地分配了以學習的態度正襟危坐閱讀的主題，以及以輕鬆發覺日本文化的心態閱讀的主題。

　　第 II 冊將說明「7. は與が」、「8. 情態」、「9. 助詞」、「10. 寒暄」四個主題。

2020 年 4 月

譯者序

　　原先踏入台灣長老教會國際日語教會，就是想加強自己的日文能力。正好吉田老師請我幫忙翻譯每週禮拜的講義，我非常驚喜。因為內容非常有意思，同時也覺得是很好的學習機會，便義不容辭地幫忙了。沒想到其後集結成冊，得以出版，並在老師強力推薦下，讓我繼續幫忙統整、修正整體譯文。

　　我過去學習語言時，有位老師曾說過「學習外語的時候，與其一一找到對應的中文詞彙，不如去弄懂『怎麼用』」。所以翻譯中不時與老師討論，除了語言學相關的專有名詞外，還有如何翻譯、說明比較方便讀者了解與學習。其中部分單元例如擬聲、擬態詞、敬語，還有一些台灣人容易搞混的近義詞等等刻意不翻出「單詞」或「單句」，以避免譯文反而誤導讀者，目的在讓讀者透過閱讀吉田老師的說明來理解。非常感激老師和編輯在翻譯上非常尊重我的想法，甚至邀我寫序。

　　許多日文自己用了那麼久，卻是用得懵懵懂懂，拜讀老師的講義內容才恍然大悟。比如擬聲、擬態詞一章，才知道原來日本人對於各行發音有不同感受；難以區別的條件接續助詞之間有何差別；寒暄一章不僅明白各種寒暄詞真正的涵義，也透過寒暄的方式得以一窺日本人的想法、民族性。書中許多內容甚至連日本人也未必清楚，所以能如此清晰、細微地解說許多日文的近義詞、語源、文化背景，真的很令人佩服吉田老師的知識涵養與教學上的專業。這不僅是本語言教學書，更是本透過語言使用，了解日本文化與民族性的書。相信此書不論對已有日文基礎者，或是初學者都會非常有意思。

2020 年 4 月

目次

07

ハとガ
は與が

第153回

ハとガ 1

日本語

　ハとガというのは、日本語を学ぶ人が必ず突き当たる問題であるとともに、日本語学の教師にとっても最も説明に窮する問題です。のみならず、日本語学の研究者にとっても、指導教師が指導学生に対して「ハとガだけは決して研究テーマにするな」と遺言を残すほどの難題であります。私はもちろんエライ先生ではありませんからハとガで論文を書こうとかは思っていませんが、しかし自分の理解した範囲でのことは皆さんと分かちあおうと思います。

　さて、「ハとガ」と一口に言うものの、ハとガは果たして同じ資格で戦っているんでしょうか？　ハもガも「助詞」と呼ばれるものです。しかし、実はハとガは同じ助詞でも違ったグループに属する助詞で、その働き方も全く違うのです。ハは「副助詞」、ガは「格助詞」です。格助詞と副助詞では、どちらが偉いのでしょうか？格助詞の方です。格助詞は文法の骨格を作る助詞ですから、これがないと日本語が成立しません。ガの方が、ハよりも基本なのです。では、「格助詞」とは何でしょうか。

は與が1

　　「は與が」是學日語的人必然碰到的問題，也是日文講師在說明上最感棘手的問題。不僅如此，對日語學研究者而言也是個大難題，甚至讓指導教授幾乎要立下遺言似地，對指導學生說：「絕對別把『は與が』作為研究題目」。我並非什麼偉大的老師，當然不會想以「は與が」來寫論文，但想就自身理解的範圍內，提出來與各位分享。

　　一句「は與が」說得容易，但試問「は與が」是否以同等資格參戰？「は與が」都被稱為「助詞」。卻是屬於不同群體的助詞，作用也完全不同。「は」是「副助詞」、「が」是「格助詞」。「格助詞」與「副助詞」何者為大？當然是「格助詞」為大。因「格助詞」是作為文法骨架的助詞，缺少它，日文無法成立。「が」比「は」更為基礎。那麼，「格助詞」又是何物？

日本語

　英語は文の前の方に重要な情報を置く「主要部前置言語」ですが、日本語は文の後の方に重要な情報を置く「主要部後置言語」です。日本語は、最後まで聞かないと文の意味が正しく掴めません。電車のアナウンスなどで「次は○○駅に停まり……」まで聞いて下りる用意をしていても、「停まり……ません」などと言われるかもしれないので、油断ができないのです。最も大事な情報は、文末の述語です。

「私が　今日　デパートで　弟に　誕生日のプレゼントとして　本を　2冊　買ってやった。」

　この文では、「私が」「今日」「デパートで」「弟に」「誕生日のプレゼントとして」「本を」「2冊」（これらを「項」と言います）は、皆最後の「買ってやった」を修飾します。「私が……買ってやった」「今日……買ってやった」「デパートで……買ってやった」「弟に……買ってやった」「誕生日のプレゼントとして……買ってやった」「本を……買ってやった」「2冊……買ってやった」と、すべての項は述語動詞「買ってやった」を目指して動きます。文末の述語との関係で、すべての項の格が決まります。「私が」は主語ですから主格、「本を」は動作の対象ですから対象格、「弟に」は動作の相手ですから相手格、「デパートで」は動作の場所ですから場所格、「今日」「誕生日のプレゼントとして」「2冊」は副詞と考えます。つまり、ガ、ヲ、ニ、デは、述語動詞「買ってやった」から見た「格」を示す助詞です。（他に、ヘ、ヨリ、カラ、マデも格助詞。）

は與が2

　　英文是將重要資訊置於文前的「中心語前置語言」，而日文是將重要資訊置於文後的「中心語後置語言」。日文若未聽到最後一刻，就無法正確掌握其真正意思。如在電車廣播中聽到「次は○○駅に停まり……」（下一站停……）要準備下車，卻也有可能會聽到「停まり……ません」（不停），故不可掉以輕心。最重要的資訊，是在文末的「述語」。

「私が　今日　デパートで　弟に　誕生日のプレゼントとして　本を　2冊　買ってやった。」

（我今天在百貨公司買了兩本書，作為弟弟的生日禮物。）

　　文中的「私が」、「今日」、「デパートで」、「弟に」、「誕生日のプレゼントとして」、「本を」、「2冊」（這些稱為「項」），都是在修飾最後的「買ってやった」。「私が……買ってやった」（我買的）、「今日……買ってやった」（今天買的）、「デパートで……買ってやった」（在百貨公司買的）、「弟に……買ってやった」（買給弟弟的）、「誕生日のプレゼントとして……買ってやった」（買作生日禮物的）、「本を……買ってやった」（買了書）、「2冊……買ってやった」（買了兩本）等「項」，都指向述語動詞「買ってやった」。而這些「項」是什麼格，全由與文末述語關係來決定。「私が」是動作的「主語」，故是「主格」；「本を」是動作的目標，故是「目標格」；「弟に」是動作的對象，故是「對象格」；「デパートで」是動作的場所，故是「場所格」；「今日」、「誕生日のプレゼントとして」、「2冊」可視為副詞。換言之，「が」、「を」、「に」、「で」等助詞的作用，都是標示從述語動詞「買ってやった」的角度所觀察的「格」。（其他如「へ」、「より」、「から」、「まで」等也是「格助詞」。）

日本語

　さて、自分を目指して来る項に対して、述語は格付けをしたがります。つまり、項の中でどれが一番偉いか、ランク付けをしたがります。結論はこうです。ガ>ヲ>ニ>デ>その他。ガは述語動詞の動作主をマークするから、ガが最も偉い。「寝ているよ。」と言われれば、「誰が？」と必ず聞き返すでしょう。「寝る」という動詞には「誰が」という動作主項がなければ文が成立しません。ヲは動作の対象をマークするから、ヲが2番目に偉い。「僕、食べちゃった。」と言われれば、「何を？」を必ず聞き返すでしょう。「食べる」という動詞には「誰が」という動作主項とともに「何を」という対象項がなければ文が成立しません。ニは動作の相手、または移動の目的地を表すから、3番目に偉い。「行ってきたよ。」と言われれば、「どこに？」と必ず聞き返すでしょう。「行く」「来る」「移る」などの移動動詞には、「誰が」という動作主項とともに「どこに」という着点項がなければ文が成立しません。しかし、これは移動動詞に限られるから、ニはヲよりも使用範囲が小さいので、ヲより偉くないのです。場所を表すデ格は、場合によっては必要がない情報なので番外です。格助詞でガは最も格が上、次がヲ、3番目がニです。ヘ、デ、カラ、マデ、ヨリなどは下役です。

は與が 3

中文

　　針對以自己為目標而來的「項」，述語會加以評等。換言之，述語會替「項」排序，決定當中何者為大。而其結論就是：が＞を＞に＞で＞其他。「が」標示述語動詞的動作主，故最偉大。僅說「寝ているよ。」（在睡喔！），必定會有人反問「誰が？」（誰在睡？）吧。動詞「寝る」，若缺少「誰が」這個動作主項，就無法成句。「を」標示動作的對象，故屬第二偉大。僅說「僕、食べちゃった。」（我吃了。），必定會有人反問「何を？」（吃什麼？）吧。動詞「食べる」除了動作主項的「誰が」（某人）以外，還必須有「何を」（什麼）的「目標項」方可成句。「に」標示動作的對象及移動的目的地，故屬第三偉大。僅說「行ってきたよ。」（我去了喔！），必定會有人反問「どこに？」（去了何處？）吧。移動動詞「行く」、「来る」、「移る」等，除了動作主項「誰が」（誰）以外，還必須有「どこに」（何處）此一「到達項」方可成句。只是這樣的「に」僅限於移動動詞使用，故其使用範圍較「を」小，不會比「を」偉大。表示場所的「で」格助詞，有些狀況下是屬非必要性的資訊，所以不在前三之內。總之，「格助詞」中等級最高者是「が」，其次是「を」，第三是「に」，而「へ」、「で」、「から」、「まで」、「より」等，則屬更下一級。

日本語

　さて、この1、2、3番目のガ、ヲ、ニは偉いだけあって、時々仕事をサボります。口語ではガ、ヲ、ニの抜けた文がよく話されます。「私（が）、それ（を）、持ってる。」「今日は学校（に）、行かない。」など、主格のガ、対象格のヲ、目的地を表わすニはよく省略されるし、省略されても意味が不明になることはありません。ガ、ヲ、（目的地を表わす）ニは、ただ文法的な格を表示するためだけに存在するわけで、実際には使われないことも可能なのです。（事実、古文ではガやヲは使われていませんでした。）それで、ガ、ヲ、（目的地の）ニを「文法格」と言います。

　これに対して、マデ、カラなどは省略することはできません。「きのう、台北、高雄、行った。」では、「台北から高雄まで」か「台北と高雄に」かわからなくなって、コミュニケーション不能となります。これらの格助詞は「意味格」と言います。カラ、マデ、ヨリ、デなどは英語の前置詞 from、to、than、in、at などに翻訳できるし、中国語でも「從」「到」「比」「在」などと訳せますが、ガ、ヲ、は英語でも中国語でも訳語がありません。（ニだけは英語で to と訳せるし、ニには目的地を表わす以外の用法もありますから、ニは「準文法格」と考えることができるでしょう。）

は與が 4

　　僅因「が」、「を」、「に」屬第一、二、三偉大，故有時它們也會怠忽職守。在口語中常省略「が」、「を」、「に」。如「私（が）、それ（を）、持ってる。」（我有那個。）、「今日は学校（に）、行かない。」（我今天不去學校。）等，常會省略主格的「が」、目標格的「を」、表示目的地的「に」，且其省略後意思亦無有不明之處。「が」、「を」及表示目的地的「に」，因它們僅為表示文法上的「格」，故實際上可不使用。（事實上，古文中並未使用「が」、「を」。）然後，「が」、「を」及表示目的地的「に」被稱之為「文法格」。

　　相對地，「まで」、「から」等則無法省略，如「きのう　台北、高雄、行った。」（昨天台北高雄去了。）這句話就無法得知到底是「台北から高雄まで」（從台北到高雄），還是「台北と高雄に」（去了台北及高雄）而無法溝通。這些格助詞稱之為「意義格」。「から」、「まで」、「より」、「で」在英文中可譯成「from」、「to」、「than」、「in」、「at」等，在中文中可譯成「從」、「到」、「比」、「在」等，但「が」、「を」無論是英文或中文均無可翻譯的詞。（只有「に」在英文中可譯成「to」，但「に」除表示目的地之外，尚有其他用法，故可把「に」視為是「準文法格」吧。）

日本語

　皆さんは日本語を勉強していて、「日本語にはどうして助詞などという厄介なものがあるんだろう。」と思ったことがあるでしょう。中国語にも英語にも助詞はありませんね。しかし、中国語や英語には、日本語にはない厳しい規則があるのです。それは、「語順」です。

　「我愛你」は、日本語では「私はあなたを愛する」ですね。これを「私にあなたが愛する」などと助詞を間違えて言ったら、告白した相手に必ず振られるでしょう。中国語では「我愛你」の語順を変えて「你愛我」と言ったら全く意味が逆になって、告白した相手に壁ドンされること請け合いですね。しかし、日本語では語順をメチャクチャにして「私は　あなたを　愛する」と言っても「あなたを　私は　愛する」と言っても「あなたを　愛する　私は」と言っても、全く意味は変わらず、告白をすんなり受け入れてもらえます。語順が変わっても、助詞によってきちんと格が保証されるから、誤解が起こらないのです。

　中国語は、最初に位置する語が主語、動詞の後に来る語が対象格（受詞）と、語順によって格が決められています。日本語は助詞によって格が決められます。だから、中国語には助詞がなくてもよいのですが、日本語には助詞がないと困るのです。

は與が 5

中文

　　各位在學習日文時，也許曾想過「日文為何有助詞這等麻煩的東西」吧。因為中文與英文均無助詞呢。但是，中文與英文卻有日文未有的嚴謹規則。那，就是「語順」。

　　「我愛你」在日文為「私はあなたを愛する」。但這句日文若助詞有誤，把它說成「私にあなたが愛する」（你愛我）的話，勢必會被告白的對象甩掉吧！中文的「我愛你」，若改變「語順」說成「你愛我」，意思就完全相反，保證會被告白者使用「吉田老師式壁咚」（抓去撞牆）吧。但是，日文中即便把「語順」胡亂更動，如「私は　あなたを　愛する」或是「あなたを　私は　愛する」或是「あなたを　愛する　私は」意思完全沒變，相信告白亦會被欣然接受。這是因為即使改變「語順」，仍能由助詞妥善確保「格」，因此不會產生誤會。

　　中文則是依語順決定「格」：放最前頭的為主語，動詞後的為「目標格」（受詞）。日文是藉由「助詞」來決定「格」。故即使中文沒有「助詞」亦無妨，但在日文若沒有「助詞」則會造成困擾。

日本語

　さて、ガが格助詞であるのに対し、ハは副助詞と言われるグループに属しています。これから、副助詞についてお話しします。

　副助詞とは、「副」の語が示すように、補佐的な役割をする助詞です。大統領に対して副大統領とは、大統領を補佐する役目です。いわば、いてもいなくてもいいのですが、いた方がより豊かな政務ができるような役職ですね。副助詞は、格助詞に添えて格助詞を補佐する助詞で、あってもなくても文を作るのに支障がありませんが、あった方がより豊かに意味を表すことができます。副助詞には、モ、サエ、マデ、シカ、ダケ、バカリ、コソ、などがあります。この副助詞にはどんな特徴があるでしょうか。それは、次回にお話ししましょう。

は與が 6

　　相對於「が」是「格助詞」,而「は」則是屬於稱為「副助詞」的族群。接下來,將探討「副助詞」。

　　所謂的「副助詞」,就如「副」字所示,它是一種具輔佐性的助詞。就如對於總統而言,副總統的功能在於輔佐總統。也就是說,雖然可有可無,卻是一個有他的話,可推動更為豐富政務的職務吧。「副助詞」是依附「格助詞」而具輔佐性功能的助詞,在作文時,有無「副助詞」並沒有影響,但有它能表達更豐富的意思。「副助詞」有「は」、「も」、「さえ」、「まで」、「しか」、「だけ」、「ばかり」、「こそ」等。這個「副助詞」有何特徵?留待下回揭曉。

第7部 ハとガ

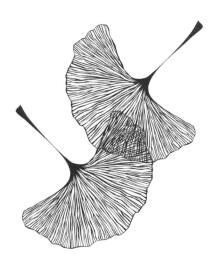

日本語

　「私が　今日　学校で　友だちに　本を　貸した」この文の各項の助詞に、副助詞モを添えてみましょう。

　「私も　今日　学校で　友だちに　本を　貸した」と言えば、「<u>私だけでなく私以外の誰か</u>が今日学校で友だちに本を貸した」という意味になります。

　「私が　<u>今日も</u>　学校で　友だちに　本を　貸した」と言えば、「私が、<u>今日だけでなく他の日に</u>学校で友だちに本を貸した」という意味になります。

　「私が　今日　<u>学校でも</u>　友だちに　本を　貸した」と言えば、「私が今日、<u>学校だけでなく他の場所で</u>友だちに本を貸した」という意味になります。

　「私が　今日　学校で　<u>友だちにも</u>　本を　貸した」と言えば、「私が今日学校で、<u>友だちだけでなく他の人に</u>本を貸した」という意味になります。

　「私が　今日　学校で　友だちに　<u>本も</u>　貸した」と言えば、「私が今日学校で友だちに<u>本だけでなく他の物を</u>貸した」という意味になります。

　このように、副助詞モが添えられると、「それ以外の物」つまり「他者」の存在が想起されます。ですから、副助詞は意味の膨らみをもたらすのです。

は與が 7

「私が　今日　学校で　友達に　本を　貸した」（我今天在學校借書給朋友）我們試著在此文的各「項」助詞，加上副助詞「も」來探討吧。

若是「私も　今日　学校で　友達に　本を　貸した」的話，即「不僅是我，也有其他人，在今天於學校把書借給朋友」。

若是「私が　今日も　学校で　友達に　本を　貸した」的話，即「不僅是今天，其他日子我也在學校借書給朋友」。

若是「私が　今日　学校でも　友達に　本を　貸した」的話，即「不僅是在學校，在其他地方，我也借了書給朋友」。

若是「私が　今日　学校で　友達にも　本を　貸した」的話，即「我今天在學校，不僅借書給朋友，也借書給其他人了」。

若是「私が　今日　学校で　友達に　本も　貸した」的話，即「我今天在學校，不僅借書給朋友，也借給朋友其他東西」。

如此這般，一加上「副助詞」，就會令人想起「除此之外的東西」，亦即「他者」的存在。故說「副助詞」能讓意思更豐富。

第7部

ハとガ

021

日本語

　格助詞と副助詞の違いがおわかりただけたでしょうか。では、ここでちょっと笑い話を。

　皆さん、「シャボン玉」（肥皂泡）という童謡をご存知でしょうか。

1. シャボン玉飛んだ　屋根まで飛んだ　屋根まで飛んで　壊れて消えた

2. シャボン玉消えた　飛ばずに消えた　生まれてすぐに　壊れて消えた

　　風、風、吹くな　　シャボン玉飛ばそう

　この歌の作詞者、野口雨情の娘は、生まれてからわずか2歳で病死してしまいました。この「シャボン玉」は、その娘への鎮魂歌だと言われています。

　しかし、こんな悲しい歌なのに、この歌の1番の歌詞を聞いたある日本の子供は不思議そうな顔をして、「どうして屋根まで飛んじゃうの？」と母親に聞いたそうです。それを聞いて、母親は大笑いしました。さて、子供はどうしてこんな質問をしたのでしょうか。母親はどうして大笑いしたのでしょうか。答はまた次回。

は與が 8

　　這樣各位是否了解「格助詞」與「副助詞」的不同了呢？那麼現在再來看一則笑話。

　　各位是否知道「シャボン玉」（肥皂泡）這個童謠？

1. シャボン玉飛んだ　屋根まで飛んだ　屋根まで飛んで　壊れて消えた
　　（肥皂泡飛上去，飛到屋頂。飛到屋頂就壞掉消失了）

2. シャボン玉消えた　飛ばずに消えた　生まれてすぐに　壊れて消えた
　　（肥皂泡消失了，沒飛就消失了。誕生後馬上就壞掉消失了）

　　風、風、吹くな　シャボン玉飛ばそう

　　（風呀，風呀，別吹啊！　讓肥皂泡飛吧）

　　這首歌的作詞者野口雨情，其女兒出生後兩歲即病死。這首「シャボン玉」據說是給他女兒的安魂歌。

　　這首歌如此悲傷，但有位日本的小朋友在聽到第一段歌詞後，露出不解的表情問他母親「どうして屋根まで飛んじゃうの？」（為什麼屋頂也會飛走呢？）而讓母親放聲大笑。為什麼小朋友會如此問？為什麼母親會大笑？答案下回揭曉。

第
7
部

ハ
と
ガ

日本語

　前回の問題の答。

　皆さんは、助詞の「マデ」が格助詞と副助詞の両方に分類されていたことにお気づきでしたか？　格助詞のマデは「駅<u>まで</u>歩いて 10 分」（到火車站走路 10 分鐘）などのように、「到」の意味になります。副助詞のマデは、「あなた<u>まで</u>私に逆らうの！」（連你也違抗我！）などのように、「連〜也」の意味になります。つまり、「○○マデ」は、○○は「最も該当しない対象、考えられる最後のもの」という意味を裏に含んでおり、「あなた<u>まで</u>私に逆らうの！」は、「私に逆らうのに最も相応しいもの」から「最も相応しくないあなた」に至るまでのすべてのもの、という「他者」を背後に感じさせます。

　「シャボン玉飛んだ　屋根<u>まで</u>飛んだ」のマデは、普通の人は格助詞のマデと考えて「肥皂泡飛上去・飛到屋頂」の意味に考えますが、この子供は副助詞のマデと考えて「肥皂泡飛上去・連屋頂也飛走了」と考えたのです。アーッハッハッハ。

は與が 9

中文

上回的答案如下。

各位是否察覺到「まで」同時可屬「格助詞」與「副助詞」兩種？「格助詞」的「まで」是「到」的意思，如「駅まで歩いて 10 分」（到火車站走路 10 分鐘）。「副助詞」的「まで」是「連～也」的意思，如「あなたまで私に逆らうの！」（連你也違抗我！）。換言之，「○○まで」隱含著○○是「最不該的對象、是最後才會想到的對象」的意思，「あなたまで私に逆らうの！」是從「最該反抗我的」到「最不該反抗我的你」，意即所有的人，令人感受到背後還隱含著「他者」的意思。

「シャボン玉飛んだ　屋根まで飛んだ」的「まで」，一般人會當成是「格助詞」的「まで」，意思是「肥皂泡飛上去，飛到屋頂」，但這孩子卻把它當作「副助詞」的「まで」，以為它的意思是「肥皂泡飛上去，連屋頂也飛走了」哈哈哈！

025

日本語

　さて、冗談はともかくとして、副助詞のハはどのような「他者」を想起させるでしょうか。

　「先生、今日はきれいですね。」と言うと先生にぶっとばされることは、皆さんご存知ですね。そうです。「先生、今日もきれいですね。」と言わなければならないのです。「今日は」と言うと、昨日や明日との対比で考えられてしまい、「きれい」なことが今日に限定されてしまうのです。

　ハの機能は「対比」です。「○○は」という時、私たちは○○を○○以外の物と対比しています。

「私が　今日は　学校で　太郎に　本を　あげた」（昨日あげた？）

「私が　今日　学校では　太郎に　本を　あげた」（学校で以外の場所であげた？）

「私が　今日　学校で　太郎には　本を　あげた」（太郎以外の人にあげた？）

「私が　今日　学校で　太郎に　本は　あげた」（本以外の物をあげた？）

「私は　今日　学校で　太郎に　本を　あげた」（私以外の人があげた？）

　それでは、先生がいつもよりきれいであることを言いたい場合はどうするか？「先生、今日は特別きれいですね。」と言えばいいでしょうね。

は與が 10

中文

　　玩笑先不提，現在來探討「副助詞」的「は」，是如何使人想起「他者」的。

　　如果你說「先生、今日は　きれいですね。」（老師，今天很漂亮耶！）相信一定會被老師痛扁，這點大家都知道吧？是的，你必須說「先生、今日も　きれいですね。」（老師，今天也很漂亮耶！）僅說「今日は」會令人想成是與昨天、明天的對比，老師的「きれい」就變成僅限今天而已。

　　「は」有「對比」的功能。說出「○○は」時，我們就會將○○與○○以外的事物比較。

「私が　今日は　学校で　太郎に　本を　あげた。」

（我「今天」在學校給了太郎書。）（昨天給了嗎？）

「私が　今日　学校では　太郎に　本を　あげた。」

（我今天「在學校」給了太郎書。）（學校以外的地方給了嗎？）

「私が　今日　学校で　太郎には　本を　あげた。」

（我今天在學校給了「太郎」書。）（太郎以外的人給了嗎？）

「私が　今日　学校で　太郎に　本は　あげた。」

（我今天在學校給了太郎「書」。）（書以外的東西給了嗎？）

「私は　今日　学校で　太郎に　本を　あげた。」

（「我」今天在學校給了太郎書。）（我以外，其他人給了嗎？）

　　那麼，想要讚美老師比平常漂亮時，該如何說呢？應說「先生、今日は特別きれいですね。」（老師，今天特別漂亮耶！）

日本語

　ハ格名詞を前方に移動すると、主題化されます。

私が　太郎に　　本を　あげた

私が　太郎には　本を　あげた

　→　**太郎には**　私が　太郎には　本を　あげた

　この場合、「太郎に」ということが主題となります。「太郎には私が本をあげた」は、以下のような文脈で発話されます。

A「今日は太郎と次郎と三郎の誕生日だね。君たちは彼らにプレゼントをあげた？」

B「僕、次郎にボールペンをあげたよ。」

C「僕、三郎にスマホのストラップをあげたよ。」

A「<u>太郎には</u>？」

D「<u>太郎には</u>僕が本をあげたよ。」

は與が 11

　　若將「は格名詞」移到前方,它就「被主題化」了。

私が　太郎に　本を　あげた

私が　太郎**には**　本を　あげた

　→　**太郎には**　私が　太郎には　本を　あげた

　　此時這個「太郎に」就變成了「主題」。「太郎には私が本をあげた。」(我給了「太郎」書。)是用以下的脈絡來發話的。

A「今日は太郎と次郎と三郎の誕生日だね。君たちは彼らにプレゼントをあげた?」

　(今天是太郎、次郎與三郎的生日耶。你們送他們禮物了嗎?)

B「僕、次郎にボールペンをあげたよ。」(我,送了次郎原子筆喔。)

C「僕、三郎にスマホのストラップをあげたよ。」

　(我,送了三郎智慧型手機的吊飾喔。)

A「<u>太郎には</u>?」(那太郎呢?)

D「<u>太郎には</u>僕が本をあげたよ。」(至於太郎,我送了他書喔。)

日本語

　「AはB」は、情報構造を示します。この場合、Aは主題、BはAについての情報です。例えば、「地震は、今後も続く模様なので、注意が必要です。」という文では、「地震」が主題（テーマ）、「今後も……」以後は地震についての情報です。

　「AがB」は、統語構造を示します。この場合、Aは主語、Bは述語（賓語）を表わします。例えば、「地震が熊本に発生しました。」という文では、「地震が」が主語で、「発生しました」が述語です。

　よく、自己紹介で「私は、吉田です。（私の）出身は日本の東京です。（私は）独身です。（私は）今、台北に住んでいます。台北には（私は）初めて来ました。」などと言うのは、「私」という人物がテーマで、以下は「私」についての情報です。「私は、吉田です。」の「私」は、テーマであるとともに文の主語をも兼ねています。この場合、「私」の主語としての働きは、テーマとしての働きに隠されています。最後の「台北には初めて来ました」という文は、「台北に」がテーマとなっていますが、主語は「私」です。次回から、「主語」と「主題（テーマ）」ということについて、もう少し詳しくお話ししましょう。

は與が 12

　　「AはB」在於表示「資訊結構」。此時A是「主題」，而B是A的「資訊」。如「地震は、今後も続く模様なので、注意が必要です。」（看樣子地震今後仍會持續，必須注意。）這句話，「地震」是「主題」，而「今後も……」是關於地震的「資訊」。

　　「AがB」在於表示「句法結構」。此時A是「主語」，而B是「述語」（賓語）。如「地震が、熊本に発生しました。」（地震發生在熊本了。）這句話，「地震」是「主語」，而「発生しました」是「述語」。

　　在自我介紹時常這麼說：「私は、吉田です。（私の）出身は日本の東京です。（私は）独身です。（私は）今、台北に住んでいます。台北には（私は）初めて来ました。」（我是吉田。我是東京出身。我單身。我現在住在台北。台北我是第一次來。）此時「私」這號人物是「主題」，而以下是關於「私」的「資訊」。「私は、吉田です。」的「私」，除了是「主題」之外，亦兼具是「主語」。此時「私」的「主語」功能被隱藏在「主題」的功能下。而最後一句的「台北には初めて来ました」中，「台北に」是「主題」，「私」是「主語」。下回開始再詳述「主語」與「主題」。

日本語

　例えば「陳さんは奥さんが病気です」と「陳さんの奥さんは病気です」は、どう違うでしょうか。

　前者は、[陳さんは　〚奥さんが　病気です〛] のように分けられます。ハでマークされている [陳さん] は主題（話題の焦点）、ハの後の〚奥さんが　病気です〛は陳さんについての情報です。また、ガでマークされている〚奥さん〛は主語、最後の〚病気です〛は述語です。

　後者は、[陳さんの奥さんは　病気です] のように分けられます。ハでマークされている [陳さんの奥さん]（即ち [陳夫人]）は主題、[病気です] は [陳夫人] についての情報です。また、この場合はハが主格の位置に来ていますから、[陳さんの奥さん] は主語の役目も兼ねており、[病気です] は述語の役目も兼ねています。つまり、[陳さんの奥さん] は主題でもあり主語でもあるし、[病気です] は情報でもあり述語でもある、というわけです。

```
           主語 ←──────┐    ┌──────→ 述語
    例「陳さんは奥さんが病気です」
    主題 ←──┘              └──→ 陳さんについての情報
```

```
       「陳さんの奥さんは病気です」
    主題・主語 ←──┘          └──→ 陳夫人についての情報・述語
```

は與が 13

中文

「陳さんは奥さんが病気です」與「陳さんの奥さんは病気です」兩者有何不同？

前者可分解成「陳さんは【奥さんが病気です】」。此時由「は」提示的「陳さん」是「主題」（話題的焦點），「は」之後的【奥さんが病気です】是關於陳さん的「資訊」。另外「が」所標示的【奥さん】是「主語」，最後的【病気です】是「述語」。

後者可分解成【陳さんの奥さんは 病気です】。此時由「は」提示的【陳さんの奥さん】是「主題」（即陳夫人），【病気です】是關於【陳夫人】的「資訊」。此外，此時「は」來到主格的位置，故【陳さんの奥さん】亦兼有「主語」的功能，【病気です】亦具有「述語」的功能。換言之，【陳さんの奥さん】是「主題」亦是「主語」，【病気です】是「資訊」亦是「述語」。

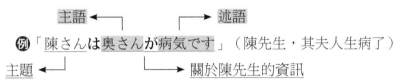

主語 ←────────┐   ┌────→ 述語

例「陳さんは奥さんが病気です」（陳先生，其夫人生病了）

主題 ←──┘   └───→ 關於陳先生的資訊

「陳さんの奥さんは病気です」（陳先生的夫人生病了）

主題・主語 ←────────┘   └────→ 關於陳夫人的資訊・述語

日本語

　では、「陳さんは奥さんが病気です」は、どのような文脈において語られるのでしょうか。「陳さん」が「主題」であり、「奥さんが病気です」が情報であるとは、具体的にどういうことでしょうか。次の会話を見てください。

A「陳さん、この頃元気がありませんね。どうしたんでしょうか。」

B「ああ、陳さんね、最近彼の奥さんが病気で入院しちゃったんですよ。」

A「ああ、それで、陳さんは元気がないんですね。」

　ここでは、話題の中心は「最近の陳さんの状況」です。陳さんの状況を理解するための情報が「奥さんが病気である」ということです。

　「陳さんの奥さんは病気です」の方はどうでしょうか。この場合は、「主題」は「陳さんの奥さん（陳夫人）」であり、「病気です」が情報です。以下の会話を見てください。

A「最近、陳さんの奥さんを見かけませんね。どうしたんでしょうか。」

B「ああ、陳さんの奥さんね、あの人、病気で今入院しているんですよ。」

A「ああ、それで最近見かけないんですね。」

　ここでは話題の中心は「陳夫人」であり、陳夫人についての情報が「病気である」ということです。この際、夫の「陳さん（陳先生）」は全く話題に登場しないのです。

は與が 14

　那麼，「陳さんは奥さんが病気です」是在怎樣的脈絡下提起的呢？「陳さん」是「主題」，「奥さんが病気です」是「資訊」，具體是怎麼樣的情況呢？請見如下對話：

A「陳さん、この頃元気がありませんね。どうしたんでしょうか。」

　（陳先生最近沒什麼精神。到底發生什麼事？）

B「ああ、陳さんね、最近彼の奥さんが病気で入院しちゃったんですよ。」

　（喔，陳先生啊，最近他夫人因病住院了。）

A「ああ、それで、陳さんは元気がないんですね。」

　（喔，所以陳先生才沒什麼精神啊。）

　此段對話的話題中心是「陳先生最近的狀況」，而「奥さんが病気である」是理解陳先生狀況所需的資訊。

　「陳さんの奥さんは病気です」又是如何呢？此時「主題」是「陳さんの奥さん」，而「病気です」是「資訊」。請看下面這段對話：

A「最近、陳さんの奥さんを見かけませんね。どうしたんでしょうか。」

　（最近，都沒有看到陳先生的夫人呢。發生什麼事了呢？）

B「ああ、陳さんの奥さんね、あの人、病気で今入院しているんですよ。」

　（喔，陳先生的夫人啊，她人現在因病住院中喔。）

A「ああ、それで最近見かけないんですね。」（喔，所以最近才都沒看到她啊。）

　此處的話題中心是「陳夫人」，「病気である」是關於陳夫人的資訊。此時完全未於話題中提及丈夫「陳先生」。

日本語

　ハとガについては、三上章が著した『象は鼻が長い』（くろしお出版）というタイトルの本が有名です。「象は鼻が長い」と「象の鼻は長い」は、どう違うのでしょうか？　もうおわかりですね。

　「象の鼻は長い」は、主題が「象の鼻」、「長い」は「象の鼻」についての情報です。今度は、2人の子供が動物園で初めて象を見た時の会話を考えてみましょう。

A「わあ、象って、鼻が長いんだなあ。」

B「鼻で材木をくるっと巻いてどこかへ運んで、人間のお手伝いをすることができるね。」

A「太い鼻だから、悪い人を叩き潰すことだってできるね。」

B「あ、象が水浴びを始めたよ。」

A「あ、鼻をポンプの代わりにして水を吸い上げて体にかけているよ。」

B「あっ、鼻の先でりんごをつかんでいるよ。」

　2人の子供は、象の鼻の機能について意見交換をしています。

は與が 15

　　關於は與が的事，三上章所著的《象は鼻が長い》（黑潮出版）一書最為有名。「象は鼻が長い」與「象の鼻は長い」有何不同？相信各位已理解。

　　「象の鼻は長い」其「主題」是「象の鼻」，而「長い」是有關於「象の鼻」的「資訊」。現在試想兩位小朋友在動物園初次看到大象的一段對話：

A「わあ、象って、鼻が長いんだなあ。」（哇，大象的鼻子，真長啊。）

B「鼻で材木をくるっと巻いてどこかへ運んで、人間のお手伝いをすることができるね。」（牠能用鼻子捲起木材搬到別的地方，幫忙人類呢。）

A「太い鼻だから、悪い人を叩き潰すことだってできるね。」
　（鼻子很粗，所以甚至能打倒敵人呢。）

B「あ、象が水浴びを始めたよ。」（哇，大象開始洗澡了喔。）

A「あ、鼻をポンプの代わりにして水を吸い上げて体にかけているよ。」
　（哇，牠用鼻子當作幫浦，正在吸水澆身體喔。）

B「あっ、鼻の先でりんごをつかんでいるよ。」（啊，牠正在用鼻尖抓蘋果喔。）

　　以上，是兩位小朋友針對象鼻的功能在交換意見。

日本語

　この意見交換の結果、次のような結論が出ました。

1. 象の鼻は、材木を運ぶことができる。
2. 象の鼻は、人を叩き潰すことができる。
3. 象の鼻は、水を汲み上げることができる。
4. 象の鼻は、りんごをつかむことができる。

　これらが、「象の鼻」についての情報です。そして、最も基本的な情報が、「象の鼻は、長い。」ということなのです。

　これに対して、「象は鼻が長い」は、主題は「象」、「鼻が長い」は象についての情報です。

　皆さんは「群盲象をなでる」（盲人摸象）という話をご存知でしょう。5人の盲人が生まれて初めて象に出会いました。盲人だから、触ることによってしか対象を認識できません。盲人1が象の耳をなでて言いました。「象は団扇のようなものだ。」盲人2が象の脚をなでて言いました。「象は柱のようなものだ。」盲人3が象の尻尾をなでて言いました。「象は紐のようなものだ。」盲人4が象の牙をなでて言いました。「象は角笛のようなものだ。」そして、盲人5は象の鼻をなでて言いました。「象はポンプのようなものだ。」ここでは、話題の中心は「象」ですね。盲人たちは、象についての情報をそれぞれ交換しています。

は與が 16

　　上述意見交換，結果得出了以下的結論：

1. 象の鼻は、材木を運ぶことができる。（象鼻可以運送木材。）

2. 象の鼻は、人を叩き潰すことができる。（象鼻可以打垮壞人。）

3. 象の鼻は、水を汲み上げることができる。（象鼻可以吸水。）

4. 象の鼻は、りんごをつかむことができる。（象鼻可以抓取蘋果。）

　　這些，都是關於「象の鼻」的「資訊」。而其最基本的資訊是，「象の鼻は長い。」（象鼻很長。）

　　相對地，「象は鼻が長い」其「主題」是「象」，而「鼻が長い」是關於大象的「資訊」。

　　相信各位都知道「盲人摸象」的故事。五位盲人出生以來第一次遇到大象。因他們都是盲人，僅能以觸摸認識大象。盲人1摸到象耳說：「象は団扇のようなものだ。」（大象就像團扇。）；盲人2摸到象腳說：「象は柱のようなものだ。」（大象就像柱子。）；盲人3摸到象尾說：「象は紐のようなものだ。」（大象就像繩子。）；盲人4摸到象牙說：「象は角笛のようなものだ。」（大象就像號角。）；盲人5摸到象鼻說：「象はポンプのようなものだ。」（大象就像幫浦。）此處，話題的中心是「象」。而盲人們，是在交換關於大象的資訊。

日本語

　さて、その盲人たちがイエス・キリストのみ手によって目が開けられたとしたら、みんな象を見てどう言うでしょうか。

盲人1「象は、耳が大きい。」　盲人2「象は、脚が太い。」　盲人3「象は、尻尾が細い。」　盲人4「象は、牙が鋭い。」　盲人5「象は、鼻が長い。」

　「象」は主題、「鼻が長い」は象についての情報です。また、「鼻」は主語、「長い」は述語です。

　これで、ハが主題をマークし、ガが主語をマークするということがおわかりになっていただけたと思います。このような文を、「二重主語文」または「ハガ文」と言います。

　英語の文法では、情報構造という概念はなく、統語構造しかありません。「私は陳です。」も「私が陳です。」も、どちらも "I am Chen." ですね。つまり、主語と述語という文法カテゴリーしかありません。ですから、英語話者にとっては主語をマークするガの方がわかりやすく、主題をマークするハの機能はわかりにくいでしょう。

　文法学者、奥津敬一郎先生の著書に『「ボクハウナギダ」の文法』（くろしお出版）という有名な本があります。日本語のハについて述べた本です。何人かでレストランに行って食事を注文する時、メニューを見ながら、

「何にする？」「私は天ぷらが食べたいな。」「俺、カツ丼。」「私、お寿司がいい。」「僕は鰻だ。」

という会話が成り立ちます。この時の「僕は鰻だ。」を、"I am an eel." と通訳して笑われた人がいます。ハを主語と考えると、こういうバカな翻訳をしてしまうという例です。ハは主語だけに付くとは限らないのです。

は與が 17

中文

　　若那些盲人因耶穌基督的聖手而雙眼得見，他們見到大象時又會如何說呢？
盲人 1「象は、耳が大きい。」（大象，耳朵大。）　盲人 2「象は、脚が太い。」（大象，腳粗。）　盲人 3「象は、尻尾が細い。」（大象，尾巴細。）　盲人 4「象は、牙が鋭い。」（大象，牙尖銳。）　盲人 5「象は、鼻が長い。」（大象，鼻子長。）

　　此時「象」是「主題」，而「鼻が長い」是關於象的「資訊」。且「鼻」是「主語」，「長い」是「述語」。

　　我想，各位應該已經理解「は」標示的是「主題」，而「が」標示的是「主語」了。而這樣的句子又稱為「雙重主語文」或「はが文」。

　　英文文法中並沒有所謂「資訊構造」的概念，只有「句法結構」。「私は陳です。」與「私が陳です。」全都是 "I am Chen." 的意思。換言之，英文只有「主語」與「述語」的文法範疇。也因為如此，對講英文的人而言，標示「主語」的「が」較易理解，標示「主題」的「は」的功能則較難理解吧。

　　文法學者奧津敬一郎老師的著作《「ボクハウナギダ」の文法》（「僕は鰻だ」的文法）（黑潮出版），是一本說明日文中的「は」的書。幾個人到餐館用餐，要點餐時一邊看著菜單一邊說：

「何にする？」「私は天ぷらが食べたいな。」「俺、カツ丼。」「私、お寿司がいい。」「僕は鰻だ。」（「要吃什麼呢？」「我想吃天婦羅。」「我，炸豬排蓋飯。」「我，壽司比較好。」「我，鰻魚。」）

　　此時的「僕は鰻だ。」曾有人翻譯成 "I am an eel."（我是一條鰻魚。）而貽笑大方。這是把「は」當作「主語」思考，才會有如此愚蠢的譯文。「は」並非僅限附於「主語」之後。

日本語

　「僕は鰻だ」という文について、もう少しお話ししましょう。

　この文が「僕＝鰻」という同一律を表すのでなく、「僕は鰻を注文する」という意味になるのは、「僕ハ鰻ダ」の「ダ」の機能にも負うところが大きいのです。

① 「先生は研究室にいます」と言うところを「先生は研究室です」と言うことは可能です。この「ダ」は存在を表していると考えられます。

② 「外は雨が降っています」「あっ、雨が降ってきた」という述語を「外は雨です」「あっ、雨だ」と、「ダ」で置き換えることも可能です。

③ 敬語で「先生はこれからお食事をお召し上がりになります」「先生はもうお食事をお召し上がりになりました」「先生は今、お食事をお召し上がりになっています」など、文末がスル・シタ・シテイルのいかなるテンス（tense：時式）の場合でも「先生はお食事をお召し上がりです」と、「ダ」を使って表すことができます。

は與が 18

我們再多探討一下「僕は鰻だ」這句。

此句之所以並非「僕＝鰻」，而是「僕は鰻を注文する」（我要點鰻魚）的意思，乃是因為「僕は鰻だ」的「だ」的功能也有極大的責任。

① 「先生は研究室にいます」（老師在研究室）可以說成「先生は研究室です」。這乃是「だ」表示了「存在」的意思。

② 「外は雨が降っています」（外面在下雨）、「あっ、雨が降ってきた」（啊，下起雨來了）中的述語可以用「だ」代替，變成「外は雨です」、「あっ、雨だ」。

③ 使用敬語，如「先生はこれからお食事をお召し上がりになります」（老師接下來要用餐）、「先生はもうお食事をお召し上がりになりました」（老師已經用過餐了）、「先生は今、お食事をお召し上がりになっています」（老師正在用餐）等，不管句尾的「する」、「した」、「している」時式（tense）如何，皆可用「だ」把它變成「先生はお食事をお召し上がりです」。

日本語

英語の 'do' は「代動詞」と呼ばれますが、以上3つの「ダ」は、私に言わせれば「代述語」です。述語の代わりをするのです。「ダ」が述語の代わりをすることを可能にする条件は、「文脈により、どんな述語の代わりをするかが明らかであること」です。①の場合は、「先生はどこにいますか」という問の答です。先生の普段いる場所は研究室か、会議室か、教室か、実験室か、とにかくどこかに「いる」ことは明らかなのですから、「いる」という述語は自明のことなので、「ダ」が使えます。②の場合は、「雨」と共起しやすい述語は「降る」ですから、これも自明ですね。③の場合は、尊敬語の「になる」は静態述語なので、「ダ」で代用してもいいのです。

「僕は鰻だ」の場合も、他の人が「天ぷらが食べたい。」「カツ丼。」「お寿司がいい。」など、料理を注文する文脈があるという前提の上での発話なので、「注文する」という述語の代わりに「ダ」が使えるわけです。

では、次の文はどうでしょうか。ある人が、「姉は男です。」と言いました。それを聞いていた周囲の人はニコニコして「そうですか。」と言いました。さて、この文はどのような文脈で発話されたと考えられるでしょうか。

は與が 19

　　英文中的 'do' 被稱之為「代動詞」，但是上述三個例子的「だ」，我稱之為「代述語」。因為它代替了述語。「だ」可以代替述語的條件是：「依照前後文可清楚明白它代替什麼述語。」上述的①是「先生はどこにいますか」（老師在哪裡）的問答。老師平常大概會在研究室、會議室、教室或實驗室，總之明確地會在（「いる」）某個地方，因此「いる」這個述語不言自明，故可用「だ」代替。②的情況則是因為容易和「雨」一起使用的述語就是「降る」，亦不言自明吧。③的例子中，尊敬語的「になる」是「靜態述語」，故可用「だ」來代替。

　　「僕は鰻だ」是在別人說「天ぷらが食べたい。」（想吃天婦羅。）、「カツ丼。」（炸豬排蓋飯。）、「お寿司がいい。」（壽司比較好。）等點餐的脈絡下所說，故可用「だ」來代替「注文する」（點）這個述語。

　　那麼，以下的情況又怎麼樣呢？曾有人說「姉は男です」這句話，周遭的人一聽就笑嘻嘻地說「そうですか。」（這樣啊。）試問此句，是基於怎樣的脈絡所言呢？

第7部

ハとガ

日本語

前回の答。産婦人科の待合室で、妊婦が話し合っています。「私は男の子です。」「私は女なんですよ。」それを聞いた妊婦の弟が言いました。「姉は男です。」

さて、話をハとガに戻しましょう。

実にハは主語だけに付くとは限らず、あらゆる項に付きます。私は日本に帰国した時、よく父に付き添って病院へ行きました。父は心臓病で、体にペースメーカーを入れていました。日本では父のような病人は厚生省から身体障害者と認定されて、タクシーは半額になります。いつものように病院へ行くためにタクシーに乗り込んだ時、車内に次のような表示があるのに気がつきました。

「身障者割引は、身障者手帳の提示により割引します」

この文などは、「身障者割引」を主語、「割引します」を述語と考えると、まったくわけがわからなくなります。「割引」をするのはタクシー会社ですから。

タクシーの中でさんざん考えたあげく、この文は次のように言い換えられると思いました。

「身障者割引：身障者手帳の提示により割引します」

「身障者割引は」のハは「：」に相当するのです！「身障者割引」がテーマで、「身障者手帳の提示により割引します」が情報なのですから。

は與が 20

　　上一回的答案如下。有幾位產婦在婦產科等候室對話。有人說「私は男の子です。」（我 [懷的] 是男孩。）「私は女なんですよ。」（我 [懷的] 是女孩喔。）有位產婦之弟聽到此段對話，就說「姉は男です。」（姊姊 [懷的] 是男的。）

　　我們再把話題轉回「は」與「が」。

　　事實上「は」並非僅限於附在「主語」，也可附在所有的「項」上。我回日本時，常陪父親去醫院。父親因心臟病，裝有心律調節器。像父親這樣的病人，會由日本厚生省認定是身障者，可享計程車半價優惠。某天我一如往常陪著父親去醫院，當一坐入計程車時，我注意到了如下的標示。

「身障者割引は、身障者手帳の提示により割引します」（身障者折扣，出示身障者手冊方得折扣）

　　這句話若把「身障者割引」視為「主語」，「割引します」視為「述語」的話，則完全不知其所云，因為「打折」的是計程車公司之故。

　　在計程車上反覆思考後，我認為該標示亦可用以下標示方法。

「身障者割引：身障者手帳の提示により割引します」（身障者折扣：出示身障者手冊方得折扣）

　　「身障者割引は」的「は」相當於「：」，而「身障者割引」是「主題」，「身障者手帳の提示により割引します」是「資訊」之故。

第173回 ハとガ 21

日本語

　前回の「：」について、もう一つ例があります。八代亜紀の「舟歌」という演歌をご存じでしょうか。

　　「舟歌」　作詞：阿久悠　作曲：浜圭介　歌：八代亜紀

1. **お酒は**ぬるめの　燗がいい　　　　**肴は**あぶった　イカでいい
　 女は無口な　人がいい　　　　　**灯りは**ぼんやり　灯しゃいい
　 しみじみ飲めば　しみじみと　　　想い出だけが　行き過ぎる
　 涙がホロリと　こぼれたら　　　　歌い出すのさ　舟歌を
　 沖の鴎に　深酒させてヨ　　　　　いとしあの娘とヨ　朝寝する　ダンチョネ

2. **店には**飾りが　ないがいい　　　　窓から港が　見えりゃいい
　 はやりの歌など　なくていい　　　時々霧笛が　鳴ればいい
　 ほろほろ飲めば　ほろほろと　　　心が　すすり泣いている
　 あの頃　あの娘を思ったら　　　　歌い出すのさ　舟歌を
　 ぽつぽつ飲めば　ぽつぽつと　　　未練が胸に舞い戻る
　 夜更けて寂しくなったなら　　　　歌い出すのさ　舟歌を

　興味のある方は YouTube で聞いてください。この歌のハの機能について次回お話ししましょう。

は與が 21

　　針對上一回的「：」，再舉另外一個例子。各位是否知道八代亞紀有一首演歌叫「舟歌」（船歌）？

　　「舟歌」　作詞：阿久悠　作曲：浜圭介　歌：八代亜紀

1. **お酒は**ぬるめの　燗がいい　　　　**肴は**あぶった　イカでいい

　　（酒微溫一下就好　下酒菜烤烏賊即可）

　　女は無口な　人がいい　　　　**灯りは**ぼんやり　灯しゃいい

　　（女人話少為好　燈光朦朧便好）

　　しみじみ飲めば　しみじみと　　　想い出だけが　行き過ぎる

　　（涔涔入喉　便僅剩回憶涔涔流過）

　　涙がホロリと　こぼれたら　　　　歌い出すのさ　舟歌を

　　（若淚水滴滴落下　便揚聲歌唱吧　唱船歌）

　　沖の鴎に　深酒させてヨ　　　　いとしあの娘とヨ　朝寝する　ダンチョネ

　　（讓海上的海鷗豪飲　與那令人憐愛的姑娘睡個早覺　斷腸之思啊）

2. **店には**飾りが　ないがいい　　　　窓から港が　見えりゃいい

　　（店面沒有裝飾較佳　能自窗戶眺望港口便好）

　　はやりの歌など　なくていい　　　時々霧笛が　鳴ればいい

　　（不必有流行歌曲　偶爾霧中傳來笛聲即可）

　　ほろほろ飲めば　ほろほろと　　　心が　すすり泣いている

　　（扑簌扑簌入喉　內心便扑簌扑簌啜泣）

　　あの頃　あの娘を思ったら　　　　歌い出すのさ　舟歌を

　　（若憶起當時那姑娘　便揚聲歌唱吧　唱船歌）

　　ぽつぽつ飲めば　ぽつぽつと　　　未練が胸に舞い戻る

　　（緩緩入喉　不捨便緩緩落回胸中）

　　夜更けて寂しくなったなら　　　　歌い出すのさ　舟歌を

　　（若夜深寂寞　便揚聲歌唱吧　唱船歌）

　　有興趣者可上 YouTube 聽聽。關於歌中「は」的功能，下一回再予探討。

第7部

ハとガ

日本語

　前回ご紹介した「舟歌」の「**お酒は**ぬるめの燗がいい」「**肴は**あぶったイカでいい」「**女は**無口な人がいい」「**灯りは**ぼんやり灯しゃいい」「**店には**飾りがないがいい」の部分には、ハがあります。また、「窓から港が見えりゃいい」「はやりの歌などなくていい」「時々霧笛が鳴ればいい」の部分にはハがありません。もし、この歌に登場する酒場の客が店に注文を出して、店員がそれを書き留めるとしたら、店員は次のように書くのではないでしょうか。

お酒：ぬるめの燗

肴：あぶったイカ

女：無口な人

灯り：ぼんやり

店：飾りがない

その他：窓から港が見える、はやりの歌不要、時々霧笛が鳴る

　やはり、ハは「：」の機能を持っていることがおわかりでしょう。

は與が 22

　　上回「舟歌」中的「**お酒は**ぬるめの燗がいい」、「**肴は**あぶったイカでいい」、「**女は**無口な人がいい」、「**灯りは**ぼんやり灯しゃいい」、「**店には**飾りがないがいい」的部分有「は」。但「窓から港が見えりゃいい」、「はやりの歌などなくていい」、「時々霧笛が鳴ればいい」的部分卻沒有「は」。若歌中的酒客向店家提出要求，相信服務生會這樣記下：

お酒：ぬるめの燗（酒：溫酒）

肴：あぶったイカ（菜：烤烏賊）

女：無口な人（小姐：不愛説話的人）

灯り：ぼんやり（燈光：朦朧的）

店：飾りがない（店：沒裝飾的）

その他：窓から港が見える、はやりの歌不要、時々霧笛が鳴る（其他：從窗戶可看到港口、不要流行歌、偶爾有霧中笛聲）

　　現在大家理解「は」具有「：」的功能了吧！

第7部

ハとガ

051

日本語

　では、「私は陳です。」のように、主題と主語が一致した場合、つまりハが主題の役割と主語の役割を兼ねる場合は、どのような意味の区別があるのでしょうか。「私は陳です。」と「私が陳です。」は、どのような意味の違いがあるのでしょうか。

　「もしもし、陳さん**は**いらっしゃいますか?」と電話で言う場合は、陳さんがいるかいないか知りたいわけですね。ハの後の情報「いらっしゃいますか」が情報の焦点となるからです。そして、「はい、私**が**陳です。」と答える場合は、「ほかでもない、今あなたと話しているこの私が陳だ」と言う意味です。それ故、「AはBだ」という場合はBが重要な情報、「AがBだ」という場合はAが重要な情報となります。つまり、ハの後、ガの前が情報の焦点になるわけです。

　ですから、ハの後、ガの前に疑問詞が置かれます。

○「あの人**は**、誰ですか?」

×「あの人**が**、誰ですか?」

○「どの人**が**、陳さんですか?」

×「どの人**は**、陳さんですか?」

は與が 23

中文

　　那麼，像「私は陳です。」這句「主題」與「主語」一致的情形，換言之，「は」兼具有提示「主題」與「主語」功能時，在意思上又有什麼樣的區別呢？「私は陳です。」與「私が陳です。」的意思又有什麼樣的不同呢？

　　在電話中說：「もしもし、陳さん**は**いらっしゃいますか？」（喂，陳先生／小姐在嗎？）是想知道陳先生／小姐在不在吧。因為「は」之後的資訊「いらっしゃいますか」是資訊的焦點之故。然後，對方答說「はい、私**が**陳です。」（是，我就是。）具有「不是其他人，現在與你說話的我就是『陳』」的意思。是故，「A は B だ」中，B 才是重要的資訊；但在「A が B だ」中，A 才是重要的資訊。換言之，「は」之後、「が」之前，就是資訊的焦點。

　　因此，「は」之後、「が」之前可放置疑問詞。

〇「あの人**は**、誰ですか？」（那個人是誰？）

×「あの人**が**、誰ですか？」

〇「どの人**が**、陳さんですか？」（誰才是陳先生／小姐？）

×「どの人**は**、陳さんですか？」

日本語

　「あの人は、誰ですか?」という問いに対して「あの人は、王さんです。」と答えた場合は、「王さん」以外の選択肢を排除します。

　また、「どの人が、王さんですか?」という問いに対して「あの白い服を着た人が、王さんです。」と答えた場合は、「白い服を着た人」以外の選択肢を排除します。

　「あの人は、誰ですか?」「あの人は、王さんです。」

$$
\text{あの人は}\left\{
\begin{array}{l}
\text{陳さん} \\
\text{張さん} \\
\text{李さん} \\
\text{劉さん} \\
\text{王さん}
\end{array}
\right\}\text{です}
$$

　「どの人が、王さんですか?」「あの白い服を着た人が、王さんです。」

$$
\text{あの}\left\{
\begin{array}{l}
\text{赤い服を着た人} \\
\text{黒い服を着た人} \\
\text{青い服を着た人} \\
\text{黄色い服を着た人} \\
\text{白い服を着た人}
\end{array}
\right\}\text{が、王さんです}
$$

　それ故、ガは「排他特立」の意味を持つことがあります。

「このケーキ、おいしいですね。誰が作ったんですか?」聞かれて、「私です。私が作ったんです!」と答える時は、「他の人ではない、私が作ったのだ」と、他の人を排除しているのです。また、「私が行く!」「ダメだ、僕が行く!」などと口論する場合は、互いに相手のことを排除しています。ガはかなり自己主張の強い「我(が)」でもありますね。

　つまり、「AはB」と言う時は、Bの情報が焦点で、B以外の選択肢を排除します。「AがB」と言う時は、Aの情報が焦点で、A以外の選択肢を排除します。ここで、「ハの後、ガの前」の情報が焦点で重要だということになります。

は與が 24

　　針對「あの人は、誰ですか？」（那個人是誰？）的提問，回答「あの人は、王さんです。」（那個人是王先生／小姐。）時，就表示「王さん」以外的其他選項已被排除。

　　另外，針對「どの人が、王さんですか？」（哪一位是王先生／小姐？）的提問，回答「あの白い服を着た人が、王さんです。」（那位穿著白色衣服的人，就是王先生／小姐。）時，就表示「白い服を着た人」（穿著白色衣服的人）以外的其他選項已被排除。

「あの人は、誰ですか？」「あの人は、王さんです。」

あの人は
$\left\{\begin{array}{l}\text{陳さん} \\ \text{張さん} \\ \text{李さん} \\ \text{劉さん} \\ \text{王さん}\end{array}\right\}$
です

「どの人が、王さんですか？」「あの白い服を着た人が、王さんです。」

あの
$\left\{\begin{array}{l}\text{赤い服を着た人（穿紅衣的人）} \\ \text{黒い服を着た人（穿黑衣的人）} \\ \text{青い服を着た人（穿藍衣的人）} \\ \text{黄色い服を着た人（穿黄衣的人）} \\ \text{白い服を着た人（穿白衣的人）}\end{array}\right\}$
が、王さんです

因此，可稱「が」具有「排他特立」的意思。

　　當有人問「このケーキ、おいしいですね。誰が作ったんですか？」（這蛋糕真好吃呢。是誰做的呢？）而回答「私です。私が作ったんです！」（我。我做的！）時，意思是「不是其他人，是我做的」，而排除了其他人。另外，在爭論的時候，如「私が行く！」（我去！）「ダメだ、僕が行く！」（不行，由我去！）就具有排除對方的意思。「が」具有強力自我主張「我（が）」的意思。

　　意即，當說「AはB」時，B是資訊的焦點，會排除B以外的選項。而說「AがB」時，A才是資訊的焦點，會排除A以外的選項。因此說「『は』之後、『が』之前」是資訊的焦點且重要。

日本語

　小説などで、初めて登場スル名詞にはガをつけ、二度目以降に出てくる名詞にはハをつけます。

「昔、かわいい犬**が**いました。その犬**は**ライフちゃんと言って、まだ2歳でした。」

　「かわいい犬」は初めて登場するから、主題になりようがありません。ですから、ガでマークします。「その犬」は2度目だから主題になり得るので、ハでマークします。これを英訳すると、こうなりますね。 "Once upon a time there was **a** pretty dog. **The** dog was named Life-chan and he was two years old." ガは英語の a に相当し、ハは the に相当すると考えられますね。

　ハとガにはそれぞれ2つずつ用法があることがおわかりでしょう。

ハ：①主題のハ　「お酒はぬるめの燗がいい」（＝「お酒：ぬるめの燗がいい」）

　　　②対比のハ　「お爺さんは山へ芝刈りに行き、お婆さんは川へ洗濯に行きました。」（お爺さんの行為とお婆さんの行為を対比している。）

ガ：①中立叙述のガ　「雨が降っている。」（単に目の前の事実を描写するだけ）

　　　②排他特立のガ　「私が行く！」「ダメだ、僕が行く！」

は與が 25

　　小說中，初次登場的名詞會使用「が」，但在第二次以後登場的則會使用「は」。

「昔、かわいい犬**が**いました。その犬**は**ライフちゃんと言って、まだ2歳でした。」

（從前，有一隻可愛的狗。那隻狗叫來福，才2歲。）

　　「かわいい犬」是初次登場，所以無法成為「主題」。故用「が」來標示。「その犬」是第二次登場能夠當作「主題」，故用「は」來標示。若譯成英文，就成

"Once upon a time there was **a** pretty dog. **The** dog was named Life-chan and he was two years old." 「が」相當於英文中的「a」，「は」相當於英文中的「the」。

　　「は」與「が」各自具有二種用法，現在瞭解了嗎？

は：①主題的「は」　　「お酒はぬるめの燗がいい」

　　　　　　　　　　　（＝「お酒：ぬるめの燗がいい」（酒要溫過才好）

　　②對比的「は」　　「お爺さんは山へ芝刈りに行き、お婆さんは川へ洗濯に行きました。」（爺爺到山上除草，婆婆就到河邊洗衣服。）

　　　　　　　　　　　（對比お爺さん的行為與お婆さん的行為）

が：①中立敘述的「が」　「雨が降っている。」（正在下雨。）

　　　　　　　　　　　（僅單純描述目前的事實）

　　②排他特立的「が」　「私が行く！」（我去！）

　　　　　　　　　　　「ダメだ、僕が行く！」（不行，由我去！）

日本語

　今回は、ハとガの支配域についてお話ししましょう。

a「お父さん**が**帰ってきたら、すぐご飯だ。」

b「お父さん**は**帰ってきたら、すぐご飯だ。」

　この２つは、どう違うでしょうか。

　a「お父さん**が**帰ってきたら、すぐご飯だ。」の方は、「[お父さんが帰ってきた]ら、（みんな）すぐご飯だ。」と解釈され、ごはんを食べるのは家族全体だと考えられます。ガの支配域は小さいので、主語の「お父さんが」はすぐ後の「帰ってきた」しか支配できません。それ故、もう一つの述語「すぐご飯だ」の主語は、話者を含めた家族全体「みんな」であると考えられるのです。

　これに対して、b「お父さん**は**帰ってきたら、すぐご飯だ。」は、「お父さんは [帰ってきたら、すぐご飯だ]。」と解釈され、ご飯を食べるのはお父さんだけということになります。ハの支配域は長いので、主語の「お父さんは」は「帰ってくる」と「ご飯だ」の両方を述語として支配するのです。

は與が 26

中文

　　這回將探討「は」與「が」所支配的領域。

a「お父さん**が**帰ってきたら、すぐご飯だ。」

b「お父さん**は**帰ってきたら、すぐご飯だ。」

　　這兩者有何不同？

　　a「お父さん**が**帰ってきたら、すぐご飯だ。」可解釋成「[お父さんが帰ってきた] ら、（みんな）すぐご飯だ。」（[爸爸回來了] 以後，[大家] 一起吃飯。）是家庭全員要吃飯。由於「が」的支配領域小，「主語」的「お父さんが」僅能支配緊接在後的「帰ってきた」，因此，另一述語「すぐご飯だ」的「主語」，可視為含說話者在內的家庭全員「みんな」。

　　相對地，b「お父さん**は**帰ってきたら、すぐご飯だ。」可解釋成「お父さん**は** [帰ってきたら、すぐご飯だ]。」（爸爸他 [一回來就吃飯]。）吃飯的僅有爸爸而已。由於「は」的支配領域長，故「主語」的「お父さんは」可以支配「帰ってくる」與「ご飯だ」這兩述語。

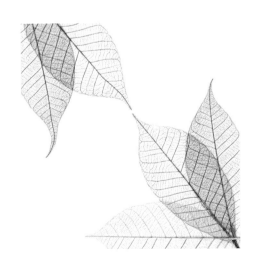

日本語

　それ故、従属節（subordinate clause）の主語はガを取り、主節（main clause）の主語はハを取ります。いきなり文法用語が出てきて面食らった方もいらっしゃると思いますが、ここでちょっと「文」について説明しましょう。

　文には、単文（simple sentence）と複文（complex sentence）があります。単文とは、例えば「<u>私は</u>一日中家に<u>いた</u>。」のように、主語と述語の組が一組（「私は」と「いた」）だけの文です。

　複文とは、例えば「<u>雨が</u>ひどく<u>降っていた</u>ので、<u>私は</u>一日中家に<u>いた</u>。」のように、主語と述語の組が二組以上（「雨が」と「降っていた」、「私は」と「いた」）ある文です。この例では、前の文「雨がひどく降っていた」を「従属節」、後の文「私は一日中家にいた」を「主節」と言い、従属節は主節の意味を補助する役割を果たします。

　主節と従属節の関係は、上記の例のように接続助詞「ので」で前後に結び付けられるだけでなく、主節が従属節を包み込む形で位置することもあります。例えば、「<u>太郎は</u>、[<u>妻が</u>誕生日に<u>プレゼントした</u>]時計をいつも<u>身につけている</u>。」などです。この場合は、従属節の「妻が」と「プレゼントした」のペアが、主節の「太郎は」と「身につけている」のペアに埋め込まれた形で、主節内の「時計」についての情報を補助する役目を果たしています。

は與が 27

　　因此，「附屬子句」（subordinate clause）的「主語」要用「が」，「主要子句」（main clause）的「主語」要用「は」。突然使用文法專門用語，相信有些人會感到不知所措，但以下先說明「句子」吧。

　　「句子」有「單句」（simple sentence）與「複句」（complex sentence）之分。所謂「單句」，如「私は一日中家にいた。」（我一整天都待在家裡了。）是指主語與述語的組合僅有一組（「私は」和「いた」）。

　　所謂「複句」，如「雨がひどく降っていたので、私は一日中家にいた。」（因為下大雨，所以我一整天都待在家裡了。）是指主語與述語的組合有二組以上（「雨が」與「降っていた」，以及「私は」與「いた」）。此例中上句的「雨がひどく降っていた」稱為「附屬子句」，後一句「私は一日中家にいた」稱為「主要子句」，「附屬子句」的功能在於輔助「主要子句」的意思。

　　「主要子句」與「附屬子句」的關係如上句，不僅用「ので」這個接續詞來連結，「主要子句」有時亦會包夾「附屬子句」。如「太郎は、[妻が誕生日にプレゼントした]時計をいつも身につけている。」（太郎無論何時，都把[太太送的生日禮物]手錶帶在身上。）這種情況，就是「附屬子句」的「妻が」與「プレゼントした」這對組合，被包含於「太郎は」與「身につけている」這對「主要子句」之中，且「附屬子句」輔助說明「主要子句」內的「時計」相關資訊。

第180回

ハとガ 28

　主節と従属節では、どちらの方が偉いのでしょうか。もちろん主節の方が上ですね。このことがハとガの使い方に大きく影響しているのです。

　前々回で、ハの支配域は長く、ガの支配域は短いということをお話ししました。従属節内の主語は、基本的に次に来る述語しか支配できません。「太郎は、[妻が誕生日にプレゼントした] 時計をいつも身につけている。」という例文では、「妻」の行為は「プレゼントした」だけで、「身につけている」ではないことは、一目瞭然でしょう。

　それ故、前回述べたように、従属節（subordinate clause）の主語はガを取り、主節（main clause）の主語はハを取るのです。次に、複文の例をいくつか挙げます。

「きのう、[地震が起きた時]、私は地下鉄に乗っていました。」

「これは、[私が書いた] 本です。」

「食事は、[お父さんが帰ってくる] まで待とう。」

「[彼が来る] なら、私は行かない。」

「[（私が）まだ若かった] 時、私は空手をやっていた。」

　さて、28 回にわたってハとガの説明をしました。ハとガのテーマは今回で終わりです。

は與が 28

　　「主要子句」與「附屬子句」何者為大？當然是「主要子句」為大。而此事對於「は」與「が」的使用方法，具有極大影響。

　　上上回曾提及「は」的支配領域長，「が」的支配領域短。「附屬子句」的主語基本上僅能支配緊接著而來的述語。如「太郎は、[妻が誕生日にプレゼントした] 時計をいつも身につけている。」就一目瞭然了吧，「妻」的行為僅在「プレゼントした」，而不是「身につけている」。

　　故在上回曾說過，「附屬子句」（subordinate clause）的「主語」用「が」，「主要子句」（main clause）的「主語」用「は」。以下再舉幾個「複句」的例子：

「きのう、[地震が起きた時]、私は地下鉄に乗っていました。」

（昨天 [發生地震時]，我正在搭地鐵。）

「これは、[私が書いた] 本です。」（這是 [我寫的] 書。）

「食事は、[お父さんが帰ってくる] まで待とう。」（飯要等到 [爸爸回來] 才吃。）

「[彼が来る] なら、私は行かない。」（[他來] 的話，我就不去。）

「[（私が）まだ若かった] 時、私は空手をやっていた。」（[我年輕] 時，我曾學過空手道。）

　　我們花了 28 回說明完「は與が」了，這個主題就到這回結束。

08

モダリティ
情態

日本語

　モダリティ（modality）、（またはムード（mood）、中国語では「情態」）とは、いったい何でしょうか。ムードというのは、一般的には「雰囲気」を表わしますね。話す時の「雰囲気」とは何でしょうか。

　同じ内容でも、話し方によって雰囲気がよくなったり悪くなったり、微妙に変わることはよくあるでしょう。例えば、

A「財布に 1000 元<u>も</u>入っている。」

B「財布に 1000 元<u>しか</u>入ってい<u>ない</u>。」

という場合、印象はどうでしょうか。どちらも財布の中には 1000 元のお金が入っており、1000 元以上でも以下でもありません。では、A と B とでは、何が違うのでしょうか。

　そうです。A と B とでは、発話者の気持が違います。もっと正確に言えば、「財布の中に 1000 元入っている」という事態に対する評価が違います。A の方は、1000 元を「大金」と見なして、財布の中に 1000 元入っていることを喜んでいますが、B の方は 1000 元を「はした金」と見なしてがっかりしています。

　このように、「発話された事態に対する話者の気持」を「モダリティ」と言います。

情態 1

　　「モダリティ」（modality）又稱「ムード」（mood），中文則稱為「情態」，這究竟是什麼呢？「ムード」，一般稱「雰囲気」（氛圍）。何謂會話時的「氛圍」呢？

　　即便表達的內容相同，也可能因說話的方式，造成氛圍好壞的微妙差別。舉例來說：

A「財布に 1000 元も入っている。」（錢包裡放了有 1000 元。）

B「財布に 1000 元しか入っていない。」（錢包裡只放了 1000 元。）

　　上述這兩句印象如何呢？這兩句皆是錢包中放了 1000 元，沒多於 1000 元，亦沒少於 1000 元。那麼，A 和 B 之間到底有什麼差異呢？

　　沒錯。A 和 B 中，說話者的情緒不同。說得更準確些，是說話者對於「錢包中放了 1000 元」的事實有不同的評價。A 的說法，表示對說話者而言 1000 元是筆「大錢」，他為著錢包中放了 1000 元而欣喜；相對的，B 的說法，表示對說話者而言 1000 元不過是「小錢」而失望。

　　正如這兩個例子，「情態」就是說話者對於其所說情況的感受。

第 8 部

モダリティ

日本語

　では、次の例はどうでしょうか。

Ａ「母は、お小遣いを 1000 元しかくれなかった。」

Ｂ「母は、お小遣いを 1000 元だけくれた。」

　ＡとＢでは、どちらのお母さんがケチだという感じがしますか？　多分、Ａのお母さんの方がケチだと感じられるでしょう。どうしてでしょう？

　「だけ」にはもともと「少量」の意味はありません。「できるだけ頑張る」は「能力の限度まで頑張る」という意味だし、「あるだけの金を全部持っていけ。」は「ここにある金を全部持っていけ。」という意味です。「だけ」は「少量」ではなく、「限度」を表わすのです。

　これに対して、「〜しか〜ない」は少量を表わします。

情態 2

接下來，請看以下的例句。

A「母は、お小遣いを 1000 元<u>しか</u>くれ<u>なかった</u>。」（媽媽只願給我 1000 元的零用錢。）

B「母は、お小遣いを 1000 元<u>だけ</u>くれた。」（媽媽就給我 1000 元的零用錢。）

A 和 B 何者的媽媽給人較小氣的感覺呢？我想是 A 的媽媽感覺比較小氣吧。為什麼呢？

「だけ」原無「數量很少」的含義。例如「<u>できるだけ頑張る</u>」，表示「盡力而為」；而「<u>あるだけの金を全部持っていけ。</u>」，表示「有多少錢都給我拿去」。因此，「だけ」並不是表示「數量很少」，而是表示「有限度的範圍」。

相對地，「～しか～ない」則表現了「數量很少」的含義。

第8部 モダリティ

069

日本語

　学生の作文の中で、よくこんな間違いを見つけます。

A：？「私はとても痩せています。体重が 42 キロだけです。」

B：？「このネクタイ、安かったよ。200 元だけだよ。」

　この場合は明らかに「42 キロ」「200 元」は少ないと評価しているわけですから、「〜しか〜ない」を使わなければなりません。

A：〇「私はとても痩せています。体重が 42 キロしかありません。」

　では、Bの場合はどうでしょう。「〜しか〜ない」の文型は、困ったことに動詞を使わなければ「〜ない」に接続できません。

B：×「このネクタイ、安かった。200 元しかないよ。」

　「200 元」にどんな動詞を接続させたらいいか、困りますね。こういう場合は、もっと便利な副詞があります。

B：〇「このネクタイ、安かった。たった 200 元だよ。」

情態 3

　　我在學生的作文裡，經常發現以下的錯誤。

A：？「私はとても痩せています。体重が 42 キロだけです。」

B：？「このネクタイ、安かったよ。200 元だけだよ。」

　　這種情況，由於說話者很明顯地想對「42 公斤」和「200 元」做出「數量很少」的評價，因此只能使用「〜しか〜ない」的句型。

A：○「私はとても痩せています。体重が 42 キロしかありません。」（我很瘦。體重只有 42 公斤而已。）

　　那麼，B 的例句要怎麼改正呢？由於「〜しか〜ない」的句型有個麻煩的地方，就是「〜ない」的前面必須是動詞，所以：

B：×「このネクタイ、安かった。200 元しかないよ。」

　　要用哪個動詞來連接「200 元」好呢？真傷腦筋呢。在這種狀況下，倒是有更方便的副詞可以用。

B：○「このネクタイ、安かった。たった 200 元だよ。」（這條領帶很便宜。只要200 元哦。）

日本語

　他の例も見てみましょう。

A　「吉田先生って、美人ですね。」「ええ、そうですね。」

B　「吉田先生って、美人ですね。」「ええ、<u>まあ</u>、そうですね。」

　この2つの会話のうち、AとBのどちらの方がより強く相手の意見に賛成していると感じられるでしょうか？　もちろん、Aの方ですね。「まあ」という間投詞は、間投詞の中でも最も語彙性の高いもので、単に話者の感情を表出するだけでなく、目の前にある事態や相手の言ったことに対する評価をも暗示するのです。「まあ」は、相手の主張の勢いを止め、事態を暈す機能があります。怒っている人に対して、「<u>まあまあ</u>、そう怒らないで。」と相手を宥めたり、ケンカしている二人の間に割って入って、「<u>まあまあ</u>、二人とも落ち着いて。」と静止したりするのを聞いたことがあるでしょう。

　「ええ、<u>まあ</u>、そうですね。」というのも、相手の主張を去勢して暈してしまう機能を利用したものです。AとBとでは、言っている内容は同じでも、「まあ」という小さい語を一つ挿入することで、聞き手の印象が全く変わってしまいますね。

情態 4

接下來看看其他例句。

A「吉田先生って、美人ですね。」（吉田老師，真是位美女耶。）

　「ええ、そうですね。」（是啊，確實是。）

B「吉田先生って、美人ですね。」（吉田老師，真是位美女耶。）

　「ええ、まあ、そうですね。」（是，嗯，是啊。）

請問，上述 A 和 B 兩組對話中，哪一組比較能感受到說話者強力贊成對方意見呢？當然是 A 吧。「まあ」這個間投詞，可說是所有間投詞裡最具詞彙特徵的，因為它不止可以表達說話者的感受，也暗示了說話者對眼前的狀況或對方所說內容的評價。在句子裡使用「まあ」，可以打斷對方的強勢主張，也可以緩解原本的狀況。我想大家可能應該看過以下場景吧：為安撫盛怒的人而說「まあまあ、そう怒らないで。」（まあまあ，別這麼生氣嘛。）還有，當兩人吵起來的時候，介入平息紛爭說「まあまあ、二人とも落ち着いて。」（まあまあ，你們兩個都冷靜點。）

「ええ、まあ、そうですね。」這句話，就是運用了「まあ」削弱、緩和對方主張的效果。即便 A 和 B 的對話內容相同，插入「まあ」這樣短小的語詞，就會令聽話者接收到的印象完全改觀。

第8部　モダリティ

日本語

A「病気の時、友だちが来てくれた。」

B「病気の時、友だちに来られた。」

　AとBのうち、どちらがいい友達で、どちらが悪い友だちだと感じますか？

　Aの場合、授受動詞「～てくれる」は、相手の行為をありがたい、うれしいと思った時に使う言葉です。例えば、お母さんが毎日おいしいご飯を作ることは、家族にとってとてもありがたくうれしいことですね。この場合、「お母さんは毎日おいしいご飯を作ってくれる。」と言います。相手が神様なら、敬語「くださる」を使って「神様は日々の糧を与えてくださる。」と言いますね。

　これは、相手が人間や神様でなくとも、天候などについても使うことができます。例えば、雨が降らなくて水不足が長く続いた後で雨が降ったとしたら、とてもありがたいと思いますね。その時は、「やっと雨が降ってくれた。」と言います。Aの場合は、私が病気の時に来て、おかゆを作ってくれたり薬を買ってきてくれたりしたいい友達、ということになります。

　これに対して、受け身形の「られる」には「迷惑の受け身」という用法があります。作り方は簡単で、被害者は「ガ」（または「ハ」）、加害者は「ニ」でマークし、動詞を受身形にすればいいのです。例えば雨が降って困った場合、「雨」が加害者、「私」が被害者ですから、「私は雨に降られた。」とすればいいのです。Bの場合、「友だち」がニ格でマークされていますから加害者です。被害者は、文中に隠れている「私」です。この場合は、私が病気の時に来て、枕元でマージャンをやったり私にお金をせびっていったりした迷惑な友達、ということになります。

情態 5

A「病気の時、友だちが<u>来てくれた</u>。」（我生病的時候，朋友特地來了。）

B「病気の時、友だちに<u>来られた</u>。」（我生病的時候，朋友竟然還來了。）

A 和 B 何者感覺是好友，何者是損友呢？

A 的說法使用了授受動詞「～てくれる」，用於感激或對於對方的行為感到高興時。舉例來說，媽媽每天都為家人做出美味可口的飯食，家人會又感激又高興吧。此時會說：「お母さんは毎日おいしいご飯を作っ<u>てくれる</u>。」（媽媽每天都為了我們製作美味可口的飯食。）而若對象是上帝，就要使用敬語「くださる」說：「神様は日々の糧を与え<u>てくださる</u>。」（上帝賜給我們日用的飲食。）

這種用法不只對人類或上帝，對天候等亦可使用。例如許久沒下雨，缺水已經持續很長一段時間之後，若是天降下甘霖，該是多麼令人感激的事啊！這時就可以說：「やっと雨が降っ<u>てくれた</u>。」（終於天降甘霖了。）在例句 A 當中，表達的是在生病時，有好朋友過來探望、煮粥、買藥給我吃的情況。

相對地，被動型「られる」的用法中，有一種是表達「蒙受困擾」。其運用方式很簡單，就是把被害人放在「が」（或「は」）前標示，加害人則放在「に」之前標示，再將動詞改成被動型就行了。例如想表達因為下雨而困擾時，「雨」就是加害人，「我」則是被害人，用「私は<u>雨に降られた</u>。」（我被雨淋成落湯雞了。）就行了。在例句 B 當中，由於「友だち」在「に」的前面，表示該朋友是加害人。被害人則是隱而未加言明的「私」。此時表達的就是，有擾人的朋友竟然在我生病的時候來，在我枕邊打麻將、跟我要錢的情況。

第8部 モダリティ

075

日本語

　前に述べたように、文にはモダリティの入った文と入っていない文があります。「病気の時、友だちが来た。」はモダリティの入っていない文ですが、「病気の時、友だちが来てくれた。」「病気の時、友だちに来られた。」は話者の評価意識が込められたモダリティ文です。モダリティの入っていない中立的な文を「命題」、命題に対する話者の気持や姿勢を「モダリティ」と言います。そして、文とはモダリティが命題を囲む構造になっています。

　文の構造　　文：　命題 モダリティ

　つまり、どんな文も話者の意図なしには話されることはないのです。現実の会話は、私たちが生きるのに必要な情報交換です。情報伝達者は、「何を伝えたいか」という伝達内容と、「どう伝えたいか」という伝達意図を持っています。例えば、「雨が降ってきました。」というのはニュースのアナウンサーが報道する単なる情報、つまり「伝達内容」ですが、日常で家庭の主婦同士が「雨が降って来ましたよ。」と言うとなると、「洗濯物を早く取り込みましょう。」とか「買い物に行くなら、傘を持って行った方がいい。」という行動提起、つまり「伝達意図」が含まれますね。（終助詞の「よ」もモダリティです。）この伝達意図が、モダリティによって示されます。このモダリティの使い方を間違えると、相手を怒らせたり交渉がうまくいかないこともあり得るのです。

　では、モダリティにはどのような種類があるのでしょうか。それは、また次回お話ししましょう。

情態 6

就如前述，句子可以分為帶有情態表現，和沒有情態表現的狀況。「病気の時、友だちが来た。」（我生病的時候，有朋友來探望。）這是沒有情態表現的句子。而「病気の時、友だちが来てくれた。」（我生病的時候，朋友特地來了。）和「病気の時、友だちに来られた。」（我生病的時候，朋友竟然還來了。）則是隱含說話者評價意識的情態表現句。中立陳述的句子稱為「命題」，而說話者對於「命題」的心情與態度就稱「情態」。而句子會呈現情態包圍著命題的構造。

句子的構造　　句子：│ 命題 │ 情態

也就是說，任何句子皆為說話者有意圖才說的。現實中的對話是為了交換生活所需的資訊。資訊傳達者帶有「要傳達什麼？」（傳達內容）和「要如何傳達？」（傳達意圖）。例如「雨が降ってきました。」（下雨了。）就是新聞主播所播報的單純資訊，亦即「傳達的內容」本身，但是日常生活中家庭主婦間說「雨が降って来ましたよ。」（下雨了喔。）所傳達的訊息則包含了「洗濯物を早く取り込みましょう。」（趕快收衣服吧。）或「買い物に行くなら、傘を持って行った方がいい。」（若是要外出買東西，帶把傘比較好。）等提醒對方行動的意涵，也就是包含「傳達的意圖」。（這裡的終助詞「よ」也是一種情態表現。）這樣的「傳達意圖」，就透過「情態」來呈現。要是錯用情態，可能會惹怒對方，或是使交涉無法順利進行。

那麼，情態表現又可分成那些種類呢？待下一回揭曉。

日本語

　モダリティには、大きく分けると2種あります。

1. 命題目当てのモダリティ

1-1. 認識のモダリティ

1-2. 評価のモダリティ

2. 聞き手目当てのモダリティ

2-1. 伝達のモダリティ

2-2. 丁寧さのモダリティ

　「1. 命題目当てのモダリティ」とは「話者が命題をどう捉えているか」を問題にします。そして、「話者が命題をどう捉えているか」に関して「1-1. 認識のモダリティ」（話者が命題の真偽値をどう捉えているか）と「1-2. 評価のモダリティ」（話者が命題をどう評価しているか）に下位分類されます。

　また、同じ命題でも、相手によって伝え方が違ってきます。「2. 聞き手目当てのモダリティ」とは「命題を相手にどう伝えるか」を問題にします。そして、「命題を相手にどう伝えるか」に関して「2-1. 伝達のモダリティ」（話者が聞き手に命題をどのような状況で伝えるか）と「2-2. 丁寧さのモダリティ」（話者が聞き手との人間関係をどう捉えているか）に下位分類されるのです。

情態　7

　　情態表現大致可分為二種。

1. 以命題為目標的情態表現

1-1. 認知的情態表現

1-2. 評價的情態表現

2. 以聽話者為目標的情態表現

2-1. 傳達的情態表現

2-2. 表達客氣程度的情態表現

　　「1. 以命題為目標的情態表現」，關鍵在於「說話者如何看待命題」。而關於「說話者如何看待命題」又進而區分為以下二類：「1-1. 認知的情態表現」（說話者對於命題真偽的認知），和「1-2. 評價的情態表現」（說話者如何評價命題）。

　　此外，就算命題相同，傳達方式也會依對象而改變。「2. 以聽話者為目標的情態表現」，關鍵就在於「如何傳達命題給對方」。而關於「如何傳達命題給對方」又進而區分為以下二類：「2-1. 傳達的情態表現」（說話者以何種狀況傳達命題給聽話者），和「2-2. 表達客氣程度的情態表現」（說話者如何看待與聽話者的關係）。

第 8 部　モダリティ

1. 命題目当てのモダリティ

1-1. 認識のモダリティ

「雨が降る。」というのは、話者の主観を含まない命題です。しかし、a「雨が降るだろう。」、b「雨が降るかもしれない。」、c「雨が降るに違いない。」、d「雨が降るはずだ。」、e「雨が降るそうだ。」、f「雨が降るらしい。」、g「雨が降りそうだ。」、h「雨が降るようだ。」となると、話者による「雨が降る」という命題の確信度、つまり話者による真偽判断が盛り込まれています。a〜hは、それぞれ違った話者の思惑を示しています。

まず、a「雨が降るだろう。」は話者の予想で、ある程度根拠がある推測です。天気予報では「明日は雨でしょう。」という形で言いますね。

b「雨が降るかもしれない。」は、「雨が降るかもしれないし、降らないかもしれない。」と言うことができるように、話者は降雨確率を 50%と捉えています。

c「雨が降るに違いない。」は話者の主観的な確信で、根拠の有無に拘らず、話者が 100%に近い確信を持っているということです。

d「雨が降るはずだ。」は、「根拠・必然性のある推測」です。DNA や血液型判定は科学的に根拠のある血縁判定ですね。ですから、「私の両親が O 型だから、私は O 型のはずだ。」と言えるわけです。また、「彼の家から教会まで 30 分かかる。彼が 10 時に家を出たなら、10 時半には着くはずだ。」は、必然性を楯にした判断です。

情態 8

1. 以命題為目標的情態表現

1-1. 認知的情態表現

　　所謂的「雨が降る。」（會下雨。）是不含說話者主觀意見的「命題」。然而，以下的表現方式：a「雨が降る<u>だろう</u>。」、b「雨が降る<u>かもしれない</u>。」、c「雨が降る<u>に違いない</u>。」、d「雨が降る<u>はずだ</u>。」、e「雨が降る<u>そうだ</u>。」、f「雨が降る<u>らしい</u>。」、g「雨が降<u>りそうだ</u>。」、h「雨が降る<u>ようだ</u>。」等，則加入了說話者相信「雨が降る」這個命題的程度，也就是由說話者判斷的真偽。a～h 分別表現了說話者的不同想法。

　　首先，a「雨が降る<u>だろう</u>。」（應該會下雨吧。）是說話者的預測、推測，且是有一定程度根據的。在氣象預報裡，會以「明日は雨<u>でしょう</u>。」（明天應該會下雨。）的形式表達。

　　b「雨が降る<u>かもしれない</u>。」（說不定會下雨。）表示「說不定會下雨，也說不定不會下雨」，說話者認為下雨的機率為 50%。

　　c「雨が降る<u>に違いない</u>。」（鐵定會下雨。）表示不論有無根據，說話者主觀地認定下雨的可能性近乎 100%。

　　d「雨が降る<u>はずだ</u>。」（照理說會下雨。）是「有根據、有必然性」的推測。猶如 DNA 和血型鑑定，是具有科學根據的血緣鑑定一樣。因此，可說「私の両親が O 型だから、私は O 型の<u>はずだ</u>。」（因為父母的血型都是 O 型，所以我的血型照理說是 O 型。）另外，「彼の家から教会まで 30 分かかる。彼が 10 時に家を出たなら、10 時半には着く<u>はずだ</u>。」（他家來到教會需要花 30 分鐘。要是他 10 點出門，照理說 10 點半應該會抵達。）這則是有必然性的判斷。

日本語

1-1. 認識のモダリティ

e「雨が降る<u>そうだ</u>。」というのは、「伝聞」つまり「拠説」の意味で、必ず情報源のある情報を伝えます。「天気予報に<u>よると</u>、明日は雨だ<u>そうだ</u>。」では、「天気予報」が情報源、「明日は雨だ」が情報内容です。これは話者の確信度と関係なく、この判断が話者のものでないことを示しています。この場合、動詞・形容詞・「名詞＋だ」に「そうだ」をつけて、「おいしいそうだ」「真面目だそうだ」「あるそうだ」などとします。

f「雨が降る<u>らしい</u>。」となると、情報源や根拠のはっきりしない「伝聞」、つまり「噂」を伝達しています。「今度来る先生は、アメリカ人<u>らしい</u>よ。」などは、根拠のはっきりしない噂です。しかし、「彼女は本当に<u>女らしい</u>。」といった場合は、「伝聞」ではなく「她很有女生的風度。」という意味ですから、注意してください。

g「雨が<u>降りそうだ</u>。」にある「～そうだ」は、活用語の連用形に「そうだ」を接続して「<u>おいしそうだ</u>」「<u>真面目そうだ</u>」「<u>ありそうだ</u>」とします。まず、「おいしい」「真面目だ」「ある」などの静態述語は、「外見から本質を推測する」ことを示し、「このケーキは（見るからに）<u>おいしそうだ</u>。」「あの先生は（見た限りでは）<u>真面目そうだ</u>。」「この事件には、（直感的判断では）裏が<u>ありそうだ</u>。」など「看様子」の意味で、表面の様子から本質を判断するという姿勢を示します。なお、この種の「そうだ」は形容詞と動詞の活用語にのみ接続し、名詞には接続しませんからご注意ください。

情態 9

1-1. 認知的情態表現

　　e「雨が降る<u>そうだ</u>。」（據說會下雨。）代表「傳聞」、「據說」的含意，所傳達的資訊必定有資訊源。例如：「天気予報<u>によると</u>、明日は雨だ<u>そうだ</u>。」（據氣象預報，明天可能會下雨。）這句話中，「天気予報」是資訊源，「明日は雨だ」是資訊內容。這句話表示與說話者本身相信的程度無關，並非說話者判斷的。此時句型的運用方式是在動詞、形容詞和「名詞＋だ」後加上「そうだ」，例如：「おいしいそうだ」（[根據消息來源指出]，好像很好吃的樣子）、「真面目だそうだ」（[根據消息來源指出]，他好像很嚴肅的樣子）和「あるそうだ」（[根據消息來源指出]，好像有）等等。

　　f「雨が降る<u>らしい</u>。」（聽說會下雨。）則是傳達沒有明確根據、資訊來源的「傳聞」，也就是「謠言」。諸如「今度来る先生は、アメリカ人<u>らしい</u>よ。」（聽說這次要來教我們的老師，是美國人哦。）等，是沒有明確根據的謠言。不過請注意，「彼女は本当に<u>女らしい</u>。」這句話並不是表示「傳聞」，而是「她很有女人味。」的意思。

　　g「雨が降<u>り</u>そうだ。」（看起來好像要下雨的樣子。），這句話中運用了活用語（有詞尾變化的詞）的連用形接上「そうだ」，例如「<u>おいし</u>そうだ」、「<u>真面目</u>そうだ」和「<u>あり</u>そうだ」等。首先，「おいしい」、「真面目だ」和「ある」等靜態述語後面接上「そうだ」，表示「由外觀推測本質」，因此分別表示「このケーキは（見るからに）<u>おいし</u>そうだ。」（這個蛋糕 [外觀看起來] 好像很好吃的樣子。）、「あの先生は（見た限りでは）<u>真面目</u>そうだ。」（那位老師 [單從外表看] 好像很嚴肅的樣子。）、「この事件には、（直感的判断では）裏が<u>あり</u>そうだ。」（這個事件 [依據直覺判斷] 好像有隱情的樣子。）也就是「看樣子」的意思，表達從事物表面判斷本質的想法。不過請注意，這種「そうだ」只能接在形容詞和動詞的活用語後，不得接在名詞後。

日本語

1-1. 認識のモダリティ

しかし、「雨が降る」「切れる」「壊れる」などの動態述語は、「近未来の情態を推測する」ことを示し、「（もうすぐ）雨が<u>降りそうだ</u>」「（もうすぐ）紐が<u>切れそうだ</u>」「（もうすぐ）この玩具は<u>壊れそうだ</u>」など「快要〜」の意味で、現在の様子から近未来の様子を推測するという姿勢を示します。

どうして静態述語と動態述語は違うのかというご質問ですか？　通常、形容詞、名詞などの静態語は、恒常不変な様子を表わしていますね。しかし、動詞は元々変化を示します。「動き」は変化です。ですから、動詞には時間という要素が入ってきます。静態述語は「外見から本質を推測する」という三次元的な推理方向を示しますが、動態述語は「現在の様子から近未来の様子を推測する」という四次元的な時間要素が入って来るのです。どちらも「見込み」を示すと言えましょう。

こうして整理すると、「そうだ」には2つあることがわかりますね。e「雨が降<u>るそうだ</u>。」は「伝聞」、これを「そうだ1」とし、g「雨が<u>降りそうだ</u>。」は「見込み」、これを「そうだ2」とします。

情態 10

1-1. 認知的情態表現

　　不過，在「雨が降る」、「切れる」和「壞れる」等動態述語後面加上「そうだ」，乃是表達「推測近期未來的狀況」，例如「（もうすぐ）雨が降りそうだ」（[好像馬上] 要下雨了）、「（もうすぐ）紐が切れそうだ」（繩子 [好像馬上] 要斷了），和「（もうすぐ）この玩具は壞れそうだ」（這個玩具 [好像馬上] 要壞了）等等，此種「そうだ」就是「快要〜」的意思，表達依據現在的樣子推測近期未來即將發生的狀況。

　　大家是否疑惑為什麼靜態述語和動態述語不同呢？形容詞和名詞等靜態語，通常是表達事物恆常不變的樣子吧。但是動詞本來就代表變化。「動作」即是變化。因此，動詞本身便蘊含「時間」要素。「靜態述語」是「由外觀推測本質」表現出三次元的推理方向；而「動態述語」則是「依據現在的樣子推測近期未來即將發生的狀況」，亦即加上時間變數而表現出四次元的推理方向。不過我們仍可以說，「靜態述語」和「動態述語」兩者都能表現出「預測」。

　　根據以上的整理，大家應該都能理解「そうだ」包括兩種含意吧。例句 e「雨が降るそうだ。」表示「傳聞」，歸為「そうだ 1」；例句 g「雨が降りそうだ。」表示「預測」歸為「そうだ 2」。

日本語

1-1. 認識のモダリティ

h「雨が降る<u>ようだ</u>。」についてですが、「〜らしい」「〜そうだ」「〜ようだ」「〜みたいだ」は外国人に間違われやすい文型の No.1 と言っていいでしょう。中国語ではどれも「好像」と訳されているようですが、三者は違ったモダリティを表しています。

例えば、道に人が倒れていたとします。通りかかったあなたはその人に声をかけ、動きもせず呼吸もしていないことを確かめて「He seems to be dead.」と思った時、何というでしょうか?「死んだそうだ」では「據說他死了。」になってしまいます（「そうだ1」）。「死にそうだ」では「他快要死。」になってしまいます（「そうだ2」）。この場合、「そうだ」という文型は使えません。正しくは「死んでいる<u>ようだ</u>。」です。「ようだ」は、話者自身の判断を示すモダリティです。この場合、「死んでいるみたいだ」でも OK ですが、「みたいだ」は口語的表現で正式な場合には使わないので、警察に通報する時には「道に人が倒れています。死んでいるようです。」と言った方がいいでしょう。

もう一回まとめると、「そうだ」は「根拠のある伝聞」（「據說」）または「見込み」（「看様子」「快要」）を表わし、「らしい」は「根拠のない伝聞」を表わし、「ようだ」は「話者の判断」を表わし、「みたいだ」は「ようだ」の口語です。さらにまとめると、「そうだ1」「らしい」は聴覚情報に基づき、「そうだ2」「ようだ」「みたいだ」は視覚情報に基づいていると言えましょう。

なお、「そうだ2」は形容詞と動詞の活用語にのみ接続し、名詞には接続しませんからご注意ください。

情態 11

中文

1-1. 認知的情態表現

在說明例句 h「雨が降るようだ。」以前，我先想說明堪稱外國人最容易誤用的句型「～らしい」、「～そうだ」、「～ようだ」和「～みたいだ」。中文都可以翻譯為「好像」，卻各自表達不同的情態。

舉例來說，路上有人倒臥在地。正好行經該處的你出聲叫他，發現他一動也不動，且沒了呼吸時，你的腦中閃過「He seems to be dead.」（他似乎死了。）的想法，這時該如何用日文表達呢？若說「死んだそうだ」，表示「據說他死了。」（即「そうだ 1」的用法）。若說「死にそうだ」，則是「他快要死了。」（即「そうだ 2」的用法）。其實，此時無法使用「そうだ」的句型。正確的說法應該是「死んでいるようだ。」（他看起來好像死了。）因為「ようだ」是表示說話者自身判斷的情態。這時亦可用「死んでいるみたいだ。」（他看起來像是死了。）但是「みたいだ」屬於口語表現，不用在正式場合，因此要向警察報案時，應該說「道に人が倒れています。死んでいるようです。」（我發現路上有人倒臥，他看起來好像死了。）較恰當。

再為大家整理一次：「そうだ」表示「有根據的傳聞」，就是「據說」，或是「預測、估量」，即表示「看樣子」或「快要」；「らしい」表示「沒有根據的傳聞」；「ようだ」表示「說話者的判斷」；「みたいだ」則是「ようだ」的口語表現。而若進一步歸納，可以發現第一種「そうだ1」、「らしい」是根據聽覺情報，而「そうだ2」、「ようだ」、「みたいだ」，則是根據視覺情報。

並請注意「そうだ 2」只能接在形容詞和動詞的活用語後，不得接在名詞後。

日本語

1-2. 評価のモダリティ

　これは、「話者が命題をどう評価しているか」に関わってきます。

　「女は結婚したら家にいる。」は単なる事実を述べているに過ぎませんが、a「女は結婚したら家にいる<u>方がいい</u>。」、b「女は結婚したら家にいる<u>べきだ</u>。」、c「女は結婚したら家にいる<u>ものだ</u>。」、d「女は結婚したら家にいる<u>ことだ</u>。」、e「女は結婚したら家に<u>いなければならない</u>。」となると、話者の思想、つまり「女は結婚したら家にいる。」という事実に対する評価が入ってきます。

　a「女は結婚したら家に<u>いた方がいい</u>。」は、「家にいないよりいる方がいい」という、比較判断ですね。なお、「～する方がいい」と「～した方がいい」はどう違うか、という質問を時々受けますが、用法の上では両者は大きな相違はありません。しかし、厳密に言うならば少し違います。例えば、「服を<u>買った方がいい</u>。」は、「買うか、買わないか」の二者択一を迫られた場合の「買わないより買った方がいい。」という判断です。つまり、動詞「買う」の肯定か否定かの選択です。「服を<u>買う方がいい</u>。」は、「財布の中のお金で服を買うか、それとも映画を見に行くか」の二者択一を迫られた場合の「映画を見るより服を買う方がいい。」という判断です。つまり、「買う」という動詞を選ぶか、他の動詞を選ぶかの選択になります。

情態 12

1-2. 評價的情態表現

　　這個部分就關係到「說話者如何評價命題」。

　　「女は結婚したら家にいる。」（女性要是結了婚就待在家裡。）這句話只是單純說明事實，但是以下的例句則表現出說話者的思想，即對「女は結婚したら家にいる。」這個事實的評價：a「女は結婚したら家にいる<u>方がいい</u>。」、b「女は結婚したら家にいる<u>べきだ</u>。」、c「女は結婚したら家にいる<u>ものだ</u>。」、d「女は結婚したら家にいる<u>ことだ</u>。」和 e「女は結婚したら家にい<u>なければならない</u>。」

　　a「女は結婚したら家にい<u>た方がいい</u>。」（我認為女性結了婚就待在家裡比較好。）就是和「家にいないよりいる方がいい」（比不待在家裡好）做比較後的判斷吧。另外，不時會有人問「～する方がいい」和「～した方がいい」有什麼不同，但其實兩者在用法上無太大差異。不過，嚴格來說仍有微小差異。舉例來說，「服を<u>買った</u>方がいい。」（把衣服買下來比較好。）是面臨在「買和不買」兩者之間做出選擇時，判斷「比起不買，還是買了好」。也就是選擇是否進行「購買」這個動詞。而「服を<u>買う</u>方がいい。」（買衣服比較好。）則是面臨在「要用錢包中的錢買衣服好，還是看電影好」兩者間選擇，判斷「比起看電影，還是買衣服比較好」。換言之，也就是選擇進行「買う」這個動詞，還是其他動詞。

1-2. 評価のモダリティ

　b「女は結婚したら家にいる<u>べきだ</u>。」は、きっぱりとした話者の主張を表わします。つまり、「女は結婚したら家にいる義務がある。」という話者の考えを表わします。（客観的な義務ではありません。）「べきだ」の前は必ず肯定文が接続し、否定文は「女は結婚したら家にいる<u>べきではない</u>。」であって、「×女は結婚したら家に<u>いないべきだ</u>。」ではありませんからご注意ください。また、よく「べきだ」と「はずだ」が混同されますが、「べきだ」は「應該要」、「はずだ」は「應該會」という翻訳の区別があるのでご注意を。

　c「女は結婚したら家にいる<u>ものだ</u>。」も、話者の主張です。これは「べきだ」という話者の一方的な主張とは違って、「女は結婚したら家にいるのが世間一般の常識だから、そうしなさい。」という、「社会通念」にかこつけた主張です。否定文は「女は結婚したら家にいる<u>ものではない</u>。」「女は結婚したら家に<u>いないものだ</u>。」のどちらでも OK です。

情態 13

1-2. 評價的情態表現

b「女は結婚したら家にいる<u>べきだ</u>。」（我認為女性在結婚之後，就應該待在家裡。）很明確地表達了說話者的主張。也就是說話者主觀認為「女は結婚したら家にいる義務がある。」（女性在結婚之後，有義務待在家裡。）（並非客觀義務。）要提醒大家的是，「べきだ」的前面必須是肯定句，因此否定句會是「女は結婚したら家にいる<u>べきではない</u>。」（女性在結婚之後不該待在家裡。）而不能說成「×女は結婚したら家に<u>いないべきだ</u>。」此外，經常有人把「べきだ」和「はずだ」搞混，其實在翻譯上有區別，「べきだ」是「應該要」，而「はずだ」是「應該會」。

c「女は結婚したら家にいる<u>ものだ</u>。」（我認為女性在結婚之後，就應該待在家裡。）也是表達說話者的主張。不過不同於「べきだ」表現出說話者單方面的主張，「ものだ」是說話者假借「社會上的共同認知」表達自己的主張：「女は結婚したら家にいるのが世間一般の常識だから、そうしなさい。」（女性結了婚就待在家乃社會上的普遍常識，因此就該這麼做。）這個句型的否定句下列兩種皆可：「女は結婚したら家にいる<u>ものではない</u>。」（女性在結婚之後，待在家裡是不應該的。）和「女は結婚したら家に<u>いないものだ</u>。」（女性在結婚之後，就不該待在家裡。）

1-2. 評価のモダリティ

　d「女は結婚したら家にいる<u>ことだ</u>。」は、話者の「総括判断」を表わします。例えば、結婚した女性がいつも家にいなくて家庭不和が生じた例などを討論した結果、「やっぱり、女は結婚したら家にいる<u>ことだ</u>。」という結論を下します。この場合、「×女は結婚したら家にいる<u>ことではない</u>。」という否定文は作れず、「女は結婚したら家に<u>いないことだ</u>。」のように「ことだ」の前を否定形にします。

　e「女は結婚したら家に<u>いなければならない</u>。」は、「結婚後・不在家不行」という意味で、周囲の客観的な状況から「家にいる」ことが強要されていることを表わします。多くの場合、「女」は不承不承「家にいる」ことになります。

　以上が「評価のモダリティ」ですが、私の場合はもちろん、「女は結婚しても家にいなくてもいい」という立場です。「〜なくてもいい」も「評価のモダリティ」の一つだということがわかりますね。こうして見ると、評価のモダリティはまだまだ他にもありそうですね。前に述べた「病気の時、友だちが<u>来てくれた</u>。」という授受動詞、「病気の時、友だちに<u>来られた</u>。」という被害受身の表現も、命題評価のモダリティと言うことができましょう。

情態 14

1-2. 評價的情態表現

　　d「女は結婚したら家にいる<u>ことだ</u>。」表現了說話者的「總結判斷」。例如在討論已婚女性常常不在家而導致家庭失和的案例，結果做出「やっぱり、女は結婚したら家にいる<u>ことだ</u>。」（果然，女性結婚後，還是待在家裡比較好。）的結論。這種句型的否定型並非「×女は結婚したら家にいる<u>ことではない</u>。」而是該將「ことだ」前改為否定型，如「女は結婚したら家にいない<u>ことだ</u>。」（女性結婚後，還是不在家裡好。）

　　e「女は結婚したら家に<u>いなければならない</u>。」（女性結了婚就必須待在家裡才行。）則是「結婚後，不在家不行」的意思，表達依周圍的客觀狀況，強制要求女性婚後「家にいる」（待在家裡）。這麼一來，大部分的狀況下「女性」會是不情不願地「待在家裡」。

　　以上說明完「評價的情態表現」了，而我的立場當然是主張「女は結婚しても家にいなくてもいい。」（女性就算結了婚，也可以不待在家裡。）從這裡，想必大家都能察覺「～なくてもいい」的句型也屬於「評價的情態表現」之一了吧。由此可見，尚有許多種「評價的情態表現」呢。就如稍早之前談過的授受動詞例句「病気の時、友だちが来<u>てくれた</u>。」以及受害被動的表達方式「病気の時、友だちに来<u>られた</u>。」都可以稱為評價命題的情態表現吧。

日本語

2. 聞き手目当てのモダリティ

2-1. 伝達のモダリティ

　これは、話者が命題を聞き手にどのように伝えるか、という問題です。「伝達のモダリティ」はいろいろありますが、最も代表的なものは終助詞の「ね」「よ」「な」「ぞ」などです。（終助詞の細かい分類については前に「男言葉・女言葉」の項で話しましたから、今回は軽く復習するだけに留めることにします。）

　例えば、「今日は寒い。」は単なる命題ですが、a「今日は寒いね。」、b「今日は寒いよ。」、c「今日は寒いな。」、d「今日は寒いぞ。」、e「今日は寒いぜ。」、f「今日は寒いさ。」、g「今日は寒いよね。」などでは、相手に対する伝え方が違いますね。

　a「今日は寒いね。」は、相手に同意を求める気持ちがあります。「今日は寒いね。」と言われたら、相手は「そうだね。」とか「そうでもないよ。」とか答えなくてはなりません。

　b「今日は寒いよ。」は、「今日は寒い」ということを知らない相手に「今日は寒い」ことを教えるというスタンスで語られます。「今日は寒いよ。」と言った場合には「上着を着て行きなさい。」などの忠告も含意しているわけです。「財布が落ちました。」と言っただけでは誰も振り向きませんが、「財布が落ちましたよ。」と言えば自分に対する忠告として、誰かが必ず振り向くでしょう。

情態 15

2. 以聽話者為目標的情態表現

2-1. 傳達的情態表現

　　此類的關鍵在於說話者如何傳達命題給聽話者。「傳達的情態表現」種類繁多，不過其中最具代表性的就是終助詞的「ね」、「よ」、「な」和「ぞ」等等。（終助詞的詳細分類和相關說明，已於「男性用語・女性用語」探討過，這裡僅稍作複習。）

　　舉例來說，「今日は寒い。」（今天很冷。）是單純的命題，卻有以下各種傳達給對方的方式：a「今日は寒いね。」、b「今日は寒いよ。」、c「今日は寒いな。」、d「今日は寒いぞ。」、e「今日は寒いぜ。」、f「今日は寒いさ。」和 g「今日は寒いよね。」

　　a「今日は寒いね。」（今天真冷，對吧？）帶有說話者尋求聽話者附和的心情。因此，若是聽到人說「今日は寒いね。」則必須回答「そうだね。」（的確很冷。）或是「そうでもないよ。」（也沒那麼冷啊。）

　　b「今日は寒いよ。」（今天很冷喔。）則是說話者用於傳達「今日は寒い」（今天很冷）一事，給不知道「今天很冷」的聽話者時。當人說出「今日は寒いよ。」背後是隱含著「務必穿上外套再出門」等忠告。若單聽到有人說「財布が落ちました。」（錢包掉了。）沒有人會回頭查看。但是，若是聽到「財布が落ちましたよ。」（錢包掉了喔。）的話，聽話者馬上會想到這是對自己的忠告，一定任誰都會回頭查看。

2-1. 伝達のモダリティ

　c「今日は寒い<u>な</u>。」は感慨を表わす独り言か、または男性語で「ね」と同じ意味です。

　d「今日は寒い<u>ぞ</u>。」も男性語で「よ」と同じ意味です。

　e「今日は寒い<u>ぜ</u>。」も男性語ですが、「ぞ」よりは相手との共感を重視した言い方です。

　f「今日は寒い<u>さ</u>。」は相手との共感をまったく求めず話者だけの感慨を一方的に伝える、相手を突き放したような言い方です。

　g「今日は寒い<u>よね</u>。」は、まず自分で「今日が寒い」ことを判断してから相手に同意を求めるというスタンスです。

　終助詞は皆、聞き手に対する何らかの働きかけを含んでいます。独り言の「今日は寒い<u>な</u>。」も、自分自身に対する働きかけと考えればいいでしょう。

　なお、「モダリティ」というのは、語彙化されたものだけでなく、語調によっても現されることがあります。買い物に行くことを命令する母親に「お母さん、外は寒い〜。」と哀願するような調子で言えば、それは「買い物に行きたくない」という「聞き手目当てのモダリティ」が込められているわけです。また、ドアを開けた途端に「寒いっ！」と悲鳴を挙げれば、「今初めて寒いことに気がついた」という「命題目当てのモダリティ」が含まれているでしょう。

情態 16

2-1. 傳達的情態表現

　　c「今日は寒い<u>な</u>。」（今天可真冷啊。）用在自言自語時抒發內心感慨，或是
　　　男性用語，意同「ね」。

　　d「今日は寒い<u>ぞ</u>。」（今天很冷喔。）亦是男性用語，意同「よ」。

　　e「今日は寒い<u>ぜ</u>。」（今天可真冷耶。）也是男性用語，不過較「ぞ」更重視
　　　與對方共鳴。

　　f「今日は寒い<u>さ</u>。」（今天還真冷啊。）則是說話者只顧單方面抒發自己內心的
　　　感慨，不求聽話者共鳴，是毫不顧及對方的說話方式。

　　g「今日は寒い<u>よね</u>。」（我說今天可真冷啊。）是說話者先自行評斷「今天真冷」，
　　　再尋求聽話者的認同。

　　所有終助詞都具備說話者希望推動聽話者行動的意圖。就算是自言自語的「今日
は寒い<u>な</u>。」也可以看作是說話者希望推動自己吧。

　　除此之外，所謂「情態」並非只能透過具詞彙特徵的話語表現，也可以透過語調
呈現。例如當母親命令孩子去採買，而孩子以哀求的語調說：「お母さん、外は寒
い〜。」（媽媽，外面好冷〜。）就是運用了「以聽話者為目標的情態」，表現出「不
想出去採買」。又或者有人在打開門時，就哀叫說「寒いっ！」（冷啊！）表示「現
在才發現好冷」這種「以命題為目標的情態表現」。

日本語

2-2. 丁寧さのモダリティ

　これは、話者が聞き手との関係をどう捉えているかの問題、ズバリ言って「敬体で話すか、常体で話すか」「敬語を使うか使わないか」の問題です。これも、以前「敬語」の項でイヤというほど講義しましたから、今回はサラッと復習します。

　a「食事を<u>しましたか</u>？」、b「食事を<u>なさいましたか</u>？」、c「食事を<u>した</u>？」、d「食事を<u>なさった</u>？」となると、話者と聞き手の人間関係がわかりますね。

　a「食事を<u>しましたか</u>？」のように敬体で話す場合は、話者は聞き手との関係を遠慮のある関係（客気関係）と感じていると察せられます。

　b「食事を<u>なさいましたか</u>？」のように、敬体に加えて敬語を使うと、話者は相手に敬意を持っていることがわかります。

　c「食事を<u>した</u>？」のように常体文で話すならば、話者は相手と家族か親友のような親密な関係（不客気関係）であると捉えています。相手が話者を親密な関係と捉えていない場合にこのような話し方をすると、相手は不愉快に感じますからご注意。

　d「食事を<u>なさった</u>？」は、話者と相手は親密な関係（不客気関係）でありながら、話者は相手に敬意を払っていると感じられます。これは、上流家庭の妻が夫に話す言葉か、上流家庭の親しい奥さん同士の会話の中に見られます。

情態 17

2-2. 表達客氣程度的情態表現

　　此類情態表現的關鍵，說白了就是說話者和聽話者之間的關係，「該用敬體還是常體」、「是否使用敬語」的問題。這點之前於「敬語」的部分已經花了多至令人厭煩的篇幅說明過，以下僅簡略複習。

　　從以下的例句，即可明白說話者與聽話者的關係吧：a「食事を<u>しましたか</u>？」、b「食事を<u>なさいましたか</u>？」、c「食事を<u>した</u>？」、d「食事を<u>なさった</u>？」（吃過飯了嗎？）

　　像a「食事を<u>しましたか</u>？」這樣用敬體講話時，大家可以察覺說話者和聽話者間保持著客氣的關係。

　　像b「食事を<u>なさいましたか</u>？」這樣除敬體外還加上敬語的說法，可以了解說話者向聽話者表達敬意。

　　像c「食事を<u>した</u>？」這樣用常體句講話時，我們則可以看出，說話者與聽話者是如同家人或是好友等的關係親密（不必客氣的關係）。不過要注意的是，若是聽話者並不認為自己與說話者關係親密，這樣的說法可能會使聽話者感到不悅。

　　像d「食事を<u>なさった</u>？」則可以感覺到說話者和聽話者關係親密（不必客氣的關係），但是說話者卻又向聽話者表達敬意。這樣的語句，經常出現在上流家庭裡妻子向丈夫說話時，或是彼此熟識的上流家庭主婦間的對話。

第8部　モダリティ

日本語

2-2. 丁寧さのモダリティ

　敬語を使っていても、聞き手に対する敬意を表しているのでない場合があります。

　例えば、あなたの学校のA先生があなたに「B先生はどこですか？」と質問した時、あなたはA先生にどう答えますか？この場合、a「B先生は研究室にいます。」、b「B先生は研究室にいらっしゃいます。」、c「B先生は研究室にいる。」、d「B先生は研究室にいらっしゃる。」のうち、B先生に対して失礼なのはどの文でしょうか。また、聞き手のA先生に対して失礼なのはどの文でしょうか。

　b「B先生は研究室にいらっしゃいます。」、d「B先生は研究室にいらっしゃる。」はB先生の動作について敬語を使っているから礼儀正しい言い方ですが、a「B先生は研究室にいます。」、c「B先生は研究室にいる。」はB先生の動作に敬語を使っていないから失礼だ、ということはおわかりですね。

　a「B先生は研究室にいます。」、b「B先生は研究室にいらっしゃいます。」はどちらも敬体で話しているから、話者は聞き手のA先生に対して気を使っていることになりますが、c「B先生は研究室にいる。」、d「B先生は研究室にいらっしゃる。」は常体で話しているから、話者はA先生に対して不躾（不客気）な態度を取っていることになります。

情態 18

2-2. 表達客氣程度的情態表現

　　有時就算是說話者使用了敬語，也未必是在對聽話者表達敬意。

　　例如你學校的 A 老師問你「B 先生はどこですか？」（B 老師在哪裡？）時，你會如何回覆 A 老師呢？在這樣的狀況下，下列的句子中，哪一個句子對 B 老師失禮，而哪一個又對聽話者 A 老師失禮呢？a「B 先生は研究室に<u>います</u>。」、b「B 先生は研究室に<u>いらっしゃいます</u>。」、c「B 先生は研究室に<u>いる</u>。」、d「B 先生は研究室に<u>いらっしゃる</u>。」（B 老師在研究室。）

　　我想大家應該發現到，例句 b「B 先生は研究室に<u>いらっしゃいます</u>。」和例句 d「B 先生は研究室に<u>いらっしゃる</u>。」皆對 B 老師的動作使用敬語，因此都合乎禮節，不過例句 a「B 先生は研究室に<u>います</u>。」和 c「B 先生は研究室に<u>いる</u>。」則未對 B 老師的動作使用敬語，因此對 B 老師不禮貌。

　　例句 a「B 先生は研究室に<u>います</u>。」和例句 b「B 先生は研究室に<u>いらっしゃいます</u>。」兩者皆以敬體發言，表示說話者對於聽話者 A 老師表現出客氣的態度，但是例句 c「B 先生は研究室に<u>いる</u>。」和例句 d「B 先生は研究室に<u>いらっしゃる</u>。」都是以常體發言，表示說話者對 A 老師表現出輕慢不客氣的態度。

第 8 部　モダリティ

日本語

3. 表現類型のモダリティ

　モダリティにはもう一種、「命題目当て」と「聞き手目当て」の混在したものがあります。それは、「表現類型のモダリティ」と呼ばれるものです。「表現類型のモダリティ」とは、初級日本語で習う基本文型で、疑問、意向、勧誘、依頼など会話で使われる文型で、それぞれ「疑問のモダリティ」「意志のモダリティ」「勧誘のモダリティ」「行為要求のモダリティ」と呼ばれます。これらは「他人に働きかける文型」ですから当然「聞き手目当て」なのですが、同時に命題に対する思惑も含まれているのです。

　まず、「疑問のモダリティ」です。a「陳さんは、家に<u>います</u>か？」、b「陳さんは、家に<u>いません</u>か？」、c「陳さんは、家にいる<u>んじゃないですか</u>？」、d「陳さんは、家にいる<u>んじゃなかったんですか</u>？」、e「陳さんが、家に<u>います</u>か！」はいずれも相手に対する問いかけという点では「聞き手目当てのモダリティ」に属するのですが、それぞれ命題に対する話者の期待度が違います。

　a「陳さんは、家に<u>います</u>か？」は最もニュートラル（neutral）な疑問文で、単に「いるか、いないか」を問題にしていますね。これに対してb「陳さんは、家に<u>いませんか</u>？」は「陳さんが家にいる」ことを期待している発話です。

　c「陳さんは、家にいる<u>んじゃないですか</u>？」は、相手に対する疑問というより話者の予測です。

　d「陳さんは、家にいる<u>んじゃなかったんですか</u>？」は家にいるはずの陳さんがいないことを知ってびっくりした時の発話です。過去形の「た」は「陳さんが家にいる」という確実性が過去のものになったことを表しています。

　e「陳さんが、家に<u>います</u>か！」は、「家にいるはずがない」と同義です。これは、形式は疑問文、内容は否定文という反語表現で、「陳先生怎麼會在家！」という意味ですね。

情態 19

3. 表現類型的情態

　　表現類型的情態，另外還有一種同時具備「以命題為目標」和「以聽話者為目標」的性質。可以稱這個為「表現類型的情態」。所謂「表現類型的情態」，就是初級日文裡學到的基本句型，用於疑問、意向、勸誘和請託等會話，各別稱為「疑問的情態表現」、「意志的情態表現」、「勸誘的情態表現」和「行為要求的情態表現」。由於這些皆是「推動他人採取行動的句型」，因此當然都是屬於「以聽話者為目標」，不過也同時帶有說話者對命題的想法。

　　首先，說明「疑問的情態表現」。以下例句都是在向聽話者提出疑問：a「陳さんは、家にいますか？」、b「陳さんは、家にいませんか？」、c「陳さんは、家にいるんじゃないですか？」、d「陳さんは、家にいるんじゃなかったんですか？」和 e「陳さんが、家にいますか！」這些皆屬於「以聽話者為目標的情態表現」，不過卻也表現出說話者對命題的期待度各有不同。

　　例句 a「陳さんは、家にいますか？」（陳先生在家嗎？）可以說是最「中立」（neutral）的疑問句，單純問「いるか、いないか」（在或不在）。相對地，例句 b「陳さんは、家にいませんか？」（陳先生不在家嗎？）則是說話者期待「陳さんが家にいる」（陳先生在家）而說的。

　　例句 c「陳さんは、家にいるんじゃないですか？」（陳先生應該在家不是嗎？）則與其說是詢問對方，不如說是說話者的預測。

　　例句 d「陳さんは、家にいるんじゃなかったんですか？」（原來陳先生不在家裡嗎？）是說話者原本認為陳先生應該在家，但是得知他不在家大吃一驚所說的。句中使用了過去形的「た」，表示「陳先生在家」的正確性已成過往。

　　例句 e「陳さんが、家にいますか！」（陳先生怎麼會在家！）和「家にいるはずがない」（不可能在家）兩者同義。前者雖是疑問句的形式，內容卻是否定句，屬於反話的表達方式，意思是「陳先生怎麼會在家！」

日本語

3. 表現類型のモダリティ

3-1. 意志のモダリティ

　次は「意志のモダリティ」です。a「仕事を<u>手伝おう</u>。」、b「仕事を<u>手伝いましょう</u>。」、c「仕事を<u>手伝おう</u>じゃないですか。」、d「仕事を<u>手伝いましょうよ</u>。」では、誰に働きかけているか、つまり聞き手が誰であるかが違います。

　a「仕事を<u>手伝おう</u>。」は、「独り言」の場合と、「仕事をしている人に対して言う場合」とがありますが、b「仕事を<u>手伝いましょう</u>。」は、「仕事をしている人に対して言う場合」しかありません。

　c「仕事を<u>手伝おう</u>じゃないですか。」は、「仕事をしている人に対して言う場合」と、「仕事をしている人を手伝うように他の人に呼びかける場合」にも使われますが、d「仕事を<u>手伝いましょうよ</u>。」は、「仕事をしている人を手伝うように他の人に呼びかける場合」にしか使えません。

　つまり、a、b、c、dの順に、聞き手が「自分自身」→「仕事をしている人」→「仕事をしていない人たち」と、だんだん拡大していくのです。

情態 20

3. 表現類型的情態

3-1. 意志的情態表現

　　接下來說明「意志的情態表現」。請看以下例句：a「仕事を<u>手伝おう。</u>」、b「仕事を<u>手伝いましょう。</u>」、c「仕事を<u>手伝おうじゃないですか。</u>」、d「仕事を<u>手伝いましょうよ。</u>」這些例句分別是想督促誰幫忙，意即因聽話者是誰而有所不同。

　　例句 a「仕事を<u>手伝おう。</u>」（來幫忙工作好了。）可能是說話者自言自語，也可能是「對正在工作的人說」。而例句 b「仕事を<u>手伝いましょう。</u>」（來幫忙工作吧。）只能「對正在工作的人說」。

　　例句 c「仕事を<u>手伝おうじゃないですか。</u>」（就來幫忙工作吧。）可能是能「對正在工作的人說」，也可能是「呼喚其他人幫忙正在工作的人」。例句 d「仕事を<u>手伝いましょうよ。</u>」（來幫忙工作啦。）則只能用於「呼喚其他人幫忙正在工作的人」。

　　綜合上述，依照 a、b、c、d 句的順序，聽話者的對象由「說話者自己」擴大到「正在工作的人」，再擴大到「沒在工作的人」。

日本語

3-2. 勧誘のモダリティ

　a「一緒に行き<u>ませんか</u>。」と b「一緒に行き<u>ましょうか</u>。」では、どう違うでしょうか。次の会話は、教会の役員会の時に必ず交わされるものです。

A-1：会議が終わったら、食事に<u>行きませんか</u>。

B-1：いいですね。

A-2：どこへ<u>行きましょうか</u>。

B-2：麗都へ<u>行きませんか</u>。

A-3：いいですね。そうしましょう。

B-3：（会議が終わって）さあ、麗都へ<u>行きましょうか</u>。

A-4：そうですね。行きましょう。

　見ての通り、「行きませんか（A-1）」はまだ行くか行かないか決まっていない段階で「行くかどうか」を尋ねる勧誘文です。この段階で「行きましょうか」と言うと、相手をかなり強引に誘っていることになります。B-2 は、まだ「麗都」へ行くかどうかわからない段階だから、「〜ませんか」を使います。

　これに対して、「行きましょうか（B-3）」はすでに行くことが決まっている段階で、相手を促す勧誘文です。ですから、「どこへ<u>行きましょうか</u>。（A-2）」とは言えますが、「×どこへ<u>行きませんか</u>。」とは言えないのです。

情態 21

3-2. 勸誘的情態表現

　　a「一緒に行き<u>ませんか</u>。」和 b「一緒に行き<u>ましょうか</u>。」有何不同？請看這段每次召開教會「長執會（教會的幹部會議）」時必會出現的對話。

A-1：会議が終わったら、食事に<u>行きませんか</u>。

　　　（開完會以後，大家要不要一起去吃飯呢？）

B-1：いいですね。（好啊。）

A-2：どこへ<u>行きましょうか</u>。（要到哪裡吃飯呢？）

B-2：<u>麗都へ行きませんか</u>。（要不要去麗都餐廳呢？）

A-3：いいですね。そうしましょう。（好啊。就這麼決定。）

B-3：（會議結束後）さあ、<u>麗都へ行きましょうか</u>。（走吧，我們到麗都去吧。）

A-4：そうですね。行きましょう。（好的，一起出發吧。）

　　　如上述例句所示，「行きませんか（A-1）」是在尚未決定去不去的階段，用探詢式的勸誘句詢問「行くかどうか」（去不去）。此時若用「行きましょうか」則會表現出向對方施壓，勉強邀約。B-2 則是尚未決定去不去「麗都」，故亦使用「〜ませんか」的句型。

　　　相對地，「行きましょうか（B-3）」則是已經決定要去吃飯的階段，而催促對方的勸誘句。因此已決定要去吃飯的 A-2 可以用「どこへ<u>行きましょうか</u>。」，卻不得用「×どこへ<u>行きませんか</u>。」

日本語

3-2. 勧誘のモダリティ

前回の「～ませんか」と「～ましょうか」をもう少し考えてみましょう。

友人を食事に誘う時は、「食事に行き<u>ませんか</u>。」「食事に行き<u>ましょうか</u>。」のどちらも使うことができます。

しかし、自宅に友人を招待する時、「私の家に遊びに来<u>ませんか</u>。」とは言いますが、「×私の家に遊びに来<u>ましょうか</u>。」とは言えません。また、知人の荷物が重そうなのを見た時、「荷物を持ち<u>ましょうか</u>。」と言いますが、「×荷物を持ち<u>ませんか</u>。」とは言えません。

ここから、「～ませんか」は「少なくとも相手が必ず参加する行為」、「～ましょうか」は「少なくとも話者が必ず参加する行為」と言うことができます。「私の家に遊びに来る」のは必ず話者以外の人でなくてはおかしいし、「荷物を持つ」のは必ず話者だけあって聞き手が参加するのはおかしいですから。

ですから、「召し上がり<u>ませんか</u>。」は OK ですが、「×召し上がり<u>ましょうか</u>。」はダメ、「いただき<u>ませんか</u>。」「いただき<u>ましょうか</u>。」はどちらも OK、ということになります。尊敬語の「召し上がる」は話者以外の行為でなければならないから、話者が必ず参加する行為を表わす「～ましょうか」とはミスマッチ（mismatch）するのです。また、謙譲語の「いただく」は話者を含めた身内の者なら誰にでも使ってよいのだから、話者も聞き手もどちらも参加する「～ませんか」「～ましょうか」のどちらとも仲良くできるのです。

情態 22

3-2. 勸誘的情態表現

我們再稍微探討上回的「～ませんか」和「～ましょうか」吧。

約朋友出去吃飯時可說「食事に行きませんか。」（要不要去吃飯？）或「食事に行きましょうか。」（去吃飯吧？）

但是，若是你想招待朋友到家裡吃飯，可以說「私の家に遊びに来ませんか。」（要不要到我家來玩呢？）卻不得說「×私の家に遊びに来ましょうか。」此外，當你見到朋友的行李似乎很重，想出手幫忙時，可以說「荷物を持ちましょうか。」（我幫你提行李吧！）但是卻不能說「×荷物を持ちませんか。」

由此可知，「～ませんか」是「至少對方一定要參與的行為」，而「～ましょうか」則是「至少說話者一定要參與的行為」。「私の家に遊びに来る」（到我家來玩）必定要有說話者以外的人參與，否則無法成立；而「荷物を持つ」（幫忙提行李）的必定是說話者，因為聽話者也參與幫忙就太奇怪。

同理可知，可以說「召し上がりませんか。」（要不要用餐？），但是不能說成「×召し上がりましょうか。」；不過，「いただきませんか。」（要不要用餐？）和「いただきましょうか。」（用餐吧？）則是兩者皆可。尊敬語的「召し上がる」只能用在說話者以外的人的行為，因此說話者必須參與其中的「～ましょうか」並不適用。此外，由於謙讓語的「いただく」對於說話者以及與說話者親近的人皆可使用，所以說話者與聽話者皆參加的角度下「～ませんか」和「～ましょうか」皆可使用。

日本語

3-3. 行為要求のモダリティ

　さて、最も複雑な「行為要求」のモダリティです。誰かに何かを頼む場合、頼み方は何通りあるでしょうか。例えば、バス代を払う時に細かいお金がない場合は、親しい人だったら「ちょっと10円玉貸してくれない?」でいいですが、車を買うために100万円借りたい場合はこうはいかないでしょう。まず何故車を買わなければならないかを説明し、「悪いんだけど、100万円ほど貸してもらえない?」と語尾が長くなり、さらにどのように返済するかをきちんと約束しなければなりませんね。これが親しい人でなく、目上の人だったらバス代を借りる場合も「申し訳ありませんが、10円玉お持ちでしたらお貸し願いたいんですが。」とか、100万円借りる場合も「そういうわけで、100万円ほどお借りできたらありがたいんですが……」など、語尾がさらに長くなるでしょう。つまり、依頼内容の程度と、依頼相手との人間関係によって文末表現を選ぶ必要があるのです。

　私は頼み方に何通りあるか数えたことがあります。何と、150通り近くもあることがわかりました。勧誘、助言、許可求めなどには相手に働きかける文型が使われますが、「行為要求」は相手を自分の思うとおりに動かす最も強い働きかけです。ですから、よほど神経を使わなければ相手はこちらの要求を聞いてくれません。次回からいくつかの行為要求のパターンをご紹介します。

情態 23

3-3. 行為要求的情態表現

　　接下來談談最複雜的「行為要求的情態表現」。想請託別人時，有多少種說法呢？例如付公車票錢時發現沒有零錢，若是向熟人借的話，可以說「ちょっと 10 円玉貸<u>してくれない</u>？」（能借我 10 日圓硬幣嗎？）但若是想買車需要借 100 萬日圓的話，就不該這麼隨便吧。應該，先陳述為什麼非得買車不可，然後運用較長的語尾表現法，例如「悪いんだけど、100 万円ほど貸<u>してもらえない</u>？」（不好意思，可以請你借我 100 萬日圓左右嗎？）而且還必須和聽話者約定好後續償還借款的方式才行吧。若要向較不熟識的長上借公車票錢的話，可以說「申し訳ありませんが、10 円玉お持ちでしたら<u>お貸し願いたいんですが。</u>」（對不起，若您身上有 10 日圓硬幣的話，我想跟您借。）而若是要借 100 萬日圓的話，則要用更長的語尾來表現，例如「そういうわけで、100 万円ほど<u>お借りできたらありがたいんですが……</u>」（基於以上緣由，若能向您借 100 萬日圓左右，實在是感激不盡……）也就是說，說話者必須依照想請託事項的重大與否，以及與請託對象間的關係，選擇適當的句尾表現方式。

　　我曾經試著研究過，請託的表現方式共有幾種。結果發現竟然有接近 150 種之多。勸誘、提供建議、和取得許可等情況亦會使用促使對方採取行動的句型，但是「行為要求」更是令對方如己所願的最強烈推動方式。因此，若是聽話者心思不夠細膩，就沒有辦法順利使對方聽從自己的要求。下一回將介紹幾種「行為要求」的情態表現。

日本語

3-3. 行為要求のモダリティ

　前回、依頼の文型は 150 通り近くもあることをお話しました。それを全部紹介するとなると何年かかってもこのシリーズは終わらないことになるので、ここでは特徴的な 9 種類だけをご紹介しましょう。

a「弁当を買って<u>きなさい</u>。」「弁当を買って<u>こい</u>。」

b「弁当を買って<u>きてください</u>。」「弁当を買って<u>きて</u>。」

c「弁当を買って<u>きてくれませんか</u>？」「弁当を買って<u>きてくれない</u>？」「弁当を買って<u>きてくれ</u>。」

d「弁当を買って<u>きてくださいませんか</u>？」「弁当を買って<u>きてくださらない</u>？」

e「弁当を買って<u>きてもらえませんか</u>？」「弁当を買って<u>きてもらえない</u>？」

f「弁当を買って<u>きていただけませんか</u>？」「弁当を買って<u>きていただけない</u>？」

g「弁当を買って<u>きてもらってもいいですか</u>？」「弁当を買って<u>きてもらってもいい</u>？」

h「弁当を買って<u>きていただいてもいいですか</u>？」「弁当を買って<u>きていただいてもいい</u>？」

i「弁当を買って<u>きていただくわけにはまいりませんでしょうか</u>。」

情態 24

3-3. 行為要求的情態表現

　　上一回，曾提過請託的句型有接近 150 種之多。若是一一介紹，可能花上再多年，這個系列也完成不了，因此以下僅介紹最具特徵的 9 種。

a「弁当を買ってきなさい。」「弁当を買ってこい。」

b「弁当を買ってきてください。」「弁当を買ってきて。」

c「弁当を買ってきてくれませんか？」「弁当を買ってきてくれない？」「弁当を買ってきてくれ。」

d「弁当を買ってきてくださいませんか？」「弁当を買ってきてくださらない？」

e「弁当を買ってきてもらえませんか？」「弁当を買ってきてもらえない？」

f「弁当を買ってきていただけませんか？」「弁当を買ってきていただけない？」

g「弁当を買ってきてもらってもいいですか？」「弁当を買ってきてもらってもいい？」

h「弁当を買ってきていただいてもいいですか？」「弁当を買ってきていただいてもいい？」

i「弁当を買ってきていただくわけにはまいりませんでしょうか。」

　（請託對方幫忙買便當。）

第8部 モダリティ

113

日本語

　以上、a〜iのそれぞれ前のものが遠慮のある人に対して、後のものが親しい関係にある人に対しての発話です。

　aは「命令」です。「命令」といのは権力のある者が発するものですが、「弁当を買って<u>こい</u>。」という常体命令形は、男性しか使わないようです。

　bは「指示」です。「命令」は上位者がするものですが、「指示」はある集団の責任者がプログラムがうまく進むように導く言葉です。例えば、旅行をしている時には、ガイドの指示に従わないと楽しい旅行ができませんね。親しさによって「〜てください」「〜て」などと使い分けます。

　そして、c〜iが「依頼」になります。この場合、語調も丁寧さを表現するモダリティを表現します。？がついた言い方は語尾を上げるのですが、語尾を上げた方が遠慮深く聞こえます。この「依頼」が、c→iの順に丁寧になるのは、言うまでもありません。長ければ長いほど意味が曖昧になり、曖昧になればなるほど衝突が少なくなるというわけです。しかし、曖昧だから衝突が少なくなるとは限りませんね。何を言いたいのかわからなくて、却って衝突が起こるかもしれませんよね。

情態　25

在上述 a～i 的例句中，前句皆是對需客氣的對象，而後句則是對關係較親近的對象所說。

例句 a 是「命令」的表現法。有權力的人才能發布「命令」，然而只有男性才能使用「弁当を買って<u>こい</u>。」（去買便當。）這樣的常體命令形式。

例句 b 則是「指示」。長上才能發布「命令」，「指示」則是團體內部的負責人為引導業務順利推動而說的詞語。就如參加旅行團時，若不尊從導遊指示，那麼旅程也不會愉快吧。依據說話者與聽話者親近與否，會分別使用「～てください」和「～て」等不同的表現法。

接下來，例句 c～i 則是「請託」。此時，語調也是表達客氣程度的情態表現。句尾帶有問號時句尾的語調上揚，而語尾上揚的表現法聽起來較客氣。我想自不待言，「請託」的表現方式中，客氣程度依 c→i 順序提升。語尾愈長，表現出來的意思就愈曖昧，而意思愈曖昧就愈不易引發衝突吧。但也未必曖昧就能減少衝突，也許有時會因為不懂說話者到底想表達什麼，反而引起衝突呢。

日本語

　c〜iのうち、皆さんが疑問を持つのは次の2つでしょう。

1. どうして「〜てくれませんか／くださいませんか」よりも「〜てもらえませんか」「〜ていただけませんか」の方が丁寧なのか。

2. 「〜てもらってもいいですか／いただいてもいいですか？」という言い方が流行していること。

　まず、1.からお話しましょう。「AがBしてくれる」というのは、「A 幫我做B」という意味です。主語Aと「做」Bの動作主が一致しています。しかし、「AにBしてもらう」というのは「私がAにお願いして、AがBをした」、つまり「我請A做B」という意味で、「做」Bの動作をするのはAで、「請」という動作をするのは「我」です。つまり、「〜てもらう」という一動詞の中に、2つの動作、2つの動作主が含まれているのです。「〜てもらう」という短い文型の中に、「私→A」と「A→私」という2つの方向の動作が込められているのです。このような「てもらう」文を「依頼使役文」と言います。

　ですから、「請借我100塊。」という場合、日本語で「×100元借りてくれませんか？」などという間違いを犯すのです。「借りる」は自分の動作、「貸す」が相手の動作です。また、「〜てくれる」も相手の動作です。ですから、「100元貸してくれませんか？」と、どちらも相手の動作に統一しなければいけないのです。

情態 26

　　我想大家對於例句 c ～ i，可能會有以下兩個疑問。

1. 為什麼和「～てくれませんか／くださいませんか」相比，「～てもらえませんか」和「～ていただけませんか」更客氣呢？

2. 為什麼會流行「～てもらってもいいですか／いただいてもいいですか？」這樣的表現法呢？

　　先說明第 1 個疑問吧。「A が B してくれる」意思是「A 幫我做 B」，主語 A 就是「做」B 的動作主。然而「A に B してもらう」則表示「我拜託 A，於是 A 做了 B」，也就是「我請 A 做 B」的意思，「做」B 的人是 A，而「請」的人是「我」。也就是說，「～てもらう」這個單一的動詞中，含括了 2 個動作和 2 個動作主。「～てもらう」這個簡短的句型中，包含了「私→A」（我→A）和「A→私」（A→我）兩個方向的動作。此類「てもらう」的句型稱作「請託使役句」。

　　因此中文母語者用日文說「請借我 100 塊。」時，常犯「×100 元借りてくれませんか？」的錯誤。「借りる」（借入）是說話者自己的動作，「貸す」（借出）則是對方的動作，且「～てくれる」亦是對方的動作，因此「100 元貸してくれませんか？」才能皆統一為對方的動作。

日本語

3-3. 行為要求のモダリティ

次に、2の2.「弁当を買ってきてもらってもいいですか／いただいてもいいですか？」という文型ですが、これはここ20年で流行している表現で、新聞でも話題になりました。

「〜てもらってもいいですか？」は、直訳すれば「我可以拜託你做〜嗎？」という言い方で、相手に何かをしてもらうことをお願いしてもいいか、という、非常に下手（したで）に出た婉曲な依頼表現です。病院で医者が患者に対して「服を脱いでもらっていいですか？」とか、授業で教師が学生に対して「名前を呼ぶから、返事してもらっていいかな？」と言うなど。医者、教師の言葉は明らかに「指示」ですね。患者が服を脱がなかったら聴診器が当てられなくて診療はできないし、先生が点呼しなかったら授業は始まりません。医者だったら「服を脱いでください」、教師だったら「返事をしてください」で充分OKでしょう。また、路上で人に道を聞いた時にも「この道をまっすぐ行っていただいて……」などという返事が返ってきます。こちらがお願いして道を聞いているのに、なぜこんなに恐縮したような教え方をするのでしょう。

このように、「依頼」のレベルの話し方が「指示」の場面にまで上がってきています。逆に言えば、「指示」のレベルの会話においても「依頼」の文型が用いられています。これは、「人を『上から目線』で見てはいけない」「人を『上から目線』で見ることは、コミュニケーションを破壊することだ」という日本の社会的コンセンサスがあるからだ、としか思えません。それは、日本人が授受動詞の「やる」を使わなくなったということと軌を一にしていると言っていいでしょう。

情態 27

3-3. 行為要求的情態表現

　　其次，第 2 個疑問裡的例句「弁当を買ってきてもらってもいいですか／いただいてもいいですか？」這是近 20 年來流行的表達方式，報紙上也曾討論過。

　　若直譯「～てもらってもいいですか？」就是「我可以拜託你做～嗎？」是說話者以非常謙卑的態度，委婉地請託對方是否能幫忙做某件事。在醫院醫生對著患者說「服を脱いでもらっていいですか？」（能請您幫我脫一下您的衣服嗎？）或是在上課的時候聽到老師對學生說「名前を呼ぶから、返事してもらっていいかな？」（我會點名，[叫到名字的] 能請幫我應個聲嗎？）醫生和老師所說的，很顯然地是下達「指示」吧。倘若患者不解開衣服，醫生便無法使用聽診器，因此也無法為患者診療，而老師不先點名也無法上課。此時，醫生只需要說「服を脱いでください」，而老師也只要說「返事をしてください」就夠了。還有，當我們在馬路上向人問路時，也會聽到有人回答「この道をまっすぐ行っていただいて……」（請您幫我這條路直走……）。明明是我們發出請託問路，對方何必如此低聲下氣地回應呢。

　　如前面所示，「請託」這個程度的說話方式甚至延伸應用到「指示」的層級。反過來說，就連「指示」這個層級的對話也用上了「請託」的句型。我想，這只能推論是反應了日本社會的一種共識，也就是「不得『高高在上地待人』」、「『高高在上地待人』，就無法順利溝通」。這大概與日本人變得不用授受動詞「やる」的理由相同吧。

4. その他のモダリティ表現

4-1. 指示詞によるモダリティ表現

a「ここで食事をするんですか？」

b「こんなところで食事をするんですか？」

　aとbの違いは明らかですね。aの話者はまったくニュートラル（neutral）な意味で、食事をする場所がここであるかどうかを聞いています。bの話者は、例えば当該場所が非常に汚い所だとか、逆に非常に立派な高価なレストランだとかいう理由で、食事をする場所が、食事にふさわしくない場所だと思っていますね。

a「私、あの人とは結婚しない。」

b「私、あんな人とは結婚しない。」

　これも同様です。aの話者「私」は、単に自分の選んだ結婚相手が「あの人」ではないことを述べているだけですが（多分aの話者には「あの人」とは別の好きな人がいるのでしょう）、bの話者「私」は、明らかに「あの人」が嫌いで自分にふさわしくないと思っていることが覗えますね。

情態 28

中文

4. 其他的情態表現

4-1. 運用指示詞的情態表現

a「ここで食事をするんですか？」（要在這裡用餐嗎？）

b「こんなところで食事をするんですか？」（要在這種地方用餐嗎？）

　　例句 a 和例句 b 的差別非常明顯吧。例句 a 的說話者完全是以中立（neutral）的態度，向聽話者確認是否在這裡用餐。而例句 b 的說話者，則是因為該處非常髒亂，或相反地，是非常氣派昂貴的餐廳這樣的理由，認為不適合於該場所用餐。

a「私、あの人とは結婚しない。」（我啊，不會和那個人結婚。）

b「私、あんな人とは結婚しない。」（我啊，不會和那種人結婚。）

　　這組例句亦同。例句 a 的說話者「我」，只是說明自己選擇的結婚對象並不是「那個人」（大概 a 的說話者另有喜歡的人吧），但是例句 b 則能感受到說話者「我」明顯討厭「那個人」，認為對方配不上自己。

第8部

モダリティ

日本語

4-1. 指示詞によるモダリティ表現

a「太郎が台湾大学に合格した。」

b「<u>なんと</u>太郎が台湾大学に合格した。」

　aは単に「太郎が合格した」という事実を報告しているだけですが、bの方は「太郎が合格した」ことに関する驚きが表れていることがわかりますね。話者にとって「太郎」は最も合格する可能性が低い人物だったようです。英語で言えば、「なんと」は 'to my surprise' といったところでしょう。

a「吉田先生は美しい人だ。」

b「吉田先生は<u>なんて</u>美しい人だ。」

　これも、aは単に「吉田先生が美人である」という意見の表明ですが（客観的に正しいかどうかはともかくとして）、bの方は実際に吉田先生の美しさに触れて驚いている状況ですね。つまり、bは吉田先生を見ながら、或いは見た直後に発話されたものですが、aは発話時点では吉田先生を見ていないことになります。英語で言えば、bは "What a beautiful lady Miss Yoshida is!" というわけです。

情態 29

4-1. 運用指示詞的情態表現

a「太郎が台湾大学に合格した。」（太郎考上台灣大學了。）

b「<u>なんと</u>太郎が台湾大学に合格した。」（太郎竟然考上台灣大學了。）

　　相信大家都能看出 a 例句中只是單純地報告「太郎考上台大」的事實，不過例句 b 則是表達了說話者對「太郎考上台大」感到驚訝吧。對於說話者而言，「太郎」似乎是最不可能考上的人。「なんと」用英文說大概就是 'to my surprise' 吧。

a「吉田先生は美しい人だ。」（吉田老師是位美女。）

b「吉田先生は<u>なんて</u>美しい人だ。」（吉田老師是多麼美的人啊！）

　　這組例句亦同，例句 a 只是單純地陳述「吉田老師是位美女」的意見而已（姑且不論客觀來說是否正確），而 b 則是在親身體會到吉田老師的美後驚嘆的狀態吧。也就是說，b 是一邊看著吉田老師一邊說，或是在見過吉田老師後馬上說的，而 a 在說話的當下，並沒有看到吉田老師。例句 b 用英文說的話，就是 "What a beautiful lady Miss Yoshida is!"。

第 8 部　モダリティ

日本語

4-2. 副詞によるモダリティ表現

a「日本語を勉強したのだから、日本に行きたい。」

b「<u>せっかく</u>日本語を勉強したのだから、日本に行きたい。」

　日本語を勉強したら日本に行きたいと思うのは当たり前のことですが、a よりも b の方が切実な気持が強く表現されています。「せっかく」は中国語で言えば「好難得〜」という意味で、「苦労して何かを成し遂げた」という事情を表わします。

　次に、副詞句（単語が複合して副詞の役目をしているもの）によるモダリティ表現です。

a「明日は郵便局が休みだ。」

b「<u>困ったことに、</u>明日は郵便局が休みだ。」

　一見して明らかなように、a は単に「明日は郵便局が休みだ」ということを報告しているに過ぎませんが、b の方は「明日は郵便局が休み」であることが話者にとって迷惑であることが表現されています。このような副詞は「評価副詞」と呼ばれ、後に続く事態を評価する役割を果たし、「うれしいことに」「気の毒なことに」など、「〜ことに」という形式がよく用いられます。

情態 30

4-2. 運用副詞的情態表現

a「日本語を勉強したのだから、日本に行きたい。」

（因為學了日文，所以想去日本。）

b「<u>せっかく</u>日本語を勉強したのだから、日本に行きたい。」

（難得都學了日文，所以想去日本。）

　　兩者皆是因為學了日文，當然就想去日本，不過，例句 b 比例句 a 更強烈地表達了殷切的心情。「せっかく」一詞翻譯成中文就是「好難得」的意思，表達「下了苦工完成某事」。

　　接著說明運用「副詞詞組」（就是由數個單詞所組成，具有副詞功能的詞組）的情態表現。

a「明日は郵便局が休みだ。」（明天郵局不營業。）

b「<u>困ったことに、</u>明日は郵便局が休みだ。」（真傷腦筋，明天郵局不營業。）

　　大家應該一看就明白這兩個例句的差異，例句 a 只是單純地報告「明天郵局不營業」，而例句 b 則表達出，「明天郵局不營業」對說話者而言很困擾。像這樣的副詞被稱為「評價副詞」，具有評價後面接續之事態的作用，常常以「〜ことに」的形式使用，例如「うれしいことに」（令人高興的是〜）、「気の毒なことに」（令人同情的是〜）等。

第8部　モダリティ

日本語

4-2. 副詞によるモダリティ表現

a 「太郎にケガはなかった。」

b 「幸い、太郎にケガはなかった。」

　一見して b の方が太郎の無事を喜ぶ気持が表れていますね。しかし、次の例はどうでしょうか。

？「幸い、太郎は<u>少しだけ</u>ケガをした。」

　これではまるで、話者が「太郎は少しだけケガをした」ことを喜んでいるようです。皆さん、「モダリティ-2」「モダリティ-3」を見てください。「だけ」は限度を表わす肯定的な意味であり、少量の否定的な意味を表わすには「～しか～ない」を用いなければなりません。「太郎は少しだけケガをした」というのは、「少しケガをした」というのと同じで、決して喜ぶべきことではありません。「幸い、財布の中に<u>少しだけ</u>お金があった。」と言ったなら「お金がある」ことを喜んでいます。同様に「幸い、太郎は<u>少しだけ</u>ケガをした。」と言ったなら、「ケガをした」ことを喜んでいることになるのです。「大ケガをしなくてよかった」ということを喜ぶ表現にしたいなら、次のように言わなくてはなりません。

○「幸い、太郎は<u>少ししか</u>ケガを<u>しなかった</u>。」

情態 31

4-2. 運用副詞的情態表現

a「太郎にケガはなかった。」（太郎沒有受傷。）

b「幸い、太郎にケガはなかった。」（所幸，太郎沒有受傷。）

　　乍看下，例句 b 是表達對太郎平安無事感到開心對吧。不過，接下來的例句又是如何呢？

？「幸い、太郎は少しだけケガをした。」（所幸，太郎受了點輕傷。）

　　這樣的表現法彷彿說話者慶幸「太郎受了點輕傷」。請各位參考前面的「情態 -2」和「情態 -3」。「だけ」是具肯定意義地表現事物的範圍；若是想以否定意義表達程度和數量之少，則必須使用「～しか～ない」。「太郎は少しだけケガをした」和「少しケガをした」一樣，絕對不是值得開心的事。若是說「幸い、財布の中に少しだけお金があった。」（所幸，錢包裡還有一點錢。）的話，表示說話者慶幸「錢包裡有錢」。一樣的道理，若是說「幸い、太郎は少しだけケガをした。」的話，就會變成慶幸「太郎受傷了」。若是說話者想要表達「大ケガをしなくてよかった」（沒有受重傷真是太好了）的喜悅，則必須這麼說：

○「幸い、太郎は少ししかケガをしなかった。」

4-3. 助詞によるモダリティ表現

a 「一生懸命勉強した<u>けど</u>、成績が上がらなかった。」

b 「一生懸命勉強した<u>のに</u>、成績が上がらなかった。」

　a の方は単なる報告ですが、b の方は「成績が上がらなかった」ことの悔しさや不満が表現されています。逆接の接続助詞「けど」と「のに」はどう違うのでしょうか。逆接の接続助詞は、

a 「安い<u>けど</u>、買わない。」

b 「安い<u>のに</u>、買わない。」

　などのように、接続助詞の前の部分がプラス価値なら後の部分はマイナス価値、前の部分がマイナス価値なら後の部分はプラス価値になります。つまり、前部と後部が矛盾した関係になります。上記の a は、例えば欲しかった洋服がバーゲンで安売りしているので、私は買いたいと思います。しかし、私はお金がないので買えません。その時、a 「安い<u>けど</u>、（お金がないから）買わない。」のように言います。これを見た洋服屋の店主は、b 「（あなたは）安い<u>のに</u>、買わない！」と文句を言います。「けど」は前部と後部の矛盾を述べているだけです。しかし、「のに」は前部と後部の矛盾に疑問を持ったり不満に思ったりする気持、つまり矛盾を罵る気持が込められているのです。

情態 32

4-3. 運用助詞的情態表現

a「一生懸命勉強した<u>けど</u>、成績が上がらなかった。」

（我雖然拚了命用功讀書，成績卻沒進步。）

b「一生懸命勉強した<u>のに</u>、成績が上がらなかった。」

（我明明拚了命用功讀書，可恨地成績卻沒進步。）

例句 a 只是單純的報告，而例句 b 則是對「成績沒有進步」表達不甘和不滿。

逆接接續助詞「けど」和「のに」有什麼不同嗎？如以下例句：

a「安い<u>けど</u>、買わない。」（雖然便宜，但不買。）

b「安い<u>のに</u>、買わない。」（明明這麼便宜了，還不買！）

像這樣，逆接接續助詞的作用，就是若助詞前半部為正面價值，後半部就會是負面價值；若助詞前半部為負面價值，後半部就會是正面價值。也就是說，前後兩部分會產生矛盾。上述 a 好比之前就很想買的衣服正在特價便宜賣，我心裡雖然想買，卻因為沒錢所以不能買。此時就以例句 a「安い<u>けど</u>、（お金がないから）買わない。」（雖然便宜，但 [因為沒錢] 我不買。）來表現。看到這種狀況的服飾店老闆，就會抱怨說出例句 b「（あなたは）安い<u>のに</u>、買わない！」（[客倌] 這麼便宜了，還不買！）。「けど」只能表現句子前半部和後半部的矛盾。但是，「のに」則是針對句子前半部和後半部的矛盾，表達心裡的質疑和不滿，也就是咒罵該矛盾的心情。

日本語

4-4. 副助詞によるモダリティ表現

a「そんなことは、子供が知っている。」

b「そんなことは、子供さえ知っている。」

　ご存知のように、「さえ」は中国語では「連〜也」と翻訳できます。例えば玩具やゲームなど子供の世界のことは大人より子供の方がよく知っていますね。この時、aのように言います。

　これに対してbは、「そんなことは誰もが知っている常識だ」という意味になります。つまり、bには「子供はそんなことを知る可能性が最も低いものである」という暗黙の意味が隠されています。「ハとガ」の第7回目でもお話しましたが、副助詞が添えられると、「それ以外の物」つまり「他者」の存在が想起されます。「子供さえ」と言う時には、「子供」以外の他者、「大人」が含意されています。

　このような副助詞は、「とりたて助詞」とも呼ばれます。「そのこと」を知っている可能性のある無限のものから「子供」を取り立てることによって、意味の深い表現ができるのです。

情態 33

4-4. 運用副助詞的情態表現

a「そんなことは、子供が知っている。」（那種事情啊，小孩子最清楚了。）

b「そんなことは、子供さえ知っている。」（那種事情啊，連小孩子也知道。）

　　就如大家所知，「さえ」翻譯成中文是「連～也」的意思。例如玩具或電玩等等小孩子的領域，小孩子會知道得比大人更多吧。此時，就可以用例句 a 表達。

　　相對地，例句 b 意思則是「這是任誰都知道的常識」。也就是說，例句 b 隱含著「小孩子最不可能知道這種事」的意思。我在「は與が」第 7 回裡亦曾提過，添加副助詞會令人想起「除此之外的東西」，也就是想起尚有「他者」的存在。說「子供さえ」（連小孩子也）就隱含著「小孩子」以外的他者，也就是「大人」。

　　像「さえ」這樣的副助詞，稱為「とりたて助詞」（焦點詞）。例句 b 是於可能知曉「那件事」的無數對象中，提示出「小孩子」，藉以表達更深的涵義。

第
8
部

モダリティ

日本語

4-4. 副助詞によるモダリティ表現

　「さえ」と似たようなとりたて助詞に「まで」があります。「ハとガ」の第8回目と9回目で、「シャボン玉飛んだ　屋根まで飛んだ」という歌を聞いて「どうして屋根まで飛んじゃうの?」と質問した子供の話をしましたね。「まで」にも「連〜也」の意味があります。では、「さえ」と「まで」はどう違うのでしょうか。

a「あなたさえ反対するのですか。」

b「あなたまで反対するのですか。」

　aもbも「あなた」は「反対する可能性が最も低いもの」という位置づけが含意されていますが、aの「あなた」の他者が「あなた以外のすべての不特定多数の人」であるのに対し、bの「あなた」の他者は特定されています。つまり、「Aさんも反対した。Bさんも反対した。Cさんも、Dさんも反対した。あなただけは反対しないと思っていたのに、反対した。」というふうに、「反対する可能性の最も高いものから最も低いものへの序列」が、話者に認識されているのです。

情態 34

4-4. 運用副助詞的情態表現

　　和「さえ」類似，具有強調功能的助詞還有「まで」。在「は與が」第 8 回和第 9 回中，我曾經提到，有小孩聽了「シャボン玉飛んだ　屋根まで飛んだ」（肥皂泡飛上去，飛到屋頂）這首童謠的歌詞，就問「どうして屋根まで飛んじゃうの？」（為什麼連屋頂也會飛走呢？）這個故事吧。這正是因為「まで」也有「連～也」的意思。那麼，「さえ」和「まで」何異？

a「あなたさえ反対するのですか。」（連你也反對嗎？）

b「あなたまで反対するのですか。」（終於連你也反對嗎？）

　　例句 a 和例句 b 皆隱含著把「あなた」定位成「反對可能性最低的人」的意思，但是例句 a 裡，「あなた」的他者是指「除了あなた以外，所有不特定的多數人」；相對地，例句 b 裡「あなた」的他者卻是特定的。也就是說，例句 b 中的說話者認為「從反對可能性最高到最低加以排序」，呈現「A さん反對。B さん也反對。C さん也反對。D さん也反對。原本以為至少你不會反對，沒想到連你都反對。」

第 8 部

モダリティ

日本語

4-4. 副助詞によるモダリティ表現

次の例はどうでしょうか。

a「花子は太郎が大嫌いだ。」

b「花子は太郎<u>なんか</u>大嫌いだ。」

名詞の後に「なんか」をつけて「○○なんか」と言うと、「○○」は話者が嫌だと思っているもの、話者にとって忌むべきものであることを表わします。ですから、aは単に花子が太郎を嫌っているという事実を述べているだけですが、bは花子だけでなく、話者自身も太郎を嫌っているということになります。

a「陳さんは班長にふさわしい。」

b「陳さん<u>こそ</u>班長にふさわしい。」

aは他の人との比較なしにただ「陳さん」の資質を述べているだけですが、bでは「陳さん」が一番適任であることを述べています。「○○こそ」と言うと、「○○」以外の他者を否定し、「○○」が他者より抜きん出ていることを表わします。

情態 35

4-4. 運用副助詞的情態表現

　　下面的例句又如何呢？

a 「花子は太郎が大嫌いだ。」（花子超討厭太郎的。）

b 「花子は太郎<u>なんか</u>大嫌いだ。」（花子超討厭太郎那傢伙的。）

　　在名詞的後面接上「なんか」，形成「○○なんか」的結構，表示「○○」是說話者討厭的事物，是說話者想遠離的。因此，例句 a 只是單純陳述花子討厭太郎的事實而已，但是例句 b 則表達不只是花子，連說話者本身也討厭太郎。

a 「陳さんは班長にふさわしい。」（陳同學適合當班長。）

b 「陳さん<u>こそ</u>班長にふさわしい。」（陳同學才適合當班長。）

　　例句 a 未和他人比較，單純陳述「陳同學」的資質，不過例句 b 則表達「陳さん」是最適任班長一職的人選。「○○こそ」的表達方式是否定「○○」以外的他者，以凸顯「○○」。

第8部　モダリティ

135

日本語

4-4. 副助詞によるモダリティ表現

さて、ここで問題を出します。ハも副助詞（とりたて助詞）ですから、ハとガの復習をしつつ、ハとガのモダリティを考えてみましょう。パーティに行って、「コーヒーと紅茶とどちらがいいですか？」と聞かれた場合、a と b が次のように答えました。

a「私、コーヒーがいいです。」

b「私、コーヒーはいいです。」

この二人は、コーヒーと紅茶のどちらを飲むのでしょう。ヒントを出しましょう。実は、「いいです」の解釈がミソなのです。「いいです」という言葉には、全く相反する2つの意味があります。一つは「すみませんが、ちょっと手伝ってくれませんか。」「いいですよ。」のように、英語の「OK」とか中国語の「好」という意味です。もう一つは、「暑いですね。クーラー、つけましょうか？」「いいですよ。まだ26℃だし、電気代がもったいないから。」のように、「（クーラーをつけなくても）いいです」の意味、つまり相手の問に対する否定の答「不必」を意味します。

相手から何かを依頼された場合は、「いいです」は「OK」の意味になりますが、相手が何かを申し出た場合は、「いいです」は「不必」の意味になるのです。

さて、a と b はどちらの答を出したのでしょうか？　答は次回に。

情態 36

4-4. 運用副助詞的情態表現

　　接下來，我想考大家一個問題。由於「は」也是副助詞（焦點詞），以下複習「は與が」的同時，請大家想想「は與が」的情態表現吧。假設大家參加宴會，被問到：「コーヒーと紅茶とどちらがいいですか？」（請問你要喝紅茶還是咖啡呢？）而 a 和 b 二個人分別以下面的例句回答：

a「私、コーヒーがいいです。」

b「私、コーヒーはいいです。」

　　請問 a 和 b，分別要喝紅茶還是咖啡呢？給大家一點提示吧。其實，關鍵在於如何解釋「いいです」。「いいです」具有兩個完全相反的意思。首先，就如下面的例句，「すみませんが、ちょっと手伝ってくれませんか。」「いいですよ。」（「不好意思，能否請您幫個忙呢？」「好啊。」）這裡的「いいですよ。」用英文來說就是「OK」，也就是中文「好」的意思。而另外一個意思則如下所示「暑いですね。クーラー、つけましょうか？」「いいですよ。まだ26℃だし、電気代がもったいないから。」（「好熱啊，可以開冷氣嗎？」「不用吧。才攝氏 26 度而已，開冷氣太浪費電費了。」）表達的是「（クーラーをつけなくても）いいです」（不用開冷氣也行），也就是向對方表達否定回答，「不必」的意思。當對方請託我們某事，回答「いいです」就是表示「OK」；不過當對方提議某事，回答「いいです」就表示「不必」。

　　那麼，a 和 b 分別回答了什麼呢？　答案下回揭曉。

第 8 部

モダリティ

137

日本語

a：断然コーヒーが欲しい。

b：コーヒーはいらない。紅茶の方がいい。

　ハとガのテーマの時に、ガには「排他」の機能があることをお話ししました。つまり、「AガB」と言う時、「A以外の物を排除する」という意味が含まれています。ですから、「私、コーヒーがいいです」と言った場合は、「コーヒー以外の物は排除する」、つまり「コーヒーだけ飲みたい」ということになります。これに対して、「AはB」と言う時は、Aは主題、BはAについての情報だ、とお話ししました。そうすると、「コーヒー」というテーマについて、bは何か新情報をもたらしてくれるようです。では、「コーヒーはいいです」と言ったら、それは「コーヒーというものは、よい飲み物だ」という意味になるのでしょうか。もちろん、それもあります。でも、「コーヒーと紅茶とどちらがいいですか？」という質問に対して「コーヒーというものは、よい飲み物です」と答えるのは、ピントがずれた答になってしまいませんか？　そこで、「いいです」のもう一つの意味が登場します。「コーヒーは、要／不要」のうち、「不要」を選ぶわけですから、「コーヒーはいらない、紅茶の方がいい」という解釈になるわけです。

情態 37

説話者 a：明確地表示他要喝咖啡。

説話者 b：他不喝咖啡，要喝紅茶。

　　在「は與が」的主題時，我提過「が」具備「排他」的效果，也就是說，當我們說「A が B」就表示「將 A 以外的東西排除」。因此，說「私、コーヒーがいいです」的時候，就是「將咖啡以外的東西排除」，亦即「只要喝咖啡」。相對地，當我們說「A は B」的時候，A 是主題，而 B 是關於 A 的資訊。故說話者 b 是在提供關於「咖啡」這個主題的新資訊。那麼，「コーヒーはいいです」，是表示「コーヒーというものは、よい飲み物だ」（咖啡是很棒的飲料）嗎？當然，也有這種意思。但是，當要回應「コーヒーと紅茶とどちらがいいですか？」（請問你要喝紅茶還是咖啡呢？）的疑問時，回答「咖啡是很棒的飲料」不是令人感到牛頭不對馬嘴嗎？於是，就該由「いいです」的另一個意思登場了。另一個意思，即在「要喝／不要喝咖啡」的選項中選擇「不要咖啡」，故 b 的意思是「コーヒーはいらない、紅茶の方がいい」（不喝咖啡，要喝紅茶）。

第
8
部

モダリティ

139

日本語

4-5. 文末表現によるモダリティ表現

a「私は、これがいいと思います。」

b「私は、これがいいと思いますけど。」

　bの「けど」は、逆接を表わす「けど」の用法ではなく、文末に用いられる「言い止し（いいさし）」と呼ばれる用法です。aはかなりはっきり自分の意見を述べていますが、bは話を途中で止めてしまって、あたかもまだ言いたいことを全部言っていないかのようです。この「言いさし」の「けど」は、自分の意見を遠慮がちに控えめに表明し、自分の意見を相手に押し付けない、決めつけない、というスタンスを表しています。あえて後に続く言葉を探すなら、「（私は、これがいいと思いますけど）、あなたの考えは違いますか?」といったところでしょう。

a「私、家を出ていきます。」

b「私、家を出ていきますから。」

　bの「から」も原因・理由を表わす「から」と違い、やはり「言いさし」の用法です。この「から」は「宣告」を表わす強い言い方です。ですから、単に自分の意志を述べるだけのaと違って、bの方が相手に有無を言わせない、押しの強い表現となるわけです。

情態 38

4-5. 運用句尾的情態表現

a「私は、これがいいと思います。」（我啊，認為這樣比較好。）

b「私は、これがいいと思います<u>けど</u>。」（我啊，是認為這樣比較好啦……。）

　　例句 b 的「けど」和表達逆接的「けど」用法不同，而是用於句尾，稱作「話說一半」的用法。例句 a 非常明確地表達自己的意見，而例句 b 則是話說了一半就停下來，好像有所保留，未把想說的全說出來。這種「話說一半」的「けど」，表現出說話者有所顧慮、委婉地表達自己的意見，不想把自己的想法強加在對方身上，也不想斷然下結論的立場。若硬要說出後續的語句，大概就是「（私は、これがいいと思いますけど）、あなたの考えは違いますか？」（[我啊，是認為這樣比較好啦，] 你有別的想法嗎？）

a「私、家を出ていきます。」（我要離家出走。）

b「私、家を出ていきます<u>から</u>。」（我就是要離家出走。）

　　例句 b 的「から」也和表達原因或理由的「から」不同，是「話說一半」的用法。這裡的「から」是強烈表達「宣告」的說話方式。因此，和單單陳述自己意志的例句 a 不同，例句 b 是不容分說，強加於人的表達方式。

日本語

4-6. テンス・アスペクトによるモダリティ表現

　最後に、モダリティは特別な品詞によって表わされるものではありません。活用語の語尾についてテンス・アスペクトを表わす「タ」形（通常「過去形」と呼ばれる）によっても表されます。

a「あなたは、どなたでしたか？」

b「しまった、今日は妻の誕生日だった！」

c「財布はどこ？……あっ、ここにあった！」

　これらの文では、a'「あなたはどなたですか？」、b'「今日は妻の誕生日だ！」、c'「あっ、ここにある！」と、現在形を使って言わないのは何故でしょうか。

　a'「あなたはどなたですか？」と言うのは、初めて会った人に聞く質問です。これに対して、a「あなたは、どなたでしたか？」は、前に会ったことがあるが、その人が誰であるか忘れてしまった場合に聞く質問です。

　b「今日は妻の誕生日だった！」も同じ、忘れていた妻の誕生日を思い出した時に使いますが、b'「今日は妻の誕生日だ！」は、今日が妻の誕生日であることを単に確認しているだけです。

　c「あっ、ここにあった！」というのは、財布をさんざん探して、ここにあることに今初めて気がついたという感激がより多く感じられます。

　つまり、「タ」は単に時制を表わすだけでなく、過去には知っていたことを思い出したり、気がついたりした、という話者の気持を表わすこともあるので、立派なモダリティと言えましょう。

　モダリティのシリーズは、これで終わります。締めくくりに、練習問題をやりましょう。次の文のモダリティの部分に下線を引いて、それぞれ何のモダリティかを説明してみてください。

「ありがたいことに、社長が 20 日も有給休暇をくださるそうだよ。」

　答えはまた次に。

情態 39

4-6. 運用時式和動貌的情態表現

最後，要跟大家說明「情態」不只能用特別的詞類來表現。就像活用語的語尾「た」形，除了可以表達時式和動貌（通常被稱為「過去式」），也可以作「情態」表現之用。

a「あなたは、どなたでしたか？」（我是不是以前在哪裡見過你啊？）

b「しまった、今日は妻の誕生日だった！」（慘了，我忘記今天是太太的生日了！）

c「財布はどこ？……あっ、ここにあった！」（錢包在哪裡呢？啊，原來在這兒！）

上面的例句，為什麼不用現在式，也就是 a'「あなたはどなたですか？」、b'「今日は妻の誕生日だ！」、c'「あっ、ここにある！」呢？

a'「あなたはどなたですか？」（您是哪位？）的說法，常用於詢問初次見面的人，相對地，例句 a「あなたは、どなたでしたか？」則是用來詢問之前曾經見過面，卻忘了對方是誰的情況。

例句 b「今日は妻の誕生日だった！」也和例句 a 一樣，用在忘了今天是太太生日，突然想起來的時候。而例句 b'「今日は妻の誕生日だ！」（今天是太太生日！）只是單純確認今天是太太生日的事。

例句 c「あっ、ここにあった！」是在四處翻找錢包，現在終於在這裡找到了，相較於 c' 更加感動。

也就是說，「た」不單用於表現時態，也可用於表達想起或察覺過去知道的事物時，說話者內心的情緒，故「た」也毫無疑問地算作「情態」的表現方式。

「情態」的單元在此進入尾聲。請大家試做下面的練習題來做個總結吧。請各位在下句中，「情態」的部分畫底線，並且說明各是代表什麼情態。

「ありがたいことに、社長が 20 日も有給休暇をくださるそうだよ。」

解答會在下一回揭曉。

日本語

　前回の答。

「ありがたいことに、社長が 20 日も有給休暇をくださるそうだよ。」のモダリティは、以下のようです。

「ありがたいことに」：評価副詞による「評価」のモダリティ

「も」：とりたて詞による「評価」モダリティ

「くださる」：敬語による「丁寧さ」のモダリティ

「そうだ」：文型による「認識」のモダリティ

「よ」：終助詞による「伝達」のモダリティ

　私たちの日常会話は、モダリティでいっぱいです。日本語は、日本語がいかに発話者の思いや感情に彩られた言語であるか、おわかりかと思います。逆に、モダリティ表現が最も少ないのはどのような文章だと思いますか？　それは、憲法、法律の条文などの公文書、学術書、新聞の報道記事などです。客観性・正確性を重視するこれらの書物は、モダリティ表現や擬声語・擬態語など感覚に訴える表現が極力避けられています。これらの本を読んでいて、時々砂を噛むような難しさを感じるのはそのためでしょう。

情態 40

　　首先公布前一回的解答。

「ありがたいことに、社長が 20 日も有給休暇をくださるそうだよ。」（很感激社長似乎要給我多達 20 天的休假喔。）的「情態」表現如下：

「ありがたいことに」：使用「評價副詞」，表達「評價」的「情態」

「も」：使用焦點詞，表達「評價」的「情態」

「くださる」：使用敬語，表達「客氣程度」的「情態」

「そうだ」：使用句型，表達「認知」的「情態」

「よ」：使用終助詞，表達「傳達」的「情態」

　　我們的日常會話中，含括許多「情態」表現。我想各位已經能夠感受到，日文這種語言，能藉由說話者的心意和情感，裝點得多麼繽紛。相反地，大家認為哪一種類型的文章，「情態」表現最少呢？答案是憲法、法律條文等公文、學術文章、報紙的報導等等。重視客觀性或正確性的這些文書，會儘量避免抒發情感的表現方式，例如運用「情態」表現、擬聲語及擬態語等。也難怪閱讀這些書籍時，有時會感到味如嚼蠟，且難以理解吧。

第 8 部

モダリティ

145

09

助詞
助詞

第 221 回 助詞 1

日本語

　助詞というのは、台湾人にとって最も厄介なシロモノですね。助詞の種類には、次のようなものがあります。

1. 格助詞：ガ、ヲ、ニ、ヘ、デ、ト、ノ、カラ、マデ、ヨリ、等。

2. 副助詞（取り立て詞）：ハ、モ、マデ、サエ、ダケ、シカ、バカリ、コソ、デモ、クライ、ナド、等。

3. 接続助詞：テ、ナガラ、タリ（以上「順接」）、ガ、ケド、テモ、ノニ（以上「逆接」）、シ、カラ、ノデ（以上「因果」）、ト、バ、タラ、ナラ（以上「条件」）、等。

4. 終助詞：ネ、ヨ、カ、サ、ナ、ゼ、ゾ、シ、ヨネ、ゼヨ、サナ、サネ、カヨ、カネ、等。

　このうち、「4. 終助詞」は以前お話ししました。また、格助詞のガと副助詞のハの違いについて、また、副助詞の一部についてもお話ししました。そこで、今回は、

1. 間違えやすい格助詞（ガとヲ、ガとノ、ヲとニ、ヲとカラ、ニとト、ニとヘ、ニとマデ、ニとデとヲ、カラとヨリ、等）

2. 取り立て詞の特徴

3. 間違えやすい接続助詞

についてお話ししたいと思います。そして、間違えやすい助詞を通じて、それぞれの助詞の性質を浮かび上がらせていきたいと思います。

助詞 1

　　對台灣人而言最棘手的就是助詞了吧。助詞有如下幾種：

1. 格助詞：「が」、「を」、「に」、「へ」、「で」、「と」、「の」、「から」、「まで」、「より」等。

2. 副助詞（焦點詞）：「は」、「も」、「まで」、「さえ」、「だけ」、「しか」、「ばかり」、「こそ」、「でも」、「くらい」、「など」等。

3. 接續助詞：「て」、「ながら」、「たり」（以上為「順接」）、「が」、「けど」、「ても」、「のに」（以上為「逆接」）、「し」、「から」、「ので」（以上為「因果」）、「と」、「ば」、「たら」、「なら」（以上為「條件」）等。

4. 終助詞：「ね」、「よ」、「か」、「さ」、「な」、「ぜ」、「ぞ」、「し」、「よね」、「ぜよ」、「さな」、「さね」、「かよ」、「かね」等。

　　其中「4. 終助詞」先前已探討過。而格助詞「が」與副助詞「は」的相異處，以及部分副助詞也已探討過。因此，這回將探討以下助詞：

1. 易混淆的格助詞（「が」與「を」、「が」與「の」、「を」與「に」、「を」與「から」、「に」與「と」、「に」與「まで」、「に」與「で」與「を」、「から」與「より」等）

2. 焦點詞的特徵

3. 易混淆的接續助詞

　　此外，亦將藉由容易混淆的助詞，來凸顯各種不同助詞的性質。

第9部

助詞

日本語

1. 間違えやすい格助詞

1-1. ガとヲの異同

　ガは動作の主体に付ける助詞ですから、動作を行う主体に付けられます。ヲは動作の対象に付ける助詞ですから、他動詞の目的語に伴います。

a. <u>雨</u>が降っている。／<u>私</u>が吉田です。／<u>学生</u>が来ました。

b. <u>弟</u>がリンゴを食べた。／<u>太郎</u>が次郎を殴った。

　この際、bのようにヲ格名詞が「次郎」という人間であっても、物と同じように「対象」とみなされます。

　しかし、次のような疑問が湧いてきます。

c. 日本人は<u>刺身</u>が好きだ。

　「好き」の対象は「刺身」じゃないか、というわけです。英語でも "Japanese people like sashimi."、中国語でも「日本人喜歡生魚片。」で、「刺身」は動詞の目的語になっていますね。しかし、日本語を見てください。述語の「好きだ」は動詞ではなく、ナ形容詞（形容動詞）です。対象を表わすヲは動作の対象であって、動詞にしか伴いません。「刺身が好きだ」の「好き」は動作でなく心理状態ですからヲ格は取れず、「刺身」は動作の対象でなく志向の対象ということになります。

助詞 2

中文

1. 易混淆的格助詞

1-1.「が」與「を」的異同

　　「が」是附在動作主體的助詞，故加於進行動作的主體後。「を」是加於動作對象的助詞，故伴隨著他動詞的目的語。

a. <u>雨が</u>降っている。（在下雨。）／<u>私が</u>吉田です。（我正是吉田。）／<u>学生が</u>来ました。（學生來了。）

b. 弟が<u>リンゴを</u>食べた。（弟弟吃了蘋果。）／太郎が<u>次郎を殴った</u>。（太郎打了次郎。）

　　此時，像 b 一樣，即便「を格」的名詞「次郎」是人類，卻也如「物」一般，被視作「對象」。

　　但是，卻會出現以下疑問。

c. 日本人は<u>刺身が好きだ</u>。（日本人喜歡生魚片。）

　　「好き」的對象不是「刺身」嗎？不論是英文的 "Japanese people like sashimi."，還是中文的「日本人喜歡生魚片」，「刺身」都是動詞的目的語吧。不過在日文中，述語的「好きだ」並非動詞，而是形容動詞（ナ形容詞）。表示對象的「を」，既然是表示動作的對象，就僅能伴隨著動詞。「刺身が好きだ」的「好き」並非動作，而是心理狀態，因此無法視作「を格」，「刺身」也就並非「動作的對象」，是「意向的對象」。

第
9
部

助
詞

第223回 助詞 3

日本語

1-1. ガとヲの異同

前回お話した「動作の対象」と「志向の対象」ということをもう一度考えてみましょう。

a. 日本人は刺身が好きだ。

b. 花子は料理が [上手だ／下手だ]。

c. 太郎は数学 [得意だ／苦手だ]。

d. 私はスマホが欲しい。

e. 私は水が飲みたい。

昨日述べた「好き／嫌い」というのは嗜好を表わしますが、「上手／下手」「得意／苦手」というのは能力、「欲しい／～たい」というのは心の欲求を表わします。いずれも志向（心の動き）を表わします。一人称主語の志向の対象は「料理が」「数学が」「スマホが」「水が」のように、ヲ格でなくガ格でマークします。しかし、気をつけてください。

a' 日本人は刺身を好む。

b' 花子は料理を上手に作る。

c' 太郎は数学を得意とする。

d' 太郎はスマホを欲しがっている。

e' 太郎は水を飲みたがっている。

これらのうち、「好む」は動詞、「上手に」は連用形で述語は「作る」、「得意」は「得意とする」という動詞句に嵌めこまれており、「欲しがっている」「飲みたがっている」は三人称主語を伴う「欲しがる」「～たがる」という動詞ですから、「刺身を」「料理を」「数学を」「スマホを」「水を」のように、ヲ格でマークします。

助詞 3

1-1.「が」與「を」的異同

　　我們再探討一下前一回所談的「動作的對象」與「意向的對象」。

a. 日本人は刺身が好きだ。（日本人喜歡生魚片。）

b. 花子は料理が [上手だ／下手だ]。（花子擅長／不擅長做菜。）

c. 太郎は数学 [得意だ／苦手だ]。（太郎擅長／不擅長數學。）

d. 私はスマホが欲しい。（我想要手機。）

e. 私は水が飲みたい。（我想喝水。）

　　上一回提到「好き／嫌い」表示嗜好，而今天要談的「上手／下手」、「得意／苦手」表示能力，「欲しい／〜たい」表示欲望。不論何者，皆表示「意向」（內心的活動）。第一人稱主語的意向對象，如「料理が」、「数学が」、「スマホが」、「水が」等不用「を格」，而是用「が格」來標記。但是，請注意。

a' 日本人は刺身を好む。（日本人喜歡生魚片。）

b' 花子は料理を上手に作る。（花子，料理做得很好。）

c' 太郎は数学を得意とする。（太郎擅長數學。）

d' 太郎はスマホを欲しがっている。（太郎想要手機。）

e' 太郎は水を飲みたがっている。（太郎想要喝水。）

　　「好む」是動詞；「上手に」是連用形，其述語是「作る」；「得意」則鑲嵌於動詞句「得意とする」中；「欲しがっている」、「飲みたがっている」是伴隨第三人稱主語的動詞「欲しがる」、「〜たがる」，故「刺身を」、「料理を」、「数学を」、「スマホを」、「水を」等，都用「を格」來標記。

1-1. ガとヲの異同

さて、またまた反論が出てきそうです。

a. 私は<u>ピアノが</u>弾ける。

b. 花子は<u>英語が</u>できる。

c. 彼は<u>日本語が</u>わかる。

d. 僕、<u>お腹が</u>すいた。

「弾ける」「できる」「わかる」は動詞じゃないの？　「ピアノ」「英語」「日本語」は「弾ける」「できる」「わかる」の目的語じゃないの？　どうしてヲ格じゃないの？

やはり、動詞を見てください。「弾ける」「できる」「わかる」は可能動詞です。可能動詞は動作ではなく能力を表わします。ですから、「上手だ」「得意だ」などの形容動詞と同様、ガ格を取ります。ですから、類似の意味の別の動詞を使えば、ヲ格になるわけです。

a' 私は<u>ピアノを</u>弾くことができる。

b' 花子は<u>英語を</u>モノにしている。

c' 彼は<u>日本語を</u>理解している。

また、「お腹がすく」は、「水が飲みたい」などと同じ、一人称主語を取る生理状態を表わします。これらは形は動詞でも、意味は「好きだ」「欲しい」などと同じ「志向」を表わします。そこで、ヲ格を取らず、ガ格を取るのです。ですから、

d' 世界の多くの子どもたちがお腹を<u>すかせている</u>。

のように、三人称主語の場合は他動詞「すかせる」を用い、「お腹を」とヲ格にします。

助詞を選ぶ時には、まず述語を見ること。これが「助詞選び」のコツです。服を選ぶ時に自分の体型を見るように。

助詞 4

1-1.「が」與「を」的異同

但這麼一說，似乎又有人要反駁了。

a. 私は<u>ピアノ</u>が弾ける。（我會彈鋼琴。）

b. 花子は<u>英語</u>ができる。（花子會説英文。）

c. 彼は<u>日本語</u>がわかる。（他懂日文。）

d. 僕、<u>お腹</u>がすいた。（我，肚子餓了。）

「弾ける」、「できる」、「わかる」不是動詞嗎？「ピアノ」、「英語」、「日本語」不是「弾ける」、「できる」、「わかる」的目的語嗎？為何不使用「を格」呢？

我們還是先來看看這些動詞。「弾ける」、「できる」、「わかる」是「可能動詞」。「可能動詞」不表示動作，而是表示能力。所以，它與「上手だ」、「得意だ」等形容動詞一樣，須使用「が格」。所以，用其他意思類似的動詞時，即可使用「を格」。

a' 私は<u>ピアノ</u>を弾くことができる。（我會彈鋼琴。）

b' 花子は<u>英語</u>をモノにしている。（花子熟練英文。）

c' 彼は<u>日本語</u>を理解している。（他懂日文。）

另外，「お腹がすく」與「水が飲みたい」等相同，是在表示第一人稱主語的生理狀態。其形雖是動詞，卻與「好きだ」、「欲しい」等同樣用於表示「意向」。因此，不使用「を格」，而使用「が格」。所以，

d' 世界の多くの子どもたちがお腹を<u>すかせている</u>。（世界上有許多孩子們在挨餓。）

像這樣，當以第三人稱為主語時，須使用「すかせる」，且「お腹を」須使用「を格」。

選用助詞時，要先看看其述語。這是選擇助詞的要訣。就像在選擇衣服時，要先看看自己的體型一樣。

日本語

1-2. ガとノ

　ガとノの異同について述べる前に、ノの話をしておきましょう。

　ノは、「私の先生＝我的老師」のように、所属関係を表わす「的」の意味があります。このようなノは「属格」と呼ばれます。しかし、「父の絵」といった場合、次のどの意味でしょうか。

a. 父がモデルになっている絵　　b. 父が描いた絵　　c. 父が所蔵している絵

　このように、所属関係と言ってもさまざまな形の所属がありますね。これは文脈によって判断するしかありません。また、d. 医者の山田さん　と言った場合は、「医者である山田さん」、つまり「医者＝山田さん」という同格関係になります。ですから、「私の先生」と「先生の私」では、意味が違うことになりますね。

　台湾人の皆さんに最も注意して欲しいのは、「助詞のノはあくまで名詞と名詞を繋ぐ」ということです。「昨天我買的衣服」を「×私が昨日買った<u>の</u>服」などとやらないでくださいね。「私が昨日買った」は名詞でなく節ですからノは不要、「私が昨日買った服」でよいわけです。

　属格のノについては、「名詞ノ名詞」という形式をしっかり頭に刻み込んでください。

助詞 5

1-2.「が」與「の」

在探討「が」與「の」異同前,我們先來看一下「の」吧。

「の」表達所屬關係,如「私の先生=我的老師」,具有「的」之意。這種「の」被稱為「屬格」。但是,若說「父の絵」會是什麼意思呢?

a. 父がモデルになっている絵　　b. 父が描いた絵　　c. 父が所蔵している絵

（以父親為模特兒畫的畫）　　（父親畫的畫）　　（父親蒐藏的畫）

如上例,所屬關係也有各種不同的形式呢。只能依其前後文判斷。此外,如:d. 医者の山田さん,意思是「身為醫生的山田先生／小姐」,亦即「医者=山田さん」,屬於同格的關係。是故,「私の先生」（我的老師）與「先生の私」（身為老師的我）意思完全不同呢。

希望各位台灣人特別注意的是「切記助詞的『の』僅用於聯繫名詞與名詞」。「昨天我買的衣服」千萬別說成「×私が昨日買ったの服」。「私が昨日買った」不是名詞而是「子句」,故不需要「の」,說「私が昨日買った服」即可。請牢記屬格的「の」用法是「名詞の名詞」。

1-2. ガとノ

　ノは、属格のほかに代名詞の役割を果たすことがあります。

a. 私の帽子は、あの黒い<u>の</u>です。

b. もっと大きい<u>の</u>がいい。

c. 同じ柄で赤い<u>の</u>はありませんか。

d. スカートの裾が広がった<u>の</u>が欲しいんですが。

　aの「の」は「帽子」を指示しています。

　bとcの「の」は、買い物で服かカバンか何かを見ていて、「もっと大きい<u>カバン</u>」とか「同じ柄で赤い<u>セーター</u>」などの代わりに使われた「の」でしょう。

　dの「の」は「スカート」を指示しています。本来「裾が広がったスカート」と言うべきところを、まず「スカート」で大分類し、さらに「裾が広がった」でスカートの下位分類をして、聞き手にわかりやすく説明しています。そこで、「スカートの裾が広がった<u>の</u>」となったわけです。このようなノは、分裂文と言われる文にも使われます.

e. 私は、赤いセーターを買いました。→私が買った<u>の</u>は、赤いセーターです。

f. 私は、裾が広がったスカートが欲しいです。→私が欲しい<u>の</u>は、裾が広がったスカートです。

助詞 6

1-2.「が」與「の」

　　「の」除是屬格外，尚具有代名詞的功能。

a. 私の帽子は、あの黒い<u>の</u>です。（我的帽子，是那頂黑的。）

b. もっと大きい<u>の</u>がいい。（大一點的比較好。）

c. 同じ柄で赤い<u>の</u>はありませんか。（有沒有同花樣紅色的？）

d. スカートの裾が広がった<u>の</u>が欲しいんですが。（我想要裙襬比較寬的。）

　　　　a 例中的「の」代指「帽子」。

　　　　b 與 c 例中的「の」，是在購物看到衣服或包包時，代指「もっと大きい<u>カバン</u>」（大一點的包包）或「同じ柄で赤い<u>セーター</u>」（同花樣紅色的毛衣）。

　　　　d 例中的「の」代指「裙子」。本來應說「裾が広がった<u>スカート</u>」（裙襬比較寬的裙子），但此處卻先指出大分類為「スカート」（裙子），再就裙子細分「裾が広がった」（裙襬較寬的），好說明得讓聽話者更容易懂，才會說「スカートの裾が広がった<u>の</u>」。這種「の」，亦常用於被稱為「分裂文（強調構句）」的句子中。

e. 私は、赤いセーターを買いました。（我買了紅色的毛衣。）

　　→私が買った<u>の</u>は、赤いセーターです。（我買的是紅色的毛衣。）

f. 私は、裾が広がったスカートが欲しいです。（我想要裙襬較寬的裙子。）

　　→私が欲しい<u>の</u>は、裾が広がったスカートです。（我想要的，是裙襬較寬的裙子。）

1-2. ガとノ

さて、本題の「ガとノの異同」について話を戻します。

ノは属格とともに、主格の用法もあります。現代語ではガが主格、ノが属格とされていますが、古語では反対にガが属格、ノが主格でした。この古文の用法は、現在でも使われています。

属格のガ：「我が国（わがくに）」＝「私の国」、

「我が家（わがや）」＝「私の家」、

「己が身（おのがみ）」＝「自分の身」、

「君が代（きみがよ）」＝「君の代」（天皇の時代）、

「誰（た）がために鐘は鳴る」（'For Whom The Bell Tolls' by Ernest
Hemingway）

主格のノ：「月の出る夜」＝「月が出る夜」、

「私の好きな言葉」＝「私が好きな言葉」

お気づきかと思いますが、「属格のガ」の「我が国」「君が代」「誰がために鐘は鳴る」などは多分に文語調ですね。また、「逢魔が時（おうまがとき、魔物に出会う夕暮れ時）」、「功名が辻（こうみょうがつじ、功名が挙げられる道）」など、地名にも残っています。現在でも「西ヶ原（にしがはら）」「霧ヶ峰（きりがみね）」「八ヶ岳（やつがたけ）」などの「ヶ」は「が」と読み、属格のノに由来しており、それぞれ「西方の原」「霧の峯」「八つの岳」を意味します。

助詞 7

1-2.「が」與「の」

現在將話題回到「が」與「の」的異同上。

「の」同時有屬格與主格的用法。現代語把「が」當作主格,把「の」當作屬格,正與古語把「が」當作屬格,把「の」當作主格完全相反。然而,這種古語的用法目前仍會使用。

屬格的「が」:「我が国(わがくに)」=「私の国」(我國)、
　　　　　　「我が家(わがや)」=「私の家」(我家)、
　　　　　　「己が身(おのがみ)」=「自分の身」(自己/自己的身體)、
　　　　　　「君が代(きみがよ)」=「君の代」(天皇的時代)、
　　　　　　「誰(た)がために鐘は鳴る」(鐘為誰鳴)(‘For Whom The Bell
　　　　　　Tolls’ by Ernest Hemingway)

主格的「の」:「月の出る夜」=「月が出る夜」(月亮高掛的夜)、
　　　　　　「私の好きな言葉」=「私が好きな言葉」(我喜歡的話語)

　　各位也許已察覺,屬格的「が」中,「我が国」、「君が代」、「誰がために鐘は鳴る」大抵是文言呢。此外「逢魔が時」(おうまがとき;會遇上魔物的黃昏時分)、「功名が辻」(こうみょうがつじ;功成名就之路)等,亦尚保留於地名中。即便今日,「西ヶ原(にしがはら)」、「霧ヶ峰(きりがみね)」、「八ヶ岳(やつがたけ)」等的「ケ」,都要唸成「が」,源於屬格的「の」,意思分別是「西方の原」、「霧の峯」、「八つの岳」。

日本語

1-2. ガとノ

　また、主格のノは連体修飾節の中でのみ使われていることにお気づきでしょうか。有名な「大きな古時計」の一節に、「お爺さん<u>の</u>生まれた朝に買ってきた時計さ」という一節があります。これは、「お爺さん<u>が</u>生まれた朝に買ってきた時計さ」と同じことです。しかし、主格のノは、「×お爺さんの生まれた。（→お爺さんが生まれた。）」のように、主節の中で使われることはありません。また、「×お爺さん<u>の元気に</u>生まれた朝に」などと、主語「お爺さん」と述語「生まれた」の間に別の語が挿入された場合も使えません。この場合は「お爺さん<u>が</u>元気に生まれた朝に」と、ガ格を用いなければなりません。

　この種のノは主格のガだけでなく、対象格のヲも代行することができるようです。よく挙げられる例ですが、電車の中で、切符の有無を確かめる検札員が来た時、乗客に何と声をかけるでしょうか？

「切符<u>の</u>切っていない方は、いませんか？」

　これは、もともとは「切符<u>を</u>切っていない方は、いませんか？」ですね。おもしろいことに、私は台湾の新幹線の中でもこの例を見つけました。新幹線のパンフレットの中に、車内販売をしている弁当の紹介がありました。新幹線のパンフレットは必ず日本語の説明が付いていてありがたいのですが、弁当の名前にも日本語訳があります。その中の「紫米粥」の説明に、「紫米と豆<u>の</u>煮たお粥」（「紫米と豆<u>を</u>煮たお粥」）とあったのです。鉄道関係の人は、対象格のノが好きなのでしょうか。

　これらのノは、主格や対象格を代行する「代行格」のノと呼べるかもしれませんね。

助詞 8

中文

1-2.「が」與「の」

　　各位是否發現了主格的「の」只用於「形容詞子句」中？有名的「大きな古時計」
（古老的大時鐘）中有一段是「お爺さん<u>の</u>生まれた朝に買ってきた時計さ」（爺爺
出生的早晨買來的時鐘）。其實與「お爺さん<u>が</u>生まれた朝に買ってきた時計さ」的
意思相同。但是，主格的「の」不用於主要子句，如單說「×お爺さんの生まれた。（→
お爺さんが生まれた。）」此外，如「×お爺さん<u>の</u>元気に生まれた朝に」，在主語
的「お爺さん」與述語的「生まれた」之間有其他語詞時亦不得使用主格的「の」，
此時必須用「が」，說成「お爺さん<u>が</u>元気に生まれた朝に」（在爺爺充滿活力誕生
的早晨）。

　　這類的「の」似乎不僅能代替主格的「が」，尚可代替目標格的「を」使用。有
一個例子常拿來說明此事：電車內，查票員在確認有無票時，通常會如何對乘客說？
「切符<u>の</u>切っていない方は、いませんか？」（有沒有未剪票的乘客？）

　　其實，它本來的說法應是：「切符<u>を</u>切っていない方は、いませんか？」呢。有
趣的是，我在乘坐台灣高鐵時也發現了這樣的例子。高鐵宣傳冊中有車上販賣的便當
的介紹。很感激高鐵的宣傳冊上必附有日文說明，連便當的名稱也有日文翻譯。其中
「紫米粥」的日文說明寫著：「紫米と豆<u>の</u>煮たお粥」（紫米與紅豆煮的粥）（同「紫
米と豆<u>を</u>煮たお粥」）。高鐵的相關人員，是否喜歡目標格的「の」呢？

　　這些代替主格與目標格的「の」，也許可以稱為「代行格」的「の」呢。

日本語

1-3. ヲとニ

a. 壁に絵を掛ける。

b. 冷蔵庫にビールを入れる。

c. 掲示板にポスターを貼る。

d. 裏庭に自転車を置く。

e. 食卓に花を飾る。

f. 胸にブローチを付ける。

　これらの「壁」「冷蔵庫」「掲示板」「裏庭」「食卓」「胸」は場所であることがわかりますね。述語の「掛ける」「入れる」「貼る」「置く」「飾る」「付ける」など、何かを取り付ける動詞を「設置動詞」と言います。この設置動詞は、必ず対象格のヲと、設置場所のニを取ります。

g. ノートに名前を書く。

　「ノート」は「場所」とは考えにくいかもしれませんが、「名前」が現れる「場」であることには違いありません。すると、ニ格名詞は「動かないもの」、ヲ格名詞は「動くもの」と考えられます。

h. 肉に塩をふりかける。

i. 肉を醤油に漬ける。

　hとiでは、「肉」がヲ格になったりニ格になったりします。同じ「肉」でも、hでは「塩」の「移動先」に、iでは「醤油」に飛び込む「移動者」になっているのがわかりますね。

　助詞を決める時は、まず動詞を見てください。「移動者」と「移動先」が必要な動詞だったら、ヲは対象を、ニは「着点」を表わします。

助詞 9

1-3.「を」與「に」

a. 壁に絵を掛ける。（在牆壁掛上畫。）

b. 冷蔵庫にビールを入れる。（在冰箱裡放進啤酒。）

c. 掲示板にポスターを貼る。（在布告欄貼上海報。）

d. 裏庭に自転車を置く。（在後院停腳踏車。）

e. 食卓に花を飾る。（在餐桌裝飾上花。）

f. 胸にブローチを付ける。（在胸口別上胸針。）

　　想必大家都知道「壁」、「冷蔵庫」、「掲示板」、「裏庭」、「食卓」、「胸」是場所吧。述語的「掛ける」、「入れる」、「貼る」、「置く」、「飾る」、「付ける」等，裝設某物的動詞稱作「設置動詞」。這些「設置動詞」必使用目標格的「を」，而設置場所須使用「に」。

g. ノートに名前を書く。（在筆記本寫上名字。）

　　把「ノート」（筆記本）視為「場所」的概念，各位也許較難理解，但它確實是「名字」出現的「地方」，是故可把「に」格名詞視為「靜態之物」，「を」格名詞視為「動態之物」。

h. 肉に塩をふりかける。（在肉上撒鹽。）

i. 肉を醤油に漬ける。（把肉醃在醬油內。）

　　h 與 i 例中的「肉」，有用「を格」的，也有用「に格」的。即使同樣是「肉」，h 例中的「肉」是「鹽」的「移動的目的地」，而 i 例中的「肉」是進入「醬油」的「移動者」吧。

　　選用助詞時請先看看動詞，若是需要「移動者」與「移動的目的地」的動詞，就用「を」來表示對象，用「に」來表示「抵達地」。

日本語

1-3. ヲとニ

　前に、ヲは動作の対象を表わすと書きました。しかし、ヲは動作の対象を表わすだけではありません。「道を歩く」「公園を散歩する」の「道」「公園」は「経路」を表しています。しかし、この「経路」のヲは、よくニと混同されます。

a. 山を登る／山に登る

　「山を登る」の場合、「山」は経路です。ただひたすら山を登って、山の先の目的地に向かいます。これに対して、「山に登る」の場合は、「山」は最終的な到達点、つまり「着点」です。山そのものが目的地で、汗をかきかき山道を歩き、頂上に着いて涼しい風と美しい景色、おいしいお弁当を味わうのが目的です。私はかつて中国の景徳鎮に旅行し、そこの農家の家族と一緒にお墓参りに行ったことがあります。その農家は山を3つ持っていて、一つの山に一つのお墓があるのでたまげたのですが、その日は一日かけて3つの「山に」登りました。そして、景徳鎮から杭州まで車で行きました。その時は夜道を7時間、「山を」3つ登って、深夜にやっと杭州のホテルに着きました。

b. 門を入る／門に入る

　これも、「門を入る」は単なる通過点で、目的地は門の先の建物の中にあります。これに対して「門に入る」は「門」そのものが目的地ということになるわけですが、考えてみれば「門」というのは単なる入り口に過ぎず、入り口が目的というのはおかしなことですね。この場合は、「門」という言葉でその建物全体を代表していると考えられるでしょう。ですから、建物の中で部屋の場所を聞かれた場合、「あそこのドアを入ってください。」などと説明します。

助詞 10

1-3.「を」與「に」

上回寫到「を」用於表示動作的對象，但事實上「を」不單用於表示動作的對象。「道を歩く」（走路）、「公園を散歩する」（散步公園）的「道」、「公園」是「路徑」。但是，這個表示「路徑」的「を」常與「に」混淆。

a. 山を登る／山に登る（登山）

「山を登る」中的「山」是「路徑」。意為只專心登山，朝向爬過山後的目的地前進。相對地，「山に登る」中，「山」是表示最終的「抵達點」，意即山是「歸著點」。把山當成目的地，流著汗走山路，目的是到山頂享受涼風、美景與美味的便當。筆者曾到過中國景德鎮旅行，並與當地農家一同去掃墓。該農家擁有三座山，每座山都有一處墓地，令我大吃一驚，我們費了一整天登上三座山（山に）。然後，再由景德鎮乘車去杭州。那時走了七個小時夜路，爬了三座山（山を），深夜才抵達杭州的旅館。

b. 門を入る／門に入る（進門）

同樣地，「門を入る」的「門」僅是單純的通過點，其目的地是在「門」之後的建築物中。而「門に入る」的「門」則是目的地，但仔細想想，「門」不過是一個出入口，若把這個出入口當作目的地就有點奇怪吧。因此，此時的「門」就代表著整體建築物吧。所以，當在建築物中被人問到某房間的所在地時，就要說明是「あそこのドアを入ってください。」（請從那裡的門進去。）

日本語

1-3. ヲとニ

　ヲとニの相違でよく問題になるのは、使役態の文で、被使役者に付ける助詞です。

a. ○ この仕事を山田君にやらせよう。／× この仕事を山田君をやらせよう。

b. ○ 山田君にアメリカに行かせよう。／○ 山田君をアメリカに行かせよう。

　まず、「一つの単文の中にヲ格が2つあってはならない」という「二重ヲ格の禁」の原則を覚えてください。「単文」というのは、「主語＋述語」の構成を一組だけ持つ文です。この中に、ヲ格が二つ以上あってはいけません。一つの動詞は一つの対象語しか取れないのです。それ故、a の「この仕事を山田君をやらせよう。」は非文になります。つまり、ヲ格を取る他動詞の文を使役態にする場合、被使役者にヲは付けられないことになります。（もちろん「課長は、山田君がこの仕事を やることを許した。」のような文は、主語－述語のペアが2つある複文ですから、OKです。）

　それに対して、b のように、ニ格は一つの単文の中にいくつあってもかまいません。では、b の場合は、「山田君に」と「山田君を」ではどう違うのでしょう。

　ヲ格を取る他動詞は、非常に強い使役性を持っています。ヲ格名詞は、動作主の強い働きかけを受けて思うままにされる運命を持っています。ニ格は動作主と対等な動作の相手です。ですから、「山田君を」と言った場合の方が「山田君に」と言った場合よりも、「山田君」は強い使役を受けるわけです。「山田君にアメリカに行かせよう。」と言われたら、「山田君」はまだアメリカ行きを断ることができるかもしれませんが、「山田君をアメリカに行かせよう。」と言われたら、「山田君」は否でも応でもアメリカへ飛ばされることになるかもしれません。

　しかし、次のような場合もあります。アメリカに行く候補者が何人もいて、そのうち一人を選ばなければならない場合は「誰にしようか……よし、山田君に行かせよう。」と言うでしょう。しかし、候補者が「山田君」一人しかいない場合は、「山田君を行かせよう。」と言うでしょう。

助詞 11

中文

1-3.「を」與「に」

　　因「を」與「に」的不同常會引發問題的情況，為「使役態」句中，接續於「被使役者」的助詞。

a.○この仕事を<u>山田君</u>にやらせよう。／

　×この仕事を<u>山田君</u>をやらせよう。（這個工作交給山田吧！）

b.○<u>山田君</u>にアメリカに行かせよう。／

　○<u>山田君</u>をアメリカに行かせよう。（讓山田去美國吧！）

　　各位首先要記住一個原則，即「在單句中不可有兩個を格」，亦即「禁止雙重を格」的原則。所謂「單句」，是僅有一組「主語＋述語」構造的句子。在這樣的單句中，不可有二個以上的「を格」。因為一個動詞僅能只有一個「目標語」。因此 a 例的「この仕事を<u>山田君</u>をやらせよう。」是錯誤的句子。換言之，把使用「を格」的他動詞變成「使役態」時，「被使役者」不得加上「を」。（但是像「課長は、山田君が<u>この仕事を</u><u>やることを</u>許した。」（課長允許山田做這項工作。）的句子，是由兩組主語＋述語所組成的「複句」，故使用二個「を」當然沒有問題。）

　　相對地，如 b 例所示在一個「單句」中，使用幾個「に」都不會構成問題。那麼，b 例中的「山田君に」與「山田君を」又有何不同？

　　使用「を」的他動詞具有極其強烈的使役性。而「を格」的名詞則是受動作主語強力驅使，只能任憑擺布的命運。而「に格」的名詞則與動作主與對等。因此，使用「山田君を」時，「山田君」接受到的使喚比「山田君に」時更強烈。要是「山田君」聽到「<u>山田君</u>にアメリカに行かせよう。」也許還能拒絕不去美國，但要是聽到「<u>山田君</u>をアメリカに行かせよう。」大概就無論他願意與否，都必須遠赴美國了。

　　還有另一種情況。例如有幾位派赴美國的候補人選，當中非選擇一個人不可時，會說：「誰にしようか……よし、<u>山田君</u>に行かせよう。」（派誰去好呢……好，就派山田去吧。）但候補人選僅有「山田君」一人時，就會說「<u>山田君</u>を行かせよう。」。

第9部

助詞

1-4. ヲとカラ

　前回、経路のヲについてお話ししました。実は、ヲにはもう一つ、「学校を卒業する」の「学校」などのように「起点（出発点）」を示す用法があります。それならば、ヲとカラは同じではないか、と疑問を持たれる方も多いと思います。事実、「×私は政治大学から卒業しました。」などという間違いを犯す学生がたくさんいます。

　では、どうして「×大学から卒業する」は間違いなのでしょうか。次の例を見てください。

a. 目から涙が出る。

b. 煙突から煙が出ている。

c. 夫婦喧嘩をして、妻が家を出て行った。

d. この駆虫剤を使ったら、ゴキブリが家から出て行った。

e. 電車が台北駅を出た。

　これらの例から、「起点格」のカラとヲの違いがおわかりでしょうか？　「起点」となっている名詞は「目」「煙突」「家」です。同じ「家」が起点になっていても、cはヲ、dはカラが使われています。起点となる場所の問題ではないようです。

　出発する対象を見てみましょう。「涙」「煙」「妻」「ゴキブリ」「電車」ですね。ヲを取るcとeは「妻」と「電車」です。

　さて、答は如何？　それはまたのお楽しみ。

助詞 12

1-4.「を」與「から」

　　上回已談過路徑的「を」。但其實「を」還有一種用法，如：「学校を卒業する」（學校畢業）當中的「学校」，是指示「起點（出發點）」的用法。也許有人會感到疑問，這麼一來「を」與「から」不就一樣嗎？事實上，很多學生會犯以下錯誤：「×私は政治大学から卒業しました。」。

　　為什麼「×大学から卒業する」是錯誤的呢？我們看看下面幾個例子。

a. 目から涙が出る。（自雙眼流下淚來。）

b. 煙突から煙が出ている。（自煙囪冒出煙。）

c. 夫婦喧嘩をして、妻が家を出て行った。（夫妻吵架，妻子離家出走了。）

d. この駆虫剤を使ったら、ゴキブリが家から出て行った。

　　（用了這個驅蟲劑，蟑螂就離開家了。）

e. 電車が台北駅を出た。（電車離開台北車站了。）

　　各位是否已從上述例子理解表示「起點」的「から」與「を」的不同呢？「煙突」、「家」。這些名詞都表示「起點」，不過即便起點同樣是「家」，c 例用「を」，d 例卻用「から」。因此，看來問題不在於作為起點的場所。

　　那就來考察出發者吧。那就是「涙」、「煙」、「妻」、「ゴキブリ」、「電車」呢。其中使用「を」的 c、e 例中，出發者分別是「妻」與「電車」。

　　那麼答案為何？請待下回揭曉。

1-4. ヲとカラ

前回の答。

もうおわかりですね。「涙」「煙」「妻」「ゴキブリ」「電車」の中で、人の意志で動くものは「妻」と「電車」だけです。つまり、「意志を持って行われる動作の起点」にのみ、ヲが使われるのです。「煙」はモノですから、意志を持ちません。「涙」は私たちの体に属するものですが、涙そのものは単なる水で、やはりモノです。「ゴキブリ」はモノではありませんが、人間のように意志を持って行動する主体ではありません。「電車」は、車輌や車輪はモノですが、人が運転して初めて動くものです。「卒業する」も、明らかに学生の意志で行う動作ですね。

厳密に言うと、カラとヲは少し違います。カラは純然たる「起点」を示します。「起点」とは経路の一部、経路の一番初めの部分です。

しかし、ヲは起点ではなく「去るべき場所」、中国語で言うならば「離開点」を示します。「去るべき場所」というのは経路ではありません。「起点」にはなりえないので、終点もありません。ただその場所から離れればいいのです。それ故、「家から離れる」というのは、

a. 危ない！　家の中に爆弾がしかけてある。みんな、家から離れろ！

などのように、家に対して単に物理的に距離を置くということに過ぎませんが、「家を離れる」というのは、

b. 家を離れて、一人で生活する。

などのように、家と縁を切るなど、内容的な繋がりを断ち切ることまでも意味します。

また、場所名詞が単なる「起点経路」を示す場合は、意志主体の動作であってもカラを使います。

c. 誰にも見つからないように、裏口から出た。

助詞 13

1-4. 「を」與「から」

　　各位是否已知道上回的答案？「涙」、「煙」、「妻」、「ゴキブリ」、「電車」中，依人意志移動的只有「妻」與「電車」。換言之，僅「帶著意志所為的起點」方能使用「を」。「煙」是物不具有意志。「涙」雖屬人的身體所有，但其本身不過是水，依然是物。「ゴキブリ」雖非物，但亦非如人類般擁有意志而行動的主體。「電車」車輛、車輪雖是物，卻是必須由人駕駛方能起動。「卒業する」也顯然是依學生的意志所為的動作。

　　嚴格來說，「から」與「を」有些許不同。「から」單純表示「起點」，是路徑的一部分，是路徑的最初開始處。

　　但是，「を」並非「起點」，而是「該離開的地點」，以中文來說就是「離開點」。「該離開的地點」不是路徑，故它既不可能成為「起點」，亦非「終點」。表達的是離開該地便好。因此，「家<u>から</u>離れる」是如：

a. 危ない！　家の中に爆弾がしかけてある。みんな、家<u>から</u>離れろ！

　　（危險！家中設有炸彈。大家，快離開家！）

　　只是單純與家拉開物理性的距離，但是「家<u>を</u>離れる」則如：

b. 家<u>を</u>離れて、一人で生活する。（離家獨自生活。）

　　意味著與家切斷緣分，甚至切斷與家有關的深層聯繫。

　　另外，場所名詞若單純表示「起點路徑」，那麼即便是意志主體的動作亦使用「から」。如：

c. 誰にも見つからないように、裏口<u>から</u>出た。（我從後門離開，不讓任何人發現。）

日本語

1-5. ニ（1）

　ここで、格助詞ニの用法を少し整理してみたいと思います。格助詞の中で最も意味が広く、用法が一義的に説明できず、一筋縄ではいかないやっかいなのが、このニ格だからです。

　前回述べたように、ニは着点を示します。空間的な「行き着く先」を示す場合は「着点」になりますが、時間的な「行き着く先」を示す場合は「結果」になります。

a. 雪が溶けて水になる。

b. 信号が青に変わった。

　などの例のように、「水」「青」は変化の結果の状態を示します。また、「なる」「変わる」など変化を表わす動詞には、必ず変化の結果を示すニ格が伴います。「なる」「変わる」は自動詞ですが、「する」「変える」のような他動詞にすると、動作対象のヲ格をも伴うことになります。

a'（水を得るために）雪を溶かして水にする。

b'（警官が信号機を操作して）信号を 青に変える。

などのようになるわけです。では、次の例はどうでしょうか。

c. 班長を選ぶ。

d. 蕭さんを 班長に選ぶ。

　cは、まだ班長が決まっていない段階で発話されることです。

c' さあ、みんなで班長を選びましょう。投票で決めますよ。

　それに対して、dは投票の結果を表しています。

d' 投票の結果、みんなは蕭さんを 班長に選びました。

　というわけです。cでは「班長」は「選ぶ」という動作の対象ですが、dでは「蕭さん」が選ばれる対象、「班長」は投票の結果蕭さんに与えられた役職です。

助詞 14

1-5.「に」（1）

　　這回筆者想稍微整理一下格助詞「に」的用法。在格助詞中涵義最廣，用法最難用一個道理說明，且最難用一般方式說明的，就屬這個「に格」了。

　　如同上回說過，「に」用於表示「抵達點」。若表示空間上的「目的地」就是「抵達點」，但若表示時間上的「目的地」，就變成是「結果」。

a. 雪が溶けて<u>水</u>になる。（雪融化成水。）

b. 信号が<u>青</u>に変わった。（紅綠燈變綠。）

　　如上例，「水」、「青」是變化結果的狀態。另外，使用表示變化的動詞「なる」、「変わる」等，必伴隨著表示變化結果的「に」。「なる」、「変わる」是自動詞，若改成他動詞「する」、「変える」，就須伴隨著表示動作對象的「を」。如：

a' （水を得るために）<u>雪を</u>溶かして水にする。（[為了取得水，]將雪融化成水。）

b' （警官が信号機を操作して）<u>信号</u>を<u>青</u>に変える。（[警察操作紅綠燈，]把燈號變成綠的。）

　　那麼，下面的例子又是如何？

c. <u>班長</u>を選ぶ。（選班長。）

d. <u>蕭さん</u>を<u>班長</u>に選ぶ。（選蕭同學當班長。）

　　c 是尚未決定班長時的對話。d 是投票的結果。

c' さあ、みんなで<u>班長</u>を選びましょう。投票で決めますよ。（來吧，大家一起選出班長吧。用投票決定喔。）

　　相對地，d 是投票的結果。

d' 投票の結果、みんなは<u>蕭さん</u>を<u>班長</u>に選びました。（投票結果，大家選了蕭同學當班長。）

　　如上述，在 c 例中「班長」是「選ぶ」的動作對象，但在 d 例中「蕭さん」是被選上的對象，「班長」是依選票結果給予蕭同學的職務。

日本語

1-5. ニ（2）

前回の例、「蕭さんを 班長に選ぶ。」をもう一回考えてみましょう。この「班長に」は結果として与えられた役職とも考えられますが、「班長として」という意味にも考えられます。（英語では 'select him as the leader'）格助詞のニは、英語の as のようにも用いられます。

a. 海水を飲み水 [に／として] 利用する。

b. 子供のお土産 [に／として] 玩具を買った。

c. この花瓶は凶器 [に／として] ちょうどいい。

そして、このニには「用途」の意味がありますね。そこで、c は次のように言い換えられます。

c' この花瓶は人を殺す [のに／ために] ちょうどいい。

この「に」は完全に「用途」を表わしています。ニの前の語が名詞でなく節になると、次のような例になります。

d. この刷毛は、パソコンのキーボードを掃除する [のに／ために] 使います。

e. ラインは、友達と連絡を取る [のに／ために] 便利だ。

このように、ニは、「（空間的に）（物の移動後の）着点」→「（時間的に）（物の変化の）結果」→「（変化の結果が定着して）用途」と、用法が拡張されていきます。

助詞 15

1-5. 「に」（2）

　　我們再來看看上一回的例子「蕭さんを 班長に選ぶ」。這個「班長」雖是依選票結果所給予的職務，但也可以把它視作「班長として」（作為班長）的意思，亦即英文的 'select him as the leader'，格助詞的「に」可視為「as」使用。如：

a. 海水を飲み水 [に／として] 利用する。（利用海水作為飲用水。）

b. 子供のお土産 [に／として] 玩具を買った。（買玩具當作孩子的伴手禮。）

c. この花瓶は凶器 [に／として] ちょうどいい。（這個花瓶正好適合當凶器。）

　　這個「に」含有「用途」的意思吧。因此，c 例可以改成如下。

c' この花瓶は人を殺す [のに／ために] ちょうどいい。

　　此時，這個「に」完全用以表示「用途」。但「に」之前的語詞若不是「名詞」而是「子句」的話，就變成如下的例子。

d. この刷毛は、パソコンのキーボードを掃除する [のに／ために] 使います。

　　（這把刷子，可用於清理電腦鍵盤。）

e. ラインは、友達と連絡を取る [のに／ために] 便利だ。

　　（用 LINE 聯絡朋友很方便。）

　　總之，「に」的用法可如此擴張：「（空間上）（物體移動後的）抵達點」→「（時間上）（物體變化的）結果」→「（變化的結果固定）用途」。

第
9
部

助
詞

日本語

1-5. ニ（3）

　「山に登る」と「山を登る」の例を思い出してみましょう。「山を登る」の場合の「山」が通過点であるのに対し、「山に登る」の場合の「山」は最終的な到達点、つまり「着点」を表わすのでした。ですから、「行く」「来る」「帰る」「渡る」「通う」などの移動動詞に伴う「到達点」に付く助詞となり、「図書館に行く」「台湾に来る」「家に帰る」「向こう岸に渡る」「学校に通う」などという文ができます。ニ格は「着点格」とも言えます。また、「着点」があれば「起点」もあるはずですから、これらの動詞は「起点格」のカラをも伴います。「学校から図書館に行く」「日本から台湾に来る」「会社から家に帰る」「こちら岸から向こう岸に渡る」「叔父の家から学校に通う」等。

　この「起点格」を持たない場合、対象の動きは「移動」の意味を失ってしまいます。「最終的に行き着く場所」ですから、移動の経路はどうでもよいわけです。そこで、「最終的に行き着く場所」と「今いる場所」が固定されると、「こちら側」と「向こう側」の二局対立の構図になります。つまり、ニ格名詞は「向こう側」、主格名詞は「こちら側」になります。つまり、ニ格は英語で against の意味を含むことになります。

a. 女の子が<u>ドア</u>にもたれている。　（A girl is leaning <u>against</u> the door.）

b. 子供が<u>壁</u>にボールをぶつけた。　（A boy threw a ball <u>against</u> the wall.）

　a は「女の子」と「ドア」の物理的な位置関係です。b の「壁」は「子供」の動作の向かう先です。

　そして、主格名詞とニ格名詞の対立関係が固定すると、次のようなことになります。

c. 学生が<u>教師</u>に逆らう。　（Students <u>go against</u> teachers.）

d. 野党が<u>法案</u>に反対した。　（The opposition party <u>opposed</u> the bill.）

　対立関係でなくとも、「向こう側に対する態度」を表わすこともあります。

e. 野党も<u>法案</u>に賛成した。　（Even the opposition party <u>agreed to</u> the bill.）

助詞 16

中文

1-5.「に」（3）

　　請回想一下我們談過的例子：「山に登る」與「山を登る」吧。相對於「山を登る」的「山」是「通過點」，「山に登る」的「山」卻是最終的到達點，意即「抵達點」。故「に」就變成加在「行く」、「来る」、「帰る」、「渡る」、「通う」等移動動詞伴隨的「到達點」後的助詞，會寫成「<u>図書館に</u>行く」（去圖書館）、「<u>台湾に</u>来る」（來台灣）、「<u>家に</u>帰る」（回家）、「<u>向こう岸に</u>渡る」（橫渡到對岸）、「<u>学校に</u>通う」（通學）等句子。「に格」亦可稱之為「抵達點格」。另一方面，既然有「抵達點」，當然也就有「起點」，所以上述那些動詞，也會有伴隨「起點格」的「から」。如：「<u>学校から</u>図書館に行く」（從學校去圖書館）、「<u>日本から</u>台湾に来る」（從日本來台灣）、「<u>会社から</u>家に帰る」（從公司回家）、「<u>こちら岸から</u>向こう岸に渡る」（從此岸橫渡到對岸）、「<u>叔父の家から</u>学校に通う」（從叔叔家通學）等。

　　要是沒有這個「起點」，對象的動作就失去了「移動」之意。「に」既是表示「最終的目的地」，其移動的路徑就皆無妨。若固定「最終的目的地」與「現在所在地」，就形成「此方」與「彼方」的兩面對立結構，也就是說「に格名詞」是「彼方」，「主格名詞」是「此方」。意即，「に」含有英文 against 的意思。如：

a. 女の子が<u>ドアに</u>もたれている。（A girl is leaning against the door. 女孩靠著門。）

b. 子供が<u>壁に</u>ボールをぶつけた。（A boy threw a ball against the wall. 孩子用球砸向牆。）

　　a 例中的「女の子」與「ドア」是物理上的位置關係。b 例中的「壁」是「子供」動作的方向。

　　而「主格名詞」與「に格名詞」的對立關係固定的話，就變成：

c. 学生が<u>教師に</u>逆らう。（Students go against teachers. 學生忤逆老師。）

d. 野党が<u>法案に</u>反対した。（The opposition party opposed the bill. 在野黨反對該法案。）

　　即使不是對立關係，亦可表示「對於彼方的態度」。

e. 野党も<u>法案に</u>賛成した。（Even the opposition party agreed to the bill. 在野黨也贊成該法案。）

日本語

1-5. ニとト

　今日は、「出会い系」の動詞について考えてみましょう。

a. 私は<u>友達と</u>会った。

b. 私は<u>友達に</u>会った。

　「私は<u>恋人と</u>結婚したい」「私は<u>友達と</u>ケンカした」などのように、トは「Aが Bと結婚する」「AがBとケンカする」などのように、AとBが対等に参加する動詞と共起します。つまり、AとBを入れ替えて「BがAと結婚する」「BがAと ケンカする」のように言うこともできるし、またAとBを複数主語として「AとB が結婚する」「AとBがケンカする」のように言うこともできます。このような動詞を「対称動詞」と言います。

　上の例では、aの「会った」が対称動詞ですね。この例では、「私」と「友達」 の双方が望んでお互いに近づきあったと考えられます。しかし、bでは「私」の方 が一方的に「友達」の方に近づいていったという状況も考えられます。「友達に」 は、「友達」が「最終的な行き着き先」を示すからです。ですから、誰かに会見を 求める場合は、

c. ？<u>私に</u>会ってください。

d. 〇<u>私と</u>会ってください。

　cは、相手を一方的に自分の方に引き寄せようというずうずうしい言い方で、d の方が謙虚な言い方でしょう。

　また、好きな人ににデートを申し込む時は、次のどちらの方がいいでしょうか。

e. ？<u>あなたと</u>会いたい。

f. 〇<u>あなたに</u>会いたい。

　もうおわかりですね。eよりもfの方が切実な思いが伝わろうというものです。

助詞 17

1-5. 「に」與「と」

今天來探討「遇見類」的動詞。

a. 私は<u>友達と</u>会った。（我跟朋友見面了。）

b. 私は<u>友達に</u>会った。（我去見了朋友。）

例如「私は<u>恋人と</u>結婚したい」（我想跟戀人結婚）、「私は<u>友達と</u>ケンカした」（我跟朋友吵架了），如「A が B と結婚する」（A 跟 B 結婚）、「A が B とケンカする」（A 跟 B 吵架），其中的「と」與表示 A、B 對等參加的動詞一起使用。意即，不僅能將 A 與 B 互換改成「B が A と結婚する」、「B が A とケンカする」，亦能將 A 與 B 視為「複數主語」，改成「A と B が結婚する」、「A と B がケンカする」。此類動詞，稱為「對稱動詞」。

上述 a 例中的「会った」就是「對稱動詞」吧。此例中，「私」與「友達」雙方都希望相互接近。但是，b 例算是「私」單方面接近「友達」，這是因為「友達に」表示「友達」是「最終的目的地」。因此，要求會見某人時該怎麼說呢？

c. ？私に会ってください。

d. ○私と会ってください。（請跟我見面。）

c 例是想把對方拉到自己一方的厚臉皮說法，而 d 例則是謙虛的說法。

另外向喜愛的人提出約會時，下列何者較佳？

e. ？あなたと会いたい。

f. ○あなたに会いたい。（我想見你。）

想必各位已知道答案。比起 e，f 傳達出一種更殷切的期待。

日本語

1-5. ニとト

　「出会い系」の動詞のうち、「会う」はトを取るかニを取るかで、対称動詞かそうでない動詞か、二つの解釈ができます。しかし、同じ「出会い系」動詞でも、一義的な解釈しかできない動詞があります。例えば、「すれ違う」という動詞は、両者が計画なしに完全に対等に行う動作を表わしますね。ですから、次のようになるわけです。

a. × 私は殺人事件の<u>犯人に</u>すれ違った。

b. 〇 私は殺人事件の<u>犯人と</u>すれ違った。

　また、「会う」の敬語「お目にかかる」は、相手が目上の人なのですから両者の関係は対等ではなく、こちらが相手に近づいていかなければなりません。ですから、次のようになります。

c. × <u>先生と</u>お目にかかった。

d. 〇 <u>先生に</u>お目にかかった。

　今度は、「話す」という動詞について考えてみましょう。

e. 私はそのことを<u>山田さんと</u>話した。

f. 私はそのことを<u>山田さんに</u>話した。

　もし「私」と「山田さん」が友達で、二人で対等に「そのこと」を相談しあうのだったらeのようになりますが、「山田さん」がカウンセラーのような人で「私」が一方的に相談を持ちかけるなら、fのようになるわけです。ですから「話しかける」のように一方的な動作は、ニを取ります。

g. 太郎が<u>花子に</u>話しかけた。

　反対に、「話し合う」「殴り合う」「愛し合う」などの「〜合う」という複合動詞はどれも対称動詞ですから、必ずトを取ります。

h. この件は、<u>妻と</u>話し合って決めます。

i. 話し合いの結果、太郎は<u>妻と</u>殴り合った。

　動詞が二つ合わさって「動詞1＋動詞2」の形になった「複合動詞」は、後の動詞2の方が共起する名詞の格を決定します。

助詞 18

1-5.「に」與「と」

　　「遇見類」動詞中的「会う」，是該接「と」或「に」，可以依是「對稱動詞」，或非「對稱動詞」有兩種解釋。但是，「遇見類」動詞之中亦有僅一種解釋者。如「すれ違う」（擦身而過）這個動詞，是表示兩者間無計劃性、完全對等進行的動作。因此會變成以下的狀況。

a. × 私は殺人事件の犯人にすれ違った。

b. ○ 私は殺人事件の犯人とすれ違った。（我與殺人事件的犯人擦身而過。）

　　另外，「会う」的敬語「お目にかかる」，由於對方是尊長，兩者間並非對等關係，須由我方接近尊長。因此會變成以下的狀況。

c. × 先生とお目にかかった。

d. ○ 先生にお目にかかった。（我來見老師您了。）

　　接著來探討「話す」這個動詞。

e. 私はそのことを山田さんと話した。（我跟山田先生／小姐談了那件事。）

f. 私はそのことを山田さんに話した。（我把那件事告訴山田先生／小姐。）

　　如果「私」與「山田さん」是朋友，二人在對等關係下互相商量「そのこと」，就用e例；但若「山田さん」是諮詢師等，由「私」單方面向他諮詢，就是f例。故如「話しかける」（搭話）這種由單方面進行對話的動作就用「に」。

g. 太郎が花子に話しかけた。（太郎向花子搭話。）

　　相反地，如「話し合う」（互相商量）、「殴り合う」（互毆）、「愛し合う」（相愛）等「～合う」的「複合動詞」皆是「對稱動詞」，故必須使用「と」。

h. この件は、妻と話し合って決めます。（這件事，我要跟妻子商量再決定。）

i. 話し合いの結果、太郎は妻と殴り合った。（商量的結果是太郎和妻子互毆。）

　　由兩個動詞緊密結合，形成「動詞1＋動詞2」的「複合動詞」，由後面的動詞2決定連用名詞的格。

第9部

助詞

日本語

1-5. ニ（4）

　話をまたニの世界に戻します。ニは「向かう先」、つまり目的地を表わしました。また、「ご飯を食べに行く」「旅行に行く」などのニは、動詞の連用形または動作名詞について目的行為を表わします。

　さて、目的と原因は軌を一にしています。「〜ために」という文型をご存じでしょう。

a. 車を買うために、お金を貯めている。

b. 車を買ったために、お金がなくなった。

　上のaは、「車を買う」ことが目的で、「お金を貯める」は手段の行為です。bは、「車を買った」ことは原因で、「お金がなくなった」ことはその結果です。「原形＋ために」は目的を表わし、「過去形＋ために」は原因を表わすことがわかりますね。でも、「原因」というものは過去にあるものですが、「目的」というのは「未来にある原因」と考えられないでしょうか。「将来車を買いたい」という欲求が原因で、今お金を貯めているのです。このように、「目的」は「原因」と相互転換します。それで、「目的」を表わすニもまた「原因」に転換します。

　藤原敏行（ふじわらのとしゆき）が「古今和歌集」で詠んでいる次の和歌をご存知でしょうか。

c. 秋来ぬと　目にはさやかに　見えねども　風の音にぞ　驚かれぬる

（秋が来ているのを目にははっきりと見えないけれど、風の音で秋の気配を感じて驚いた。）

　この句の「風の音にぞ」の部分は、「風の音で」という訳になっていますね（「ぞ」は単に強調を表わす係助詞）。「風の音に」は「風の音のために」で、この「に」は原因を表します。他に、

d. 一点の差に泣く。　　美しい夜景にうっとりする。　　借金に苦しむ。

などの例があります。ニ格名詞が原因を表す場合、述語は必ず「感情を表わす動詞」になります。

助詞 19

中文

1-5.「に」（4）

　　話題回到「に」的世界。我們前已探討過「に」是表示「前往的地點」，即目的地。但「に」接於動詞的連用形或動作名詞時，是在表示目的行為，如「ご飯を食べ<u>に</u>行く」（去吃飯）、「旅行<u>に</u>行く」（去旅行）等。

　　其實目的與原因有時會同出一轍。各位知道「～ために」這個句型吧。

a. <u>車を買うために</u>、お金を貯めている。（我為了買車正在存錢。）

b. <u>車を買ったために</u>、お金がなくなった。（因為我買了車，已經沒錢了。）

　　a 例中的「車を買う」是目的，「お金を貯める」是作為手段的行為。b 例中的「車を買った」是原因，「お金がなくなった」是結果。各位應該發現了，「原形＋ために」是表示目的，而「過去形＋ために」表示原因吧。但是，「原因」在於過去，但是否也能把「目的」視為「未來的原因」呢？為了「将来車を買いたい」（將來要買車）的欲求，現在要儲蓄。如此，「目的」與「原因」互相轉換，故表示「目的」的「に」，也轉換成表示「原因」。

　　各位是否知道藤原敏行（ふじわらのとしゆき）於《古今和歌集》中吟詠的和歌？

c. 秋来ぬと　目にはさやかに　見えねども　風の音にぞ　驚かれぬる

　　（秋が来ているのを目にははっきりと見えないけれど、風の音で秋の気配を感じて驚いた。）（雖無法以雙眼清楚目視秋季來臨，卻得自風聲感覺到秋天的氣息，實令人驚訝。）

　　句中的「風の音にぞ」要翻譯成「風の音で」（透過風聲）吧。（「ぞ」是單純表示強調的係助詞 [提示助詞]。）「風の音に」是「風の音のために」之意，「に」表示了原因。其他的例子如：

d. <u>一点の差に</u>泣く。（因差一分飲恨哭泣。）

　　美しい<u>夜景に</u>うっとりする。（因美麗的夜景陶醉。）

　　<u>借金に</u>苦しむ。（為負債而苦。）

　　當「に格名詞」表示原因時，其述語必須是「表達感情的動詞」。

日本語

1-5. 二（5）

　今日は、授受動詞に付く二格を考えてみます。

a. 太郎は花子に本をあげた。　（本の経路：太郎→花子）

　この場合、花子は「本」の「行き着く先」ですから、二格を取るのは理解できますね。しかし、「花子」を主語にして、

b. 花子は太郎に本をもらった。　（本の経路：花子←太郎）

　とすると、起点である「太郎」が二格を取ることになります。これはどういうことでしょうか。

　授受動詞「あげる」「もらう」「くれる」を使う時は、必ず「与え手」と「受け手」が意識されています。「与え手」にとって「受け手」は動作の相手だし、「受け手」にとっても「与え手」はやはり動作の相手です。つまり、授受動詞「あげる」「もらう」「くれる」を使う時は、主語が与え手であれ受け手であれ、必ず「与え手」と「受け手」の二項対立で捉えられています。「a. 太郎は花子に本をあげた。」の「花子」が太「太郎」の相手ならば、「b. 花子は太郎に本をもらった。」の「太郎」も「花子」の対等の相手になるというものです。そこで、動作の相手を二格で表わすことになります。これは、「居直り二格」と言っていいでしょうかね？（＾－＾；）

　しかし、「b. 花子は太郎に本をもらった。」の「太郎」は「起点格」であることは、多くの文法学者が知っています。「太郎」は起点なので、二格よりカラ格の方が相応しいです。それで、「みんなの日本語（大家的日本語）Ⅰ」（スリーエーネットワーク）の第7課では、「私は カリナさんに（から）　チョコレートを もらいました。」と書いてあります。

助詞 20

1-5.「に」（5）

今天來探討附於「授受動詞」的「に」。

a. 太郎は<u>花子に</u>本をあげた。（太郎給花子書。書的路徑：太郎→花子）

相信大家已理解此時「花子」是「書」的「目的地」，故用「に」。但若「花子」為主語，如：

b. 花子は<u>太郎に</u>本をもらった。（花子從太郎那裡收到了書。書的路徑：花子←太郎）

此時就變成身為「起點」的「太郎」用「に格」。這到底是怎麼一回事呢？

使用授受動詞「あげる」、「もらう」、「くれる」時，必然會意識到「給予者」與「接受者」。就「給予者」而言，「接受者」是動作的對象，但就「接受者」而言，「給予者」亦是動作的對象。換言之，在使用授受動詞「あげる」、「もらう」、「くれる」時，不論主語是「給予者」或是「接受者」，都必將「給予者」與「接受者」兩者視為對立關係。亦即，若說a例「太郎は<u>花子に</u>本をあげた。」中的「花子」是相對於「太郎」的對象，那麼b例「花子は<u>太郎に</u>本をもらった。」中的「太郎」亦是與「花子」對等的對象。因此，用「に」表示動作的對象。此種「に」也許可以稱之為「變臉的に格」吧。（＾－＾；）

但是，多數學者認定b例「花子は<u>太郎に</u>本をもらった。」中的「太郎」是「起點格」。因此使用「から格」比用「に格」更為適宜。故《みんなの日本語（大家的日本語）Ⅰ》（3A Corporation）第7課中這麼寫著：「私は カリナさんに（から）チョコレートを もらいました。」（我從カリナさん那裡收到巧克力了。）

日本語

1-5. ニ（5）

　前回の続きで、今日は受動態について考えます。ちょっと難しい話になりますが……

　実は受動態も授受動詞と同じで、同じ事態を違った立場の参与者が眺めるというものです。次のa、bは同一の事態を違った視点から眺めています。

a. 太郎が次郎を殴った。

b. 次郎が太郎に殴られた。

　aは「太郎」の側、或いは第三者の視点から眺めた事態です。太郎の家族か、または太郎と次郎の学校の教師たちならこのように言うでしょう。これに対して、bは「次郎」の側、例えば次郎の親が被害者意識を持って言うことでしょう。

　aの能動態の文ではガ格を取る「太郎」がbの受動態の文においてはニ格に格下げされ、aの能動態の文ではヲ格を取る「次郎」がbの受動態の文においてはガ格に格上げされています。このように、態が変わると格の交代、格の昇降が発生します。

　では、bの文において、動作主である「太郎」がなぜニ格になっているのでしょうか。これらの文には、動作の「与え手」である「太郎」と、動作の「受け手」である「次郎」の二項が対立的に存在しています。この場合は、「太郎」は起点、「次郎」は着点と言えましょう。そこで、

b' 次郎が太郎から殴られた。

と言っても不自然ではありません。授受動詞の場合のように、起点格と着点格の交代が行われ、「太郎」がニ格を取るわけです。

助詞 21

中文

1-5. 「に」（5）

接續上回，這回來探討「被動態」，雖然有點難……

其實「被動態」與「授受動詞」相同，都是因不同立場的參與者觀察同一情況而來。下例的 a、b 就是從不同的觀點來看同一情況。

a. <u>太郎が</u>次郎を殴った。（太郎揍了次郎。）

b. 次郎が<u>太郎に</u>殴られた。（次郎被太郎揍了。）

a 例是由「太郎」這方或第三者的觀點來看待該情況。太郎的家人、或太郎與次郎學校的老師們也許就會這麼說吧。相對地，b 例是由「次郎」這方的觀點，例如次郎的父母懷著被害者意識也許就會這麼說吧。

a 例「主動態」句中，使用「が格」的「太郎」，在 b 例「被動態」句中降格使用「に」；a 例「主動態」句中使用「を格」的「次郎」，在 b 例「被動態」句中升格使用「に」。如上述，主／被動態改變，「格」亦會更迭，地位有升有降。

那麼，b 例中作為動作主體的「太郎」，為何會變為「に格」呢？那是因為「給予者」的「太郎」與動作「接受者」的「次郎」，兩者屬於對立關係。此時，亦可說「太郎」是「起點」，「次郎」是「抵達點」。於是，即使把 b 說成：

b' 次郎が<u>太郎から</u>殴られた。

亦不會不自然。就如使用「授受動詞」時，「起點格」與「抵達點格」更迭，因此「太郎」才會用「に格」。

第9部

1-5. ニ（5）

　受動態の続きです。日本語には他の言語には見られない「被害の受け身」という
のがあります。

a. 泥棒が田中さんの財布を盗んだ。

　これを受動態にすると、「田中さんの財布が泥棒に盗まれた。」となるわけです
が、日本語ではもう一つ、被害者である田中さんに視点をおいた受け身の文を作る
ことができます。

a' 田中さんが財布を泥棒に盗まれた。

　被害者をガ格、加害者をニ格にすればよいわけです。この受動文も、動作の与え
手がニ格で示されることになります。

　なお、この種の受動文は「被害」だけを表わすとは限りません。

b. 先生が息子の作文を褒めた。

　これを「息子の作文が先生に褒められた。」とするのも一つの受動態の形ですが、
褒められてうれしい「息子」の視点から受動文を作ると、

b' 息子が作文を先生に褒められた。

となり、これは「受益の受け身」と言うことができます。同様に、「被害」でも「受
益」でもない中立の文でも、同じことが起こります。

c. 同僚が私の肩を叩いた。

　これを、「私」の視点から表現すると、次のようになります。

c' 私が 同僚に肩を叩かれた。

　つまり、a「被害」の場合も、b「受益」の場合も、c「中立」の場合も、いずれも
動作主つまり「影響を与えた者」をニ格にし、被動作者つまり「影響を受けた者」
をガ格にします。これらは総じて「受影の受け身」と言われるのですが、これらも
起点格がニ格になっているわけです。

　なお、「被害の受け身」は中国語でもこの頃はやっているようで、私の友達が「被
辞職（会社をやめさせられる）」という言い方をしているのを聞きました。

助詞 22

1-5.「に」（5）

接續上回的被動態。日文中有其他語言未見的「受害被動」用法。

a. 泥棒が田中さんの財布を盗んだ。（小偷偷了田中先生／小姐的錢包。）

若把它改成被動態，就是「田中さんの財布が泥棒に盗まれた。」（田中先生／小姐的錢包被小偷偷走了。）但是日文還有一種以被害者田中先生／小姐的觀點做成的被動型句子。

a' 田中さんが財布を泥棒に盗まれた。（田中先生／小姐的錢包被小偷偷走了。）

如上例將被害者改用「が格」，加害者改用「に格」即可。這種「被動句」，也是用「に格」來表示動作的「給予者」。

此外，這種「被動句」也不僅侷限於表達「受害」。

b. 先生が息子の作文を褒めた。（老師稱讚了我兒子的作文。）

將上句改成「息子の作文が先生に褒められた。」（兒子的作文被老師稱讚了。）也是一種「被動態」，不過若以被讚美而開心的「息子」的觀點來做「被動句」就會是：

b' 息子が作文を先生に褒められた。（兒子被老師稱讚了作文。）

這可稱之為「受益的被動」。同樣地，在不是「受害」，也不是「受益」的句子中，也會發生相同的情形。如：

c. 同僚が私の肩を叩いた。（同事拍了我的肩。）

若以「私」的觀點來表現則如下：

c' 私が同僚に肩を叩かれた。（我被同事拍了肩。）

總之，不管是 a 例的「受害」，或是 b 例的「受益」，或是 c 例的「中立」皆同，若為動作主，即「給予影響的人」就用「に」；被動者即「接受影響的人」就用「が」。這些都稱為「受影響的被動」，這些的「起點格」也要使用「に格」。

而中文最近似乎也很流行「受害的被動」的用法，我就曾聽過我的朋友說「被辭職（会社をやめさせられる）」。

第 9 部

助詞

日本語

1-5. ニ（**6**）

　ニは、「移動先」を表わすだけではありません。ご存知のように、

a. 明日の朝は、5時に起きる。

　など、時点を指定する用法もあります。英語で言えば at ですね。これは無限にある時点のうち一つを選んだ結果、「5時」と指定するわけですから、一種の「着点指定」と言ってよいのではないでしょうか。

　しかし、時間を表わす名詞にも、ニが付く場合と付かない場合があります。

b. ○ 去年、京都を旅行した。

　　× 去年に、京都を旅行した。

c. ○ 「いつ、台湾に来ましたか？」「今年の3月に、来ました。」

　　？ 「いつ、台湾に来ましたか？」「今年の3月、来ました。」

d. ○ 「今度の土曜日、映画に行かない？」

　　○ 「今度の土曜日に、映画に行かない？」

　はい、この区別は簡単です。「3月」「2020年」など、数字の付いている時間名詞にはニを付け、「去年」「明日」など数字の付いていない時間名詞にはニを付けなければいいのです。え？　曜日はどうするかって？　曜日は、日本語では数字が付きませんが、中国語では「星期一」「礼拝三」のように数字が付きます。だから、ニを付けても付けなくてもいいのです……ちょっと強引な解釈ですが、そう覚えてください。

助詞 23

1-5.「に」（6）

　　「に」不僅用於表示「移動目的地」，如各位所知，「に」尚具有指定時間的用法，即英文中的「at」。如：

a. 明日の朝は、5 時に起きる。（我明天早上 5 點要起床。）

　　這是在無限的時間中，選擇一個的結果，即指定「5 點」，因此也許可以稱之為「指定抵達點」。

　　然而，使用時間的名詞中，有的需要加「に」，有的不需加「に」。如：

b.〇 去年、京都を旅行した。（去年我去京都旅行。）

　　✕ 去年に、京都を旅行した。

c.〇「いつ、台湾に来ましたか。」（你什麼時候來台灣的？）

　　　「今年の 3 月に、来ました。」（今年 3 月來的。）

　　？「いつ、台湾に来ましたか？」「今年の 3 月、来ました。」

d.〇「今度の土曜日、映画に行かない？（下週六要不要去看電影？）

　　〇「今度の土曜日に、映画に行かない？」

　　區別方式很簡單，凡有數字的時間名詞，如「3 月」、「2020 年」等就要用「に」；凡沒有數字的時間名詞，如「去年」、「明日」等，不用「に」即可。咦？那麼「曜日」呢？「曜日」在日文中沒有加上數字，但在中文卻帶有數字，如「星期一」、「禮拜三」等。所以，要加上「に」或不加上「に」均可……這雖是稍微牽強的解釋，但就這麼記吧。

日本語

　助詞のニの用法について、最後にまとめを行っておきましょう。

1. モノの移動

　「（空間的・時間的な）着点の指定」（例「台北に行く」「12時に食事をする」）

→「（空間的に）（物の移動後の）着点」（例「壁に絵を掛ける」）

→「（時間的に）（物の変化の）結果」（例「彼を班長に選ぶ」）

→「（変化の結果が定着して）用途」（例「海水を飲み水に使う」）

2. 動作の意味

　「（動作の）着点＝（動作の）行き着く先」（例「野党が法案に反対する」）

→「（動作の）目的」（例「ご飯を食べに行く」）

→「（動作の）原因」（例「借金に苦しむ」）

3. 動作の移動

　「（動作の）着点＝（動作の）受け手」　（例「友達に会う」）

→「（動作の）起点＝（動作の）与え手」　（例「太郎に本をもらう」「太郎に殴られる」）

　どの用法を見ても、ニ格は「着点格」であることを基本として意味が延長していくことがおわかりだと思います。

助詞 24

　　最後總結助詞「に」的用法如下。

1. 物體的移動

　　「（空間・時間上的）指定抵達點」（例「<u>台北に</u>行く」（去台北）、「<u>12 時に</u>食事をする」（12 點吃飯））

→「（空間上）（物體移動後的）抵達點」（例「<u>壁に</u>絵を掛ける」（在牆上掛畫））

→「（時間上）（物體變化的）結果」（例「<u>彼を班長に</u>選ぶ」（選他作班長））

→「（變化結果已固定的）用途」（例「海水を<u>飲み水に</u>使う」（用海水作飲用水））

2. 動作的意義

　　「（動作的）抵達點＝（動作的）目的地」（例「野党が<u>法案に</u>反対する」（在野黨反對法案））

→「（動作的）目的」（例「<u>ご飯を食べに</u>行く」（去吃飯））

→「（動作的）原因」（例「<u>借金に</u>苦しむ」（為負債所苦））

3. 動作的移動

　　「（動作的）抵達點＝（動作的）接受者」（例「<u>友達に</u>会う」（去見朋友））

→「（動作的）起點＝（動作的）給予者」（例「<u>太郎に</u>本をもらう」（從太郎那裡
　　收到書）、「<u>太郎に</u>殴られる」（被太郎揍）））

　　我想各位已能懂，上述用法不論何者，皆以「に」是「抵達點格」為基礎再延伸意思。

1-6. ニとへ

　ニは基本的に「着点」を表わしますが、へは「方向」を表わします。中国語に訳せば、ニは「到」で、へは「往」ということになるでしょう。

a. 往裡面走！　往裡面走！

　満員のバスの中で、運転手が乗客に向かってこのように叫んでいるのを聞いたことがあるでしょう。これを日本語にすれば、「奥<u>へ</u>詰めてください！」または「<u>奥の方へ</u>詰めてください！」でしょうね。「奥」というのは具体的な地点ではなく、単なる方向だからです。ですから、へ格を取る名詞は、「〜の方」という語を付けることができます。同様に、

b. 〇 部隊は、<u>東へ</u>東へと進んで行った。／× 部隊は、<u>東に</u>東にと進んで行った。

　「東」は地点でなく、方向だからです。具体的な地点を指す場合は、この反対になります。

c. 〇 やっと<u>目的地に</u>着いた。／× やっと<u>目的地へ</u>着いた。

　また、客を案内する時、「どうぞ、こちら<u>に</u>。」と言った場合は、具体的に客が座る場所を指しながら発話されますが、「どうぞ、こちら<u>へ</u>。」と言った場合は、長い廊下を歩きながら客を先導する場合に発話されるでしょうね。

　しかし、実際の発話場面では、ニもへも同じように使われているようです。

d. <u>東京に</u>行く／<u>東京へ</u>行く

　　<u>右に</u>曲がる／<u>右へ</u>曲がる

　本来は、ニが着点、へが方向という使い分けがあったようですが、平安時代の末頃からだんだん両者の境界が曖昧になってきたと言われます。

　ただし、ニとへの統語上の相違だけははっきりしています。例えば、「カナダ<u>から</u>来た手紙」は「カナダ<u>からの</u>手紙」と言い換えることができますが、着点を表わすニ格名詞にはノが付けられず、へ格が代わりに用いられることになります。

e. <u>台北に</u>行く列車 → ×<u>台北にの</u>列車　〇<u>台北への</u>列車

　　<u>父に</u>書いた手紙 → ×<u>父にの</u>手紙　〇<u>父への</u>手紙

助詞 25

1-6.「に」與「へ」

　　「に」基本上是表示「抵達點」,「へ」則是表示「方向」,若翻成中文,「に」是「到」,「へ」是「往」。

a. 往裡面走!　往裡面走!

　　在擠滿乘客的巴士中,相信各位都曾聽過駕駛向乘客喊的這句話。若把這句話翻成日文,就成「奥へ詰めてください!」,亦可翻成「奥の方へ詰めてください!」吧。「奥」(裡面、深處)不是具體的地點,僅是一個方向。故使用「へ格」,且可加上「~の方」(~的方向)。同樣地,如:

b. ○ 部隊は、東へ東へと進んで行った。／

　　× 部隊は、東に東にと進んで行った。(部隊不斷向東前進。)

　　「東」也不是地點而是方向。若指具體地點,則與之相反,必須使用「に」。如:

c. ○ やっと目的地に着いた。／

　　× やっと目的地へ着いた。(終於抵達目的地了。)

　　此外,在引導客人時若說「どうぞ、こちらに。」(這裡請。),是具體地指出客人座位時說的,但若說「どうぞ、こちらへ。」(這邊請。)時,也許是走在長廊上的同時,引導客人所說吧。

　　然而,在實際說話時,似乎「に」與「へ」都可使用。如:

d. 東京に行く／東京へ行く(去東京)

　　右に曲がる／右へ曲がる(向右轉)

　　「に」本來是指「抵達點」,「へ」是指「方向」,但從平安時代末期開始,此兩者間的界線已逐漸模糊。

　　不過,「に」與「へ」在「句法」上的不同卻極為明顯。例如「カナダから来た手紙」(來自加拿大的信)雖可改為「カナダからの手紙」,但表示「抵達點」的「に格」名詞卻不能附加「の」,因此用「へ格」替代以附加「の」,如:

e. 台北に行く列車 → × 台北にの列車　○ 台北への列車(往台北的列車)

　　父に書いた手紙 → × 父にの手紙　○ 父への手紙(給父親的信)

1-7. ニとマデ

a. ○ 駅に行く／○ 駅まで行く。

　こう見ると、ニとマデは同じ意味のように思えますね。しかし、次は違うのです。

b. × 駅に歩く／○ 駅まで歩く。

　aとbはどこが違うか、もうおわかりですね。「行く」と「歩く」はどう違うのでしょうか。

　「行く」は移動動詞ですから、ある地点から別の地点までの移動を表わします。しかし、「歩く」は単に左右の足を交互に前に出すという動作を繰り返すだけで、移動そのものを表わすわけではありません。狭い部屋の中をぐるぐる回ったり、体育館の walking machine に乗っかって歩行運動をしたりするだけでも「歩く」ことになるのです。「駅まで歩く」は「駅」までの移動を示すのでなく、「駅まで歩いて行く」と、移動の方法を示すのです。

　着点を示すニは、移動先を指定します。だから、ニは移動動詞だけとしか共起しません。これに対してマデは継続的な動作の終点を示します。だから、後ろは継続動詞なら何でもいいのです。また、マデはカラとペアで使われることが多いので、起点をも暗示していることになりますね。

c. ○ 駅に着く／× 駅まで着く。

　「着く」という動作は、一瞬で終わってしまう瞬間動詞なので、マデには付かないのです。

　では、aの「駅に行く」と「駅まで行く」は、どう違うのでしょうか。「駅に行く」は単に目的地が示されているだけですが、「駅まで行く」は駅までの経路全体を暗示します。ですから、「1時に昼食を食べる」と言ったら「1時に食べ始める」ということで、「1時まで昼食を食べる」と言ったら「1時に食べ終わる」ということになります。このように、助詞のニとマデは動詞のアスペクトまで支配するのです。

助詞 26

1-7.「に」與「まで」

a. ○ 駅に行く／○ 駅まで行く。（去車站。）

　　a 例中的「に」與「まで」看起來意思似乎相同吧。但是，下例就不同了：

b. × 駅に歩く／○ 駅まで歩く。（走到車站。）

　　相信各位已經明白 a 例與 b 例的不同。那麼，「行く」與「歩く」又有何不同？

　　「行く」是「移動動詞」，所以表示從某地點到某地點的移動。但是，「歩く」僅是左右雙腳反覆交替向前伸出的動作，不代表移動本身。在狹窄屋內繞圈走，或僅在體育館使用 walking machine（走路機）步行運動，都能算是「歩く」。「駅まで歩く」並非表示移動到「駅」，而是表達「駅まで歩いて行く」（走路到車站）的移動方法。

　　表示抵達點的「に」已指定了目的地。所以，「に」僅能與「移動動詞」一起使用。相反地，「まで」是表示持續性動作的「終點」。故其後只要是持續動詞皆可。另外，「まで」與「から」一起使用的情形很多，所以此時它有同時暗示「起點」的意思吧。

c. ○ 駅に着く／× 駅まで着く。（抵達車站。）

　　「着く」這個動作是瞬間結束的「瞬間動詞」，故不得使用「まで」。

　　那麼，a 例的「駅に行く」與「駅まで行く」又有何不同？「駅に行く」僅單純地表示目的地，但「駅まで行く」卻暗示了到「駅」的路徑整體。所以，說「1 時に昼食を食べる」，是表示「一點開始吃飯」的意思，但若說「1 時まで昼食を食べる」時，是表示「在一點吃完」的意思。像這樣，助詞的「に」與「まで」，甚至可以支配動詞的「型態」。

1-7. ニとマデ

ニとマデに関して、次のような誤用をよく見かけます。

「我爸爸毎天8點去上班，一直到下午7點才回家。」という文を日本語に訳してみてください。

a. × 私の父は毎日8時に会社に行って、<u>午後7時まで</u>家に帰ります。

こんな訳をしていませんか？　これは、「到」を単純に「まで」と訳してしまったことから来ています。前回述べたように、マデは継続動詞と共起するのです。a のような訳では、お父さんが8時から7時までの間、ずっと家に帰るという動作を繰り返していることになってしまいます。「下午7點才回家」は、時間指定の機能を持つニを用いなければなりません。

a' ○ 私の父は毎日8時に会社に行って、<u>午後7時に</u>家に帰ります。

この際、「到」は「7時<u>になって</u>」と考えればいいでしょう。

同じようなパターンでよく混同される助詞のペアに、マデとマデニがあります。

b. ○ 朝<u>10時まで</u>寝ている／× 朝<u>10時までに</u>寝ている

× <u>月曜日まで</u>レポートを提出する／○ <u>月曜日までに</u>レポートを提出する

マデは動作の終了点を示す助詞で、継続動詞と共起します。ですから、「朝<u>10時まで</u>寝ている」はOKですが、「<u>月曜日まで</u>レポートを提出する」はおかしな文になります。

これに対して、マデニは「マデ＋ニ」ですから、動作の継続を表わすとともに、継続された動作の終了時間を指定しているわけです。ですから、「<u>月曜日までに</u>レポートを提出する」は、レポートの提出締め切りが「月曜日」ということになり、「レポート」は月曜日以前ならいつ出してもいいことになります。つまり、マデニは瞬間動詞と共起しなければならないので、「×朝<u>10時までに</u>寝ている」は正しくないことになります。

助詞 27

1-7.「に」與「まで」

有關「に」與「まで」，經常出現以下誤用。

請試將「我爸爸每天 8 點去上班，一直到下午 7 點才回家。」這句話翻成日文。

a. ✕ 私の父は毎日 8 時に会社に行って、<u>午後 7 時まで</u>家に帰ります。

你是否會如此翻譯？這是單純把「到」譯成「まで」所造成的。如前一回所提，「まで」須與「持續動詞」連用。a 的譯文變成了：爸爸從早上 8 時到下午 7 時之間，一直重複著回家的這個動作。「下午 7 點才回家」必須使用具有指定時間之機能的「に」。

a' ○ 私の父は毎日 8 時に会社に行って、<u>午後 7 時に</u>家に帰ります。

此時，「到」可以想成是「7 時<u>になって</u>」（到了 7 點）。

另外，具相同形態，卻易於混淆的助詞有「まで」與「までに」。

b. ○ 朝 <u>10 時まで</u>寝ている／✕ 朝 <u>10 時までに</u>寝ている（睡到 10 點）

　✕ <u>月曜日まで</u>レポートを提出する

　○ <u>月曜日までに</u>レポートを提出する（報告最晚在星期一交）

「まで」是表示動作「結束點」的助詞，須與「持續動詞」連用，故「朝 <u>10 時まで</u>寝ている」可以，但「<u>月曜日まで</u>レポートを提出する」就奇怪了。

「までに」是「まで」加「に」，因此除表示持續動作外，還指定了持續動作的結束時間。所以，「<u>月曜日までに</u>レポートを提出する」是指提出報告的截止時間在「月曜日」，但也可在星期一以前的任何時間提出報告。換言之，「までに」須與「瞬間動詞」連用，故「✕ 朝 <u>10 時までに</u>寝ている」並不正確。

日本語

1-8. ニとデ

　格助詞の中で最も間違えやすいのが、場所を示すニとデです。

a. デパートにたくさんの品物がある／デパートで服を買う

　皆さんご承知のように、ニ格場所名詞は「存在動詞」と共起して「存在の場所」を示し、デ格場所名詞は「動作動詞」と共起して「動作の場所」を示します。しかし、「存在動詞」「動作動詞」の区別がいまいちピンと来ない、というのが本音でしょう。次の文はニとデのどちらでしょうか。

b. この教室 [に／で] たくさんの学生がいる。

c. この教室 [に／で] 日本語の授業がある。

　b、c、とも動詞が存在動詞の「いる」「ある」だから、どちらも「に」だ、と考えた人はいませんか？　答は、bが「に」、cが「で」です。「日本語の授業がある」と言う場合の「ある」は物の存在を意味するのではなく、「授業が行われる」という動きを表わす動詞で、中国語で言えば「被挙行」です。ですから、デを取ります。

　また、次の文の（　　）に入るのは、ニでしょうか、デでしょうか？

d. あそこ（　　）立っているのは、陳さんです。

　答は「に」です。「立つ」というのは確かに動作動詞ですが、「立っている」というのはじっと動かないでいる状態なのですし、「立つ」という動詞は着点を必要とするのですから。……この（　　）の中に、「で」を入れた人はまだ正常です。何と、ここに「が」を入れた悪いヤツがいるんです。「が」を入れるとどういう意味になるか……まあ、各自で考えてみてください。

　さて、話を真面目に戻して、宿題を出します。次の文の [　] に、ニとデのどちらを入れたらいいでしょうか。答は次回。

e. 台北 [に／で] 家を買った。

f. 庭 [に／で] 犬小屋を作った。

助詞 28

1-8.「に」與「で」

　　格助詞中最易混淆者是表示場所的「に」與「で」。

a. <u>デパートに</u>たくさんの品物が<u>ある</u>（百貨公司有許多商品）／

　　<u>デパートで</u>服を<u>買う</u>（在百貨公司買衣服）

　　誠如各位所知，「に格」的場所名詞要與「存在動詞」連用，表示「存在的場所」；而「で格」的場所名詞則要與「動作動詞」連用，表示「動作的場所」。不過，相信大家內心都覺得很難區分「存在動詞」與「動作動詞」吧。下例何者要用「に」或「で」？

b. この**教室** [に／で] たくさんの学生がいる。（這個教室有很多學生。）

c. この**教室** [に／で] 日本語の授業がある。（這個教室有日文課。）

　　是否有人認為 b 與 c 的動詞「いる」、「ある」均是「存在動詞」，故答案皆是「に」？其答案是：b 例要選「に」，c 例要選「で」。「<u>日本語の授業がある</u>」中的「ある」並非表示物體的存在，而是表示「<u>授業が行われる</u>」（進行上課）的動詞，中文為「舉行」。所以，要使用「で」。

　　而下句（　　）中要填入「に」，還是「で」？

d. あそこ（　　）立っているのは、陳さんです。（站在那裡的是陳先生／小姐。）

　　其答案是「に」。「立つ」確實是「動作動詞」，但「<u>立っている</u>」是表示一直不動的狀態，且「立つ」這個動詞須有「抵達點」。這個（　　）中，若填入「で」還算正常。但竟然有壞傢伙填入「が」。填入「が」會是何意呢？那就請各位自行思考吧。

　　回歸正題，現在出個習題。下面句子的 [　] 中要填入「に」，還是「で」？答案且待下回分曉。

e. 台北 [に／で] 家を買った。（在台北買了房。）

f. 庭 [に／で] 犬小屋を作った。（在庭院做了狗屋。）

日本語

1-8. ニとデ

a. 田中さんは、台北 [に／で] 家を買った。

b. 田中さんは、庭 [に／で] 犬小屋を作った。

　前回の宿題の答は、a、bとも「ニもデもどちらもあり」です。「台北に家を買った」「台北で家を買った」のどちらも正しいし、「庭に犬小屋を作った」「庭で犬小屋を作った」のどちらも正しいのです。但し、ニを取った場合とデを取った場合では、文の意味が違ってきます。

　ニは「物の着点」、つまり「最終的な行き着き先」を表わし、デは「動作の場所」を表わす、という原則をしっかり踏まえていてください。

　まず、aの場合。「台北に家を買った」のようにニ格を取ると、「台北」は「物の着点」、つまり「家」の「最終的な行き着き先」ということになります。「田中さん」の買った「家」は「台北」にある、ということになります。「台北で家を買った」のようにデ格を取ると、「台北」は「動作の場所」、つまり「家を買った」場所、「家」の売買契約をした場所、ということになります。この場合は、売買契約をした不動産屋は「台北」にありますが、買った「家」はどこにあるかはわかりません。

　bの場合も同様です。「庭に犬小屋を作った」のようにニ格を取ると、「庭」は「物の着点」、つまり「犬小屋」の「最終的な行き着き先」ということになります。「田中さん」は「庭」に「犬小屋」を設置したということになります。「庭で犬小屋を作った」のようにデ格を取ると、「庭」は「動作の場所」、つまり「犬小屋を作った」場所ということになります。この場合は、トンカチや鋸を使って DIY をした場所は「庭」ですが、できあがった「犬小屋」を「田中さん」がどこに置いたかはわからないわけです。

助詞 29

中文

1-8.「に」與「で」

a. 田中さんは、台北 [に／で] 家を買った。（田中先生／小姐在台北買了房。）

b. 田中さんは、庭 [に／で] 犬小屋を作った。（田中先生／小姐在庭院蓋了狗屋。）

　　上回的答案是：a、b 皆是「に」與「で」均可。「台北に家を買った」或「台北で家を買った」兩者均正確；「庭に犬小屋を作った」、「庭で犬小屋を作った」兩者也都正確。但是，用「に」與用「で」的文意卻不同。

　　「に」是「物體的抵達點」，換言之是表示「最終的目的地」，而「で」是表示「動作的場所」，請各位務必遵循此原則。

　　首先，看 a 的情況。像「台北に家を買った」用「に格」表示「台北」是「物體的抵達點」，換言之，「台北」是「家」的「最終的目的地」，即「田中さん」所買的「家」在「台北」。而「台北で家を買った」用「で格」則表示「台北」是「動作的場所」，換言之「台北」是「家を買った」的場所，是簽了買賣「家」的契約之所。此時，簽約的不動產商雖然在「台北」，但並不清楚所買的「家」在何處。

　　b 例情形相同。「庭に犬小屋を作った」用「に格」表示「庭」是「物體的抵達點」，換言之是「犬小屋」的「最終目的地」。這麼說，表示「田中さん」於「庭」設置「犬小屋」。而「庭で犬小屋を作った」用「で格」，則表示「庭」是「動作的場所」，意即是「犬小屋を作った」的場所。這種情況，「庭」是用錘子或鋸子 DIY 的場所，因此並不清楚「田中さん」要把完工後的「犬小屋」放置於何處。

第 9 部

助詞

日本語

1-8. ニとデ

　では、次の例はどうでしょうか。

a. × 布団に寝る／○ 布団で寝る（畳の上に敷いて寝る日本式の布団）

b. ○ 畳に寝る／× 畳で寝る

c. ○ ベッドに寝る／○ ベッドで寝る

　a、b、cでは、何故こんなに正誤判定が違うのでしょうか。「布団」と「畳」と「ベッド」では、「場所的認知度」が違うからです。日本の「布団」は移動可能な寝具ですから、「場所」と言うより「道具」である、と私たちは認知しています。「畳」は西洋のフロアと同じく、通常は動かせないので、「場所」である、と私たちは認知しています。「ベッド」はその中間で、動かすことはできますが、通常は固定した場所に設置されていますから、「場所」でもあり「道具」でもある、と私たちは認知しています。

　「自転車で学校へ通う」「箸でごはんを食べる」など、デ格の基本機能は「行動の手段」を示すことです。ですから、「道具」である「布団」にはデ格が用いられ、「場所」である「畳」にはニ格が用いられ、「道具」でも「場所」でもある「ベッド」にはデ格もニ格も用いられるわけです。

　しかし、「布団」「畳」「ベッド」に方向名詞を付けて「布団の上」「畳の上」「ベッドの上」とすると、皆「場所」を表わす名詞になりますから、ニでもデでもOKになります。

a' ○ 布団の上に寝る／○ 布団の上で寝る

b' ○ 畳の上に寝る／○ 畳の上で寝る

c' ○ ベッドの上に寝る／○ ベッドの上で寝る

　また、次のような例もあります。

d. 右手にカバンを持っている

e. 右手でカバンを持っている

　dの「右手」は「カバンの存在する場所」、eの「右手」は「カバンを持つ道具」と考えられます。母親が子供に箸の使い方をしつける時は「右手で箸を持ちなさい。」と言うでしょうし、ニューヨークの自由の女神は「右手にトーチを持っている」のです。

助詞 30

1-8.「に」與「で」

那麼下面的例子又如何呢？

a. ×布団に寝る／〇布団で寝る（布：鋪在榻榻米上睡覺用的日式被褥）（用被褥睡）

b. 〇畳に寝る／×畳で寝る（睡在榻榻米上）

c. 〇ベッドに寝る／〇ベッドで寝る（睡床上）

a、b、c 例的正確與否為何有如此大的差別呢？這是因為對「布団」、「畳」、「ベッド」的「場所認知度」不同。日本的「布団」是可移動的寢具，故對日本人而言，「布団」與其說是「場所」，倒不如說是「道具」。「畳」與西洋的地板相同，通常無法移動，故日本人認定它是「場所」。「ベッド」位於「布団」與「畳」之間，它雖然可以移動，但通常都放置在固定的位置，故日本人認定它既是「場所」，也是「道具」。

「自転車で学校へ通う」（開車上學）、「箸でごはんを食べる」（用筷子吃飯）」中的「で格」，基本功用是表示「行動的手段」。因此，「道具」的「布団」用「で格」；「場所」的「畳」用「に格」；是「道具」亦是「場所」的「ベッド」則「で格」、「に格」皆可。

但若「布団」、「畳」、「ベッド」加上方向名詞，如「布団の上」、「畳の上」、「ベッドの上」，就變成是表示「場所」的名詞，此時用「に」或用「で」均可。如：

a' 〇布団の上に寝る／〇布団の上で寝る

b' 〇畳の上に寝る／〇畳の上で寝る

c' 〇ベッドの上に寝る／〇ベッドの上で寝る

另外，亦有以下例子。

d. 右手にカバンを持っている（右手拿著皮包）

e. 右手でカバンを持っている（用右手拿著皮包）

d 例中的「右手」可視為「皮包的存在場所」；e 例中的「右手」可視為「拿著皮包的道具」。母親在教孩子使用筷子時，會說「右手で箸を持ちなさい」（用右手拿筷子），而自由女神是「右手にトーチを持っている」（右手拿著火炬）。

1-9. ニとデとヲ

　復習になりますが、ニとデとヲがそれぞれ「場所」を示す場合、どのような文脈で使われるでしょうか。ニは「着点」、デは「動作の場所」、ヲは「移動の経路」を表わすのでしたね。

a. 池に金魚が泳いでいる。

b. 花子がプールで泳いでいる。

c. 鯨が海を泳いでいる。

　a の「金魚」は、池の外に出たら死んでしまうので、常に池の中にいるものです。それ故、「池」は「金魚」の「存在場所」つまり「着点」で、「泳いでいる」はこの際「金魚」の状態と考えられます。だから、ニを取ります。

　b の「花子」は金魚とは反対に、いつも水の中にいるわけにはいきません。「プール」は単に水泳という運動をする「手段」としての「場所」ですね。この場合、「花子」は「プール」から出たら「泳ぐ」ことはできないので、「プール」は「泳ぐ」という動作の行われる「範囲」を示しています。デが用いられる時は、動作の範囲が限定されているのです。

　c の「鯨」は一定の生息場所を持たないようで、「海」を自由に泳ぎまわっています。プールと違って「海」には「範囲」がありません。人間が決めた「領海」などというものは、鯨の知ったことではありません。従って、「海」は「鯨」の泳ぐ「経路」になります。だから、ヲを用います。

助詞 31

1-9. 「に」與「で」與「を」

　　現在來複習一下，「に」、「で」、「を」分別指示「場所」時，上下文會是怎麼樣呢？我們曾說過，「に」表示「抵達點」，「で」表示「動作的場所」，「を」表示「移動的路徑」。

a. 池に金魚が泳いでいる。（池子裡有金魚在游泳。）

b. 花子がプールで泳いでいる。（花子在泳池裡游泳。）

c. 鯨が海を泳いでいる。（鯨魚游過海洋。）

　　a 例中的「金魚」一出到池外必死無疑，故通常是待在池中。因此，可以判定「池」是「金魚」的「存在場所」即「抵達點」，且「泳いでいる」是「金魚」此時的狀態。所以，要使用「に」。

　　b 例中的「花子」正與「金魚」相反，「花子」無法一直待在水中。「プール」只不過是個「場所」，是游泳這項運動的「手段」。這種情況，若「花子」離開「プール」就無法游泳，故「プール」是「泳ぐ」這個動作的「範圍」。使用「で」時，就限定了動作的「範圍」。

　　c 例中的「鯨」，似乎不處於固定的場所，自由地優游於「海」。而「海」與「プール」不同，並無「範圍」可言。畢竟人類所決定的「領海」非「鯨」所知。因此，「海」就成為「鯨」的游泳「路徑」。所以，要使用「を」。

第9部

助詞

日本語

1-9. ニとデとヲ

　次に、もうご存じの方もいるかと思いますが、ニとデとヲの性質をよく表わしている、有名な俳句を紹介します。（作者未詳）

a. 米洗ふ　<u>前に</u>蛍が　二つ三つ　（こめあらう　まえにほたるが　ふたつみつ）

　まだ水道のなかった昔、米は外の井戸端か川の水で洗っていたのでしょう。晩ごはんの米を洗っている時、真っ暗な中を、蛍が目の前に飛んできた……きれいな句ですね。ところが、この俳句を見た俳句の先生は「この蛍は死んでいるね。」と言いました。弟子はびっくりして、次は、

b. 米洗ふ　<u>前で</u>蛍が　二つ三つ

と詠みました。しかし、先生はまた「この蛍は元気がないね。」と言いました。そこで、今度は、

c. 米洗ふ　<u>前を</u>蛍が　二つ三つ

と詠み直しました。すると、先生はようやく「うん、この蛍は生き生きしている。」と言いました。

　最初にニを使った時、先生は蛍が一箇所に静止している状態を思い浮かべたのです。それで、「死んでいる」という評価を下したのです。次にデを使った時、先生は蛍が一定の範囲、つまり作者の目の前でしか飛ばない不活発な動きを思い浮かべてしまったのです。それで、「元気がない」と言ったのです。最後にヲを使った時、先生はようやく、蛍が光の尾を引きながらツイーッ、ツイーッとあちこち活発に飛び回る光景を思い描くことができたのです。それで「生き生きしている」と褒めたのです。

　たった十七文字の世界一短い詩である俳句だからこそ、一つの文字をも疎かにできません。特に助詞の使い方は文全体の意味を決定する、まさに「小さな巨人」なのです。

助詞 32

1-9. 「に」與「で」與「を」

接著，將介紹一段充分表現「に」與「で」與「を」性質的俳句（作者不詳），這段俳句也許已有人知悉。

a. 米洗ふ　前に蛍が　二つ三つ　（こめあらう　まえにほたるが　ふたつみつ）

以前沒有自來水，大致都在井邊洗米。在洗晚餐用的米時，於一片黑暗之中螢火蟲飛到眼前……多麼美的俳句啊。但是，看到這句的俳句老師卻說「這螢火蟲死了呢。」寫這俳句的弟子大吃一驚，於是改成：

b. 米洗ふ　前で蛍が　二つ三つ

但是，老師卻又說「這螢火蟲沒有什麼活力呢。」於是，弟子又把它改成：

c. 米洗ふ　前を蛍が　二つ三つ

好不容易地，老師終於說「嗯！這螢火蟲栩栩如生。」

剛開始使用「に」時，老師腦中浮現的是螢火蟲靜止一地的狀態。於是，才會評說「死了」。接著使用「で」時，老師想到的是螢火蟲只在一定的範圍飛，即只在作者眼前沒精神地飛著。於是，才會說「沒有什麼活力」。最後使用「を」時，老師腦海中才終於描繪出螢火蟲拖著尾光到處飛舞的情景。於是，才讚美說「栩栩如生」。

俳句僅有 17 個字，是世界上最短的詩，故任何一個字也不得馬虎。尤其助詞的用法可能攸關句子整體的意思，實可謂之為「小巨人」。

第9部

助詞

第253回 助詞 33

日本語

　　助詞という「小さな巨人」が猛威を奮うのが、新聞の「見出し（headline）」です。2017年8月11日の朝日新聞を見ただけでも、次のような見出しが目に入ってきました。

a. 不明学生の<u>遺体か</u>―南阿蘇　土砂に埋もれた車内（社会欄）

　　最後は「か」という疑問助詞で終わっています。「か」がなければ、「熊本地震で行方不明だった学生の遺体が見つかった」ということになりますが、「か」があるので「見つかった遺体は行方不明だった学生の遺体かもしれない」という読みができ、これは確定したことでなく、単なる可能性を述べているのだとわかります。

b. 差別意識変える<u>教育を</u>（オピニオン欄）

　　最後は対象を示す「を」で終わっています。「を」がなければ、「差別意識変える教育が今行われている」という読みになりますが、「を」があるために、「<u>これから差別意識変える教育を行おう</u>」という呼びかけなのだ、ということがわかります。「を」が表わす動作対象は、通常は動きのあるものなので、変化を願っている文章なのだ、と解釈されます。同じ「を」でも、

c. 誤認起訴　検察は検証結果の<u>公表を</u>（オピニオン欄）

と、主語「検察は」が付くと、「検察に検証結果の公表をしてもらいたい」のように、特定の相手に対する呼びかけ・要求なのだということが理解できます。

d. 女王・李暁霞に「速さ」で<u>挑んだが</u>（スポーツ欄、オリンピックニュース）

　　最後は逆接の接続助詞「が」で終わっています。「が」がなければ、私たちは「卓球の福原愛選手が持ち前の速球で李暁霞に挑んで勝った」と思ってしまいますが、逆接の「が」があるために、結果は私たちの期待通りでなかったということがわかるのです。そして、福原選手は準決勝に進むこともなく、準々決勝に進むことになるのですが、

e. 卓球　福原<u>3位決定戦へ</u>（一面トップ、オリンピックニュース）

　　最後は方向を示す「へ」で終わっています。「へ」がなければ「福原が卓球の試合の3位決定戦に参加した」ということになりますが、「へ」があるために、私たちは「福原がこれから3位決定戦に臨む」という読みができるのです。

　　以上、新聞の見出しでは、助詞が記事の内容や議論の方向を予測させる重要な役割を担っていることが、おわかりいただけたかと思います。

助詞 33

　　新聞的「見出し（headline）」（標題）最能讓助詞這個「小巨人」發揮威力。光是 2017 年 8 月 11 日的朝日新聞中，就有以下的標題引起筆者注意。

a. 不明学生の<u>遺体か</u>─南阿蘇　土砂に埋もれた車内（社會欄）

　　標題是以「か」這個疑問助詞作結。如果沒有「か」，這個標題就會是「熊本地震で行方不明だった学生の遺体が見つかった」（發現了熊本地震中失蹤學生的遺體）的意思，但因為有了這個「か」，就能解讀成「見つかった遺体は行方不明だった学生の遺体かもしれない」（發現的遺體，也許是失蹤學生的遺體），這個「か」非肯定，只是說明有可能。

b. 差別意識変える<u>教育を</u>（意見欄）

　　標題中以「を」作結。如果沒有「を」，就會被解讀成「差別意識変える教育が今行われている」（現在正推行著改變歧視意識的教育）。但因為有了這個「を」，就會被解讀成是一種呼籲「<u>これから</u>差別意識変える教育を<u>行おう</u>」（從現在開始，要推行改變歧視意識的教育）。「を」所表示的動作對象，通常是會活動的事物，故能解讀為「懇求變化的句子」。不過同樣是「を」亦有不同解讀。

c. 誤認起訴　検察は検証結果の<u>公表を</u>（意見欄）

　　如此例，一加上主語的「検察は」，就能解讀成是在呼籲、要求特定對象，意即「要求檢察官公布驗證的結果」。

d. 女王・李暁霞に「速さ」で<u>挑んだが</u>（運動欄、奧運新聞）

　　d 例以逆接的接續詞「が」作結。如果沒有「が」，我們就會解讀成「卓球の福原愛選手が持ち前の速球で李暁霞に挑んで勝った」（桌球選手福原愛以天生的快速球，挑戰李暁霞並獲勝），但因為有了逆接的「が」，就能明白結果並非如同我們期待的，而是福原選手無法進入準決賽，僅進入了準準決賽。

e. 卓球　福原 3 位<u>決定戦へ</u>（頭版、奧運新聞）

　　e 例標題以表示方向的「へ」作結，如果沒有「へ」，就會變成「福原が卓球の試合の 3 位決定戦に参加した」（福原參加了爭第三名的桌球比賽），但因為有了這個「へ」，我們就能解讀成「福原接下來將面臨第三名決賽」。

　　從上述新聞的標題，各位應該看得出，助詞在引導人預測報導內容與議論方向上，扮演著重要的角色了。

日本語

1-10. カラとヨリ

「青は藍より出でて藍より青し」（あおはあいよりいでて、あいよりあおし）

　これは「出藍之誉」のことですが、この中に2度出てくる「より」はそれぞれ意味が違います。前の「より」は起点格を表わす「より」で、「から」と同じです。後の「より」は優越を表わす「より」です。現代語に訳せば「青は藍から作られたのに、藍よりもっと青い」となりましょう。

　このように、ヨリは、①英語の from の意味、②英語の than の意味、の2つがありますが、カラの方は、①英語の from の意味、だけしかありません。

　from の意味を表わすヨリはカラよりも古い言葉で、現代語ではほとんどカラで代用されています。「青は藍から出た」、つまり「青は藍より抜け出た」ということは、「青は藍より抜きん出た（優越した）」ということになり、ここで from から than へと、非常に自然な意味の転換が起こっているのが見られます。出発点（起点）は藍だったけれど、進んでいくうちに藍のレベルを追い越して、藍を優越してしまった、という意味の延長が理解できますね。

助詞 34

1-10. 「から」與「より」

「青は藍より出でて藍より青し」（あおはあいよりいでて、あいよりあおし）

　　這是所謂的「出藍之譽」，但其中出現的兩個「より」意思卻各不相同。前者是表示「起點格」的「より」，同「から」。後者則是表示「優於」的「より」。若翻譯成現代日文就是：「青は藍<u>から</u>作られたのに、<u>藍よりもっと</u>青い」（青出於藍而勝於藍）。

　　像這樣，「より」雖具有①英文 from 和②英文 than 的兩種意思，但「から」卻僅有①英文 from 的意思。

　　表示 from 意思的「より」是比「から」更古老的語詞，現代日文中幾乎都由「から」取代。「青は藍から出た」（青出於藍）即「青は藍より<u>抜け出た</u>」（採古語的「より」作 from 之意），變為「青は藍より<u>抜きん出た（優越した）</u>」（而更勝於藍）的意思，從這裡可以看到「より」的意思非常自然地從「from」變成「than」。也就能理解此句的延伸意：出發點（起點）雖是「藍」，但不斷演化後，它勝過藍的程度而優於藍。

2. 副助詞

　今回から、副助詞についてお話しします。副助詞は「取り立て詞」とも呼ばれるものですが、それについては以前、少しお話ししました。名詞に副助詞が添えられると、「当該名詞以外の物」つまり「他者」の存在が想起されます。例えば、「子供さえ」と言う時には、「子供」以外の他者、「大人」が含意されている、ということは、すでにお話ししたとおりです。つまり、あらゆるものの中から特に「子供」だけを取り立てて論じるから「取り立て詞」と言うわけです。

　ハ、モ、マデについては「ハとガ」のシリーズの中でお話したし、ダケ、シカ、サエについては「モダリティ」のシリーズの中でお話ししましたから、これからはデモ、コソ、バカリ、についてお話しします。

2-1. デモ

　「お茶でも飲みましょう。」と言われた時に、お茶だけを飲む必要はありません。日本茶や紅茶以外に、コーヒーでもミルクでもジンジャーエールでもかまいません。つまり「飲み物」を「お茶」で代表しているのです。しかし、飲み物と言っても、ビールやワインなどの酒類はダメでしょう。つまり、「ゆっくり休息できる飲み物」という範囲の飲み物です。「お茶でも」と言う時の「お茶」の「他者」とは、「お茶の性質を持つ飲み物」です。デモは「代表性」を表わします。もちろん、「お茶を飲みましょう。」と言われた時には、「お茶」だけしか飲めませんよ。

助詞 35

2. 副助詞

　　從這一回開始將探討副助詞。先前已略談過副助詞又稱「焦點詞」。名詞加上副助詞，就變成「該名詞以外之物」，意即令人想起「他者」的存在。如之前提及「子供さえ」（連小孩都⋯⋯）時，意含了「子供」以外的他者「大人」。也就是說，在各式各樣的人當中，僅特別強調、聚焦「子供」，故稱副助詞為「焦點詞」。

　　關於「は」、「も」、「まで」已於「は與が」系列中談過，而「だけ」、「しか」、「さえ」亦曾在「情態」系列中談過，因此接下來探討「でも」、「こそ」、「ばかり」。

2-1. でも

　　聽到人說「お茶でも飲みましょう。」（要不要至少喝個茶。）時，不必光喝茶。而是除日本茶或紅茶之外，咖啡也好，牛奶也好，薑汁汽水也行。換言之，是舉「茶」代表「飲料」。但是，就算說「飲料」，啤酒、葡萄酒等酒類大概也不算在內吧。也就是說，必須是「可以慢慢休息的飲料」這範圍內的飲料。說「お茶でも」時，「お茶」的「他者」是指「具茶性質的飲料」。「でも」表示「代表性」。當然，若聽人說「お茶を飲みましょう。」（我們喝個茶吧！）時，就只有喝茶了。

2-2. コソ

　以前、こんな話を聞いたことがあります。日本人の男の子と台湾人の女の子が恋をしました。二人はデートして、次のような会話をしました。

a.「愛してるよ。」「こちらこそ。」

　これを中国語にすると、男の子が「我愛你」と言ったのに対し、女の子は「彼此彼此（お互い様）」と言ったことになりますね。せっかく頑張って「愛してるよ」と告白したのに「お互い様」なんて返されたら、百年の恋も冷めるというもの。

　コソは「倒過来」という概念で語られます。通常は、

b.「本当にごめんなさい。」「いいえ、私の方<u>こそ</u>ごめんなさい。」

のように使われます。「私こそ」と言った時の「私」の他者とは「私」に対立する「あなた」です。

c. 蕭さん<u>こそ</u>班長にふさわしい。

と言った時の「他者」とは、「蕭さん」に対立するすべての人を指します。

　つまり、まず相対立する二つのものが前提されており、「○○」の他者とは「○○」に対立するもので、「○○こそ」と発話される時は「○○」の他者を否定する、というスタンスで語られるのです。女性の皆さん、「愛してるよ」と言われたら、「私もよ」と答えてくださいね。

助詞 36

2-2. こそ

　　筆者以前聽過個故事。日本男生與台灣女生相戀。二人在約會中，有段對話如下：

a.「愛してるよ。」「こちらこそ。」

　　這句話翻成中文是：男生說「我愛你」，女生說「彼此彼此」。好不容易努力地告白說出「愛してるよ」，卻得到「彼此彼此」這種回答，相信百年的戀情也會冷卻。

　　說「こそ」時含有「倒過來」的概念，一般使用方式如下：

b.「本当にごめんなさい。」（真對不起。）

　「いいえ、私の方こそごめんなさい。」（哪裡，我才對不起。）

　　說「私こそ」時的他者，是與「私」對立的「あなた」。

c. 蕭さんこそ班長にふさわしい。（蕭同學才適合當班長。）

　　說這句話時，「他者」是指與「蕭さん」對立的所有人。

　　也就是說，前提是兩者間有對立關係，所謂「○○」的「他者」，是與「○○」對立者，所以說「○○こそ」時，就是在否定「○○」的「他者」。各位女性朋友，當有人對你說「愛してるよ」時，請務必記得要回答「私もよ」（我也是哦）喔。

第9部

助詞

219

2-3. バカリとダケ

a. どこへ行っても、ポケモン<u>ばかり</u>見ている。

なんて言われている人はいませんか。ポケモンに夢中になっていて、気がついたら目の前に熊がいた、なんてケースもありますからご注意。

　バカリとダケはよく混同されます。確かに「ポケモン<u>だけ</u>見ている」と言っても意味が同じように感じられます。しかし、

b. 毎日毎日、残業<u>ばかり</u>でいやになる。

という例では、バカリをダケと入れ替えることはできそうにありません。正規の時間の仕事をしないで残業だけさせる会社など、ありえませんから。例えば、

c. 見渡す限り、雪<u>ばかり</u>の平原。

などという時は、「雪」だけしかないということではなく、「雪」の果てる限界が見えない、ということです。「残業ばかり」は「残業の終わる果てが見えない」、つまり「いつになったら残業のない日が来るのかわからない」ということだし、「ポケモンばかり見ている」は「繰り返しポケモンを見ていて、いつになったらやめるのかわからない」ということです。

　「○○ダケ」の「○○」の他者は「○○以外のすべてのもの」で、「○○ダケ」は「○○以外のものを排除する」という意味です。これに対して、「○○バカリ」の「○○」の他者は「○○の限界を超えるもの」で、「○○バカリ」は「○○の限界が見えない」という意味なのです。

　なお、取り立て詞のバカリは、「今着いた<u>ばかり</u>だ」と動詞のタ形に付くバカリとは違いますから、ご注意ください。

助詞 37

2-3.「ばかり」與「だけ」

a. どこへ行っても、ポケモン<u>ばかり</u>見ている。（無論走到何處都只顧著看寶可夢。）

　　有沒有人被這樣說過呢？就曾有人太著迷於寶可夢，回過神來才發現眼前有熊，所以請務必小心。

　　「ばかり」與「だけ」常混淆。「ポケモン<u>だけ</u>見ている」與「ポケモン<u>ばかり</u>見ている」，確實給人同義的感覺呢。但下例，就不能用「だけ」替換。

b. 毎日毎日、残業<u>ばかり</u>でいやになる。（每天都加班，要煩死了。）

　　因為換成「だけ」，就會變成公司不在正常時間工作，只讓人加班，不可能有這種公司吧。

c. 見渡す限り、雪<u>ばかり</u>の平原。（放眼望去，一片平原全都是雪。）

　　這麼說時，意思並非只看到「雪」，而是無法看到「雪」的盡頭。「残業ばかり」是「無止境的加班」，亦即「不知不加班的日子何時才會來到」。「ポケモンばかり見ている」是「一直不斷看著寶可夢，不知何時才會停止」的意思。

　　「○○だけ」中「○○」的「他者」是「○○以外的所有事物」，「○○だけ」意思是「將○○以外的事物排除」。相對地，「○○ばかり」中「○○」的「他者」是指「超過○○界限的事物」，「○○ばかり」意思是「看不見○○的限界」。

　　此外，焦點詞的「ばかり」意思不同於動詞「タ形」後的「ばかり」，如「今着いた<u>ばかり</u>だ」（我才剛到），請務必注意。

日本語

3. 接続助詞

　今回から、接続助詞に入ります。格助詞と副助詞は1つの文の中で語と語を繋ぐもの、接続助詞は文と文を繋ぐもの、終助詞は文の終わりに付くものですが、このうち接続助詞は最も問題になりやすい助詞なのです。

　皆さん、「接続詞」と「接続助詞」を混同しないでくださいね。接続詞とは「買い物に行った。そして、映画を見た。」「買い物に行った。しかし、何も買わなかった。」「買い物に行った。だから、遅くなった。」など、文の頭に付くものです。接続助詞とは「勉強したから、合格した。」「勉強したけど、試験に落ちた。」「勉強すれば、合格するよ。」など、前の文と後の文の間に位置し、前の文と後の文の論理的関係を示すものです。

　接続助詞は、大きく分けると3つに分類されます。

1. 逆接：ガ、ケド、テモ、ノニ
2. 因果：カラ、ノデ、シ、テ
3. 条件：ト、バ、タラ、ナラ

　「逆接」とは、前の文がプラス価値なら後ろの文はマイナス価値、前の文がマイナス価値なら後ろの文はプラス価値、という関係になります。「因果」とは、前の文が原因、後の文が結果、という関係になります。「条件」とは、前の文が条件、後の文が帰結、という関係になります。このうち、逆接のノニについては「モダリティ」のシリーズの中で述べたので、簡単に述べるに留めます。

助詞 38

3. 接續助詞

　　從這回開始，將探討接續助詞。格助詞與副助詞在一個句子中聯繫詞與詞，接續助詞則是聯繫句子與句子，而終助詞則接在句尾，其中最容易有疑問的便是接續助詞。

　　請大家勿將「接續詞」與「接續助詞」混為一談喔。「接續詞」置於句首，如「買い物に行った。そして、映画を見た。」（我去買東西。然後，去看電影。）、「買い物に行った。しかし、何も買わなかった。」（我去買東西。但是，什麼都沒買。）、「買い物に行った。だから、遅くなった。」（我去買了東西。所以，才遲到。）而「接續助詞」則置於前句與後句之間，用於提示前後句間的邏輯關係，如「勉強したから、合格した。」（因為我用功了，所以考過了。）、「勉強したけど、試験に落ちた。」（雖然我用功了，但還是沒考過。）、「勉強すれば、合格するよ。」（只要用功，就能考過喔。）等。

　　「接續助詞」大致可分成三類：

1. 逆接：「が」、「けど」、「ても」、「のに」
2. 因果：「から」、「ので」、「し」、「て」
3. 條件：「と」、「ば」、「たら」、「なら」

　　「逆接」的關係是前句為正面價值，後句就是負面價值；若前句為負面價值，後句就會是正面價值。「因果」的關係是前句為原因，後句為結果。「條件」的關係是指前句為條件，後句為歸結。其中「逆接」的「のに」已在「情態」系列中探討過，在此僅簡單說明。

3-1. 逆接（1）－ガとケド

　ケド、ケレド、ケドモはケレドモの省略形ですが、最もよく使われるのはケドで
しょう。ガもケドも最も中立的な逆接で、単に前文と後文が反対の価値を持つこと
を示すだけです。ガの方が文章的で、ケドの方が口語的です。しかし、文法的には
ちょっと違います。次の例を見てください。

a. あの店は [高い<u>けど</u>／高い<u>が</u>] おいしい。

b. あの店は [高いです<u>けど</u>／高いです<u>が</u>] おいしいです。

c. あの店は [高い<u>けど</u>／＊高い<u>が</u>] おいしいです。（＊は不正文）

d. あの店は [＊ 高いです<u>けど</u>／＊高いです<u>が</u>] おいしい。（＊は不正文）

　これらの文で、何が違うかおわかりですか。a は前文も後文も常体、b は前文も
後文も敬体です。しかし、c は前文は常体、後文は敬体で、d は前文は敬体、後文
は常体です。つまり、ガは前文と後文の文体が同じでなければ使えない、ケドは前
文が常体であれば使えるということです。逆接を使う時は、ケドの方がガより無難
で口語にふさわしい、ということになりましょう。

助詞 39

中文

3-1. 逆接（1）－「が」與「けど」

　　「けど」、「けれど」是「けれども」的省略形，其中最常被使用的大概就是「けど」吧。「が」與「けど」均是最中立的逆接，僅表示前後句間有相反的價值。「が」用於書寫，「けど」用於口語，但在文法上卻稍有不同。請看下面的例子：

a. あの店は [高いけど／高いが] おいしい。

b. あの店は [高いですけど／高いですが] おいしいです。

c. あの店は [高いけど／＊高いが] おいしいです。（＊為不正確）

d. あの店は [＊高いですけど／＊高いですが] おいしい。（＊為不正確）

　（那家店雖貴卻好吃。）

　　各位明白上述例子有何不同嗎？a 例中的前後句均是常體；b 例中的前後句均是敬體。但 c 例中的前句是常體，後句是敬體；d 例中的前句是敬體，後句是常體。換言之，前後句的文體必須一致才能使用「が」。而只要前句是常體即可使用「けど」。逆接時使用「けど」較使用「が」更保險且口語。

225

日本語

3-1. 逆接（2）―ケドとテモ

a. 昨日は台風が来たけど、学校へ行った。

b. 明日は台風が来ても、学校へ行こう。

　ご覧のように、a の方は既定の事実を表わす「昨日は台風が来た」ですが、b の方は明日のことで、台風が来るかどうかはまだ未定のことです。「台風が来ても」は「来るか来ないかわからないが、もし来たとしても」、つまり「台風が来るかどうかに拘らず」という「仮定」の意味を表します。中国語で言えば「假設〜〜、還是〜〜」といったことになるでしょうか。しかし、ケドは過去のこと、テモは未来のことに付く、と覚えてはいけませんよ。

c. 明日は台風が来るけど、学校へ行こう。

d. 若い頃は、台風が来ても学校へ行ったものだ。

　c の場合は天気予報などで明日台風が来ることが確実な場合の発話でしょう。d の場合は過去のことですが「台風が来た時でも来なかった時でも」「台風が来るか来ないかに拘らず」ということです。ケドとテモに前接する動詞の形を見てみると、ケドの前につく動詞は「来た」「来る」など、テンスが決まってる「定形」です。しかし、テモの方はテンスが決まっていない「不定形」です。定形は、具体的にいつその事実が起こったかを指定しますが、不定形の方は抽象的に事実の内容を示すだけです。それ故、ケドが既定の事実を示すのに対し、テモは抽象的な仮説を示すわけです。

助詞 40

3-1. 逆接（2）－「けど」與「ても」

a. 昨日は台風が<u>来た</u>けど、学校へ行った。（昨天颱風來了，不過我還是去了學校。）

b. 明日は台風が<u>来て</u>も、学校へ行こう。（就算明天颱風來，還是要去學校。）

　　上述例子中的 a 例表示「昨天颱風來了」這個事實，但 b 例是指明天的事，颱風是否會來尚屬未定。「台風が<u>来て</u>も」是表示「不知道是否會來，但即使來了」，也就是「不論颱風來不來」的「假設」。若用中文來說，就是「假設（即便）～～，還是～～」的意思。但切記，不要誤記為「けど」用於過去，「ても」用於未來喔。

c. 明日は台風が<u>来る</u>けど、学校へ行こう。（雖然明天颱風會來，但還是去學校吧。）

d. 若い頃は、台風が<u>来て</u>も学校へ行ったものだ。（年輕的時候，即便颱風來，還是會去學校。）

　　c 例是依據天氣預報，確定明天颱風會來時所說的吧。d 例雖指過去之事，但意指「颱風來時也好，沒來也好」、「不論颱風來不來」。若觀察「けど」與「ても」前面接的動詞形態，會發現「けど」前是「来た」、「来る」等時態已確定的「定形」。但是，「ても」前接的是時態尚未確定的「不定形」。「定形」已指定該事實具體發生的時間，但「不定形」僅抽象地表達事實內容。所以，相對於「けど」表示既定的事實，「ても」則是表示抽象的假設。

日本語

3-1. 逆接（3）－ケドとテモとノニ

a. ○ お金がない<u>けど</u>、買いましょう。

　○ お金がなく<u>ても</u>、買いましょう。

　× お金がない<u>のに</u>、買いましょう。

b. ○ 難しい仕事だ<u>けど</u>、やってください。

　○ 難しい仕事<u>でも</u>、やってください。

　× 難しい仕事な<u>のに</u>、やってください。

　見ての通り、ノニは「〜ましょう」（意向）、「〜てください」（依頼）、「〜なさい」（命令）、「〜ませんか」（勧誘）、「〜ましょうか」（申し出）、「〜たらどうですか」（提案）、「〜た方がいい」（判断）など、相手に働きかける文型は使えません。ノニは前件と後件の矛盾に対する不満を表わすのですから、不満があるのに相手に勧めたりお願いしたり提案したりするのはおかしいからです。もちろん、これらの文型が節の中に埋め込まれている場合は別です。

c. お金がない<u>のに</u>、妻は「買いましょう」と言う。

d. 難しい仕事な<u>のに</u>、社長は「やってください」と言う。

助詞 41

3-1. 逆接（3）－「けど」、「ても」與「のに」

a. ○ お金がない<u>けど</u>、買いましょう。（雖然沒有錢，但還是買吧。）

　○ お金がなく<u>ても</u>、買いましょう。（即便沒有錢，還是買吧。）

　× お金がない<u>のに</u>、買いましょう。

b. ○ 難しい仕事だ<u>けど</u>、やってください。（雖然這項工作很難，但還是請你做吧。）

　○ 難しい仕事<u>でも</u>、やってください。（就算是很難的工作，但還是請你做吧。）

　× 難しい仕事な<u>のに</u>、やってください。

　　誠如所見，「のに」不能用於推動對方的句型，如「～ましょう」（意向）、「～てください」（請託）、「～なさい」（命令）、「～ませんか」（勸誘）、「～ましょうか」（建議）、「～たらどうですか」（提案）、「～た方がいい」（判斷）等。由於「のに」是對前後件的矛盾表達不滿，既然不滿，還要勸誘、請託或提議對方做事，未免太不合理。當然，若這些句型是嵌於「子句」中就另當別論，如：

c. お金がない<u>のに</u>、妻は「買いましょう」と言う。（明明沒有錢，妻子卻還說：「買吧」。）

d. 難しい仕事な<u>のに</u>、社長は「やってください」と言う。（明明是很難的工作，社長卻還說：「請你來做」。）

第 9 部

助詞

3-2. 因果（1）－カラとノデ

　最初に述べておきますが、「原因」と「理由」は違います。

a. 火事の<u>原因</u>は、タバコの火の不始末だった。

b. 彼が離職した<u>理由</u>は、給料が少ないということだ。

　「原因」は科学的・客観的な事情、「理由」は人為的・主観的な事情なのです。ですから、

c. この病気の<u>原因</u>は新型ウィルスだ。

　と言うことはできますが。

d. ×この病気の<u>理由</u>は新型ウィルスだ。

　と言うことはできません。また、

e. 不景気が<u>原因</u>で、会社が倒産した。

f. 親の事業を継ぎたいからという<u>理由</u>で、彼は大学をやめた。

　などのように、「原因」とは人間の力ではどうしようもない不可抗力の事情ですが、「理由」は人間の選択意志によるもので、時には勝手に捏造され得る「言い訳」になることもあるものです。

　接続助詞のカラもノデも、それぞれ「原因」「理由」を表わします。まず、カラが「理由」を表わす場合を見てみましょう。

g. 娘：どうしてあの人と結婚しちゃダメなの？

　父親：<u>ダメだから</u>ダメなんだ！

　この父親は、理由にならない理由で娘の結婚に反対しています。この場合、「×<u>ダメなので</u>ダメなんだ！」という言い方を、頑固親父は決してしません。つまり、同じ因果の接続助詞でも、カラは「恣意的な理由」「わがままな理由」を表わします。

助詞 42

3-2. 因果（1）－「から」與「ので」

話先說在前頭，「原因」和「理由」是不同的。

a. 火事の<u>原因</u>は、タバコの火の不始末だった。（火災的原因，是沒妥善熄滅菸蒂。）

b. 彼が離職した<u>理由</u>は、給料が少ないということだ。（他離職的理由，在於薪水太少。）

「原因」是科學的、客觀的緣由；「理由」是人為的、主觀的緣由。所以，我們可以說：

c. この病気の<u>原因</u>は新型ウィルスだ。（這個病因是新型的病毒。）

但卻不能說：

d. ×この病気の<u>理由</u>は新型ウィルスだ。

另外如：

e. 不景気が<u>原因</u>で、会社が倒産した。（公司因為不景氣而破產。）

f. 親の事業を継ぎたいからという<u>理由</u>で、彼は大学をやめた。（基於想繼承父母事業的理由，他大學退學了。）

如上述例子，「原因」是人的力量無可奈何的緣由，但是「理由」則是源於人的選擇意志，所以有時甚至可能是捏造的「藉口」。

接續助詞的「から」與「ので」皆能分別表示「原因」與「理由」。首先，來看看「から」表示「理由」的情況。

g. 女兒：どうしてあの人と結婚しちゃダメなの？（為什麼我不能跟那個人結婚呢？）

父親：ダメだからダメなんだ！（不行就是不行！）

這位父親，用不成理由的理由來反對女兒結婚。此時頑固的父親絕不會說「×<u>ダメなのでダメなんだ</u>！」換言之，即使同樣是因果關係的接續助詞，「から」卻是表示「恣意的理由」、「任性的理由」。

日本語

3-2. 因果（1）－カラとノデ

カラの恣意性は、統語的性質においてはっきり表れています。

カラを使った文は、「分裂文」と呼ばれる構文転換ができます。

a. 車を買った<u>から</u>、お金がなくなった。

　→お金がなくなったのは、車を買った<u>から</u>だ。

つまり、「お金がなくなった」という現象を先に認識し、何故お金がなくなったのだろうと分析した結果、「車を買った」という原因に突き当たった、という思考経路が示されています。お金がなくなった原因は「お金を落とした」「息子が大学に入った」「事業に失敗した」「友人にお金を貸した」など、いろいろ考えられますが、特に「車を買った」という原因を取り立てているわけです。

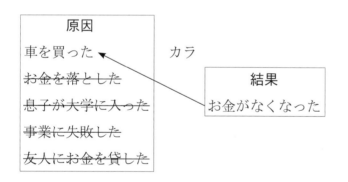

ですから、カラを使った因果表現は「結果事象から原因事象への遡行」という意識において発話されています。カラには恣意性、原因選択性が含まれているのです。

では、ノデはどうでしょうか。カラと違い、ノデは分裂文が作れません。

b. 車を買った<u>ので</u>、お金がなくなった。

　→×お金がなくなったのは、車を買った<u>ので</u>だ。

助詞 43

3-2. 因果（1）－「から」與「ので」

「から」的恣意性很清楚地表現在「句法」的性質上。

使用「から」的句子稱為「強調構句」，可以調換構句。

a. 車を買った<u>から</u>、お金がなくなった。（因為買了車，所以沒錢了。）

→お金がなくなったのは、車を買った<u>から</u>だ。（會沒錢，是因為買了車。）

換句話說，它的思維路徑是先認知到「お金がなくなった」的現象，才分析為何沒錢，究明原因在於「車を買った」。沒錢的原因很多，如「掉了錢」、「兒子上了大學」、「事業失敗」、「借了錢給朋友」等，其中特別強調「車を買った」這個原因。

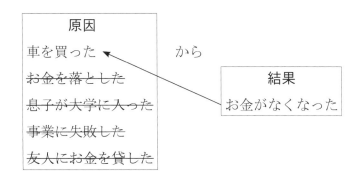

故可言，使用「から」表達因果時，是在「從結果現象倒遡原因現象」的意識下表達。「から」包含著「恣意性」與「原因的選擇性」。

那麼「ので」又如何？「ので」與「から」不同，它不能作成「強調構句」。如：

b. 車を買った<u>ので</u>、お金がなくなった。（因為買了車，所以沒錢了。）

→×お金がなくなったのは、車を買った<u>ので</u>だ。

日本語

3-2. 因果（1）－カラとノデ

　ノデを使った因果表現は非常に穏やかで、原因から結果への自然な移行が考えられます。まず「車を買った」という事実認識が先にあり、そこから自然に「お金がなくなった」という結果になります。「車を買った」という事態からは、「お金がなくなった」「通勤が便利になった」「ガレージが必要になった」「事故保険に加入した」など、さまざまな結果が考えられます。その中で話者にとって最も重大で必然的な意味を持つ結果が「お金がなくなった」ということなのです。ノデは、原因から結果への穏やかで自然な成り行きを表わします。

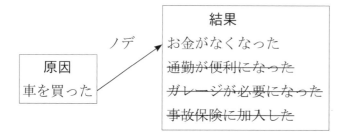

　カラの原因選択性とノデの結果必然性を表した会話を挙げましょう。

a. 教師：イエス様は、どうして水の上を歩くことができたの？
　　生徒1：イエス様は本当は船に乗っていた<u>から</u>！
　　教師：ブー。
　　生徒2：イエス様は、忍者だった<u>から</u>！
　　教師：ブー。
　　生徒3：イエス様は神様だ<u>から</u>！
　　教師：ピンポーン！
b. 客：社長はいらっしゃいますか。
　　秘書：社長はもうすぐまいります<u>ので</u>、こちらでお待ちください。

　aはそれぞれの生徒が自分が思いついた原因を挙げています。bは誰もが納得するような自然な結果が示されていますね。

助詞 44

3-2. 因果（1）－「から」與「ので」

　　使用「ので」的因果表現非常平穩，可視為原因自然轉移到結果。首先認知「車を買った」這個事實，然後自然地變成「お金がなくなった」這個結果。從「車を買った」這個情況會想起各種結果，如「會沒錢」、「通勤會變方便」、「會需要車庫」、「要加保意外險」等，而其中對說話者而言最重大且必然發生的結果，就是「お金がなくなった」。「ので」表示自原因平穩自然地發展成結果。

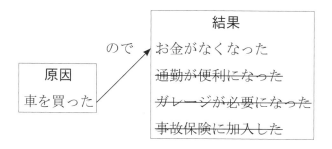

　　關於「から」的原因選擇性，與「ので」的結果必然性，請看以下對話。

a. 老師：イエス様は、どうして水の上を歩くことができたの？（耶穌為何能在水上走路呢？）

　　學生 1：イエス様は本当は船に乗っていた<u>から</u>！（因為耶穌其實坐在船上！）

　　老師：ブー。（錯！）

　　學生 2：イエス様は忍者だった<u>から</u>！（因為耶穌是忍者！）

　　老師：ブー。（錯！）

　　學生 3：イエス様は神様だ<u>から</u>！（因為耶穌是神！）

　　老師：ピンポーン！（答對了！）

b. 客人：社長はいらっしゃいますか。（社長在嗎？）

　　祕書：社長はもうすぐまいります<u>ので</u>、こちらでお待ちください。（社長馬上就來，請您在這裡稍待。）

　　a 例是每位學生提出自己想到的原因，b 例則表達了任誰都會信服的自然結果。

日本語

3-2. 因果（1）－カラとノデ

　人に何かを依頼する場合、後件の文型「～テクダサイ」ですが、依頼の理由にはカラとノデのどちらを使った方が感じがよいでしょうか。

a. 社長はもうすぐまいります<u>ので</u>、こちらでお待ちください。

　これは非常に穏健な依頼内容ですから、やはり穏健な印象を与えるノデの方が相応しいかと思われます。しかし、この依頼が強引さを帯びてくると、カラも使われるようになります。

b. 客：社長さん、遅いですね。じゃ、今日のところはこれで失礼します。

　秘書：あ、もう少しお待ちになってください。すぐまいります<u>から</u>。

　依頼内容がさらに強引になると、ノデは使えなくなります。

c. お願い、来週返す<u>から</u>、1万円貸して。

d. 詫びなんかいらない<u>から</u>、さっさと帰れ！

　ここまで来ると、カラはもはや「原因・理由」でなく、取引のための「条件」になってきますね。一方的に出される「条件」には、恣意性の高いカラが相応しいでしょう。

　この恣意性がさらに前面に強く押し出されると、「モダリティ-38」でお話したような「宣言」の用法になってきます。

e. 私、家を出ていきます<u>から</u>。

　これは、すでに「条件」ですらなく、条件と帰結がくっついた問答無用の一方的な宣告ですね。

助詞 45

3-2. 因果（1）-「から」與「ので」

　　向人請託，意即後句是「～てください」的句型時，要用「から」還是「ので」觀感較佳呢？

a. 社長はもうすぐまいります<u>ので</u>、こちらでお待ちください。

　　（社長馬上就來，請您稍待。）

　　這是一個非常溫婉的請託，故用給人平穩印象的「ので」較佳。但是，隨請託所帶的勉強感越強，就越會使用「から」，如：

b. 客人：社長さん、遅いですね。じゃ、今日のところはこれで失礼します。

　　　　（社長真慢啊。那麼，我今天就先回去好了。）

　　祕書：あ、もう少しお待ちになってください。すぐまいります<u>から</u>。

　　　　（啊，請您再等一下。他馬上就來了。）

　　請託內容更具勉強人的意思，就不得用「ので」了。

c. お願い、来週返す<u>から</u>、1 万円貸して。（拜託，我下週就還，借我 1 萬日圓。）

d. 詫びなんかいらない<u>から</u>、さっさと帰れ。

　　（我才不需要你道什麼歉，馬上給我回去！）

　　上例中的「から」已不是表示「原因、理由」，而是表示交涉的「條件」。單方面提出的「條件」，適合用恣意性高的「から」。

　　若是更強調恣意性，就會變成「情態 -38」中所說的「宣告」用法，如：

e. 私、家を出ていきます<u>から</u>。（我就是要離家出走。）

　　這已不是「條件」，而是「條件」與「歸結」結合，不由分說的「宣告」吧。

第 9 部

助詞

237

3-2. 因果（1）－カラとノデ

接続助詞と接続詞は関係しています。接続詞は文と文を繋ぐ品詞、接続助詞は句と句を繋ぐ品詞です。「句」とは1つの主語と1つの述語で構成されている塊です。「文」とは、いくつかの句が集まってできたもので、簡単にいえば文の終わりのマル（句点）までの塊です。例えば、「私は教師だ。」は一つの「文」であり「句」でもあります。「私は政治大学に籍を置く教師だ。」も文ですが、「政治大学に籍を置く」と「私は教師だ」がそれぞれ句です。

この「文」と「文」とを繋ぐものは接続詞、句と句を繋ぐものが接続助詞です。例えば、

a. 太郎はクリスチャンだ。だが、次郎は仏教徒だ。

a' 太郎はクリスチャンだが、次郎は仏教徒だ。

この場合、aは「太郎はクリスチャンだ。」「次郎は仏教徒だ。」の2つの文を、逆接の接続詞ダガ繋いでいます。bは「太郎はクリスチャンだ」「次郎は仏教徒だ」という2つの句を、接続助詞ガが繋いでいます。

前置きが長くなりましたが、因果の接続助詞カラ、ノデは、接続詞ダカラ、ソレデ（またはデ）と関係があるのです。

b. 太郎はクリスチャンだ。だから、毎週教会へ行く。

b' 太郎はクリスチャンだから、毎週教会へ行く。

c. 太郎はクリスチャンだ。[それで／で]、毎週教会へ行く。

c' 太郎はクリスチャンなので、毎週教会へ行く。

助詞 46

3-2. 因果（1）－「から」與「ので」

　　接續助詞與接續詞相關。接續詞是連結句子與句子的詞類，接續助詞是連結詞組（或稱「短語」）與詞組的詞類。「詞組」是由一個主語與一個述語所構成。所謂「句子」，是由幾個詞組匯聚而成，所以簡單地說，就是直到最後有「句點」的部分。如「私は教師だ。」（我是教師。）既是「句子」亦是「詞組」。「私は政治大学に籍を置く教師だ。」（我是籍設於政治大學的教師。）是「句子」，但「政治大学に籍を置く」與「私は教師だ」卻分別為「詞組」。

　　連結「句子」與「句子」的就是接續詞，而連結「詞組」與「詞組」的就是接續助詞。如：

a. 太郎はクリスチャンだ。<u>だが</u>、次郎は仏教徒だ。（太郎是基督徒。但是，次郎是佛教徒。）

a' 太郎はクリスチャン<u>だが</u>、次郎は仏教徒だ。（太郎是基督徒，但次郎是佛教徒。）

　　a 例中用逆接的接續詞「だが」連接「太郎はクリスチャンだ。」、「次郎は仏教徒だ。」這兩個「句子」。b 例中則由「接續助詞」的「が」連接「太郎はクリスチャンだ」、「次郎は仏教徒だ」兩個「詞組」。

　　開場白雖稍長了點，但因果的接續助詞「から」、「ので」，與接續詞的「だから」、「それで」（或是「で」）是有關係的。

b. 太郎はクリスチャンだ。<u>だから</u>、毎週教会へ行く。（太郎是基督徒。所以他每週去教會。）

b' 太郎はクリスチャンだ<u>から</u>、毎週教会へ行く。（太郎是基督徒，所以他每週去教會。）

c. 太郎はクリスチャンだ。[<u>それで／で</u>]、毎週教会へ行く。（太郎是基督徒。所以他才每週去教會。）

c' 太郎はクリスチャン<u>なので</u>、毎週教会へ行く。（太郎是基督徒，所以他每週去教會。）

日本語

3-2. 因果（1）－カラとノデ

　しかし、ダカラとソレデ・デの使い方をよくよく観察してみると、大きな違いがあることがわかります。次の会話を見てみましょう。まず、ソレデ・デを用いた会話です。

a.　A：昨夜、徹夜しちゃって……

　　B：<u>で</u>？

　　A：<u>で</u>、今朝は目覚ましが鳴っても気がつかなくて……

　　B：<u>それで</u>？

　　A：<u>それで</u>、慌てて家を出て……

　　B：<u>で</u>？

　　A：<u>で</u>、慌てて電車を乗り間違えちゃって……

　　B：<u>それで</u>？

　　A：<u>それで</u>、とうとう遅刻しちゃったんだ。

　次に、ダカラを用いた会話です。

b.　A：昨夜、徹夜しちゃって……

　　B：<u>だから</u>？

　　A：……<u>だから</u>、遅刻しちゃったんだ。

　ソレデ・デが穏やかに相手の発話を促し、徐々に結論を紡ぎ出していく機能があるのに対し、ダカラは一気に結論を要求する性急さがあります。

　この種のダカラは、次のようにも用いられ、相手を詰問する役割を果たします。

b'　A：昨夜、徹夜しちゃって……

　　B：<u>だから</u>何なんだ！

助詞 47

3-2. 因果（1）－「から」與「ので」

　　但若仔細觀察「だから」與「それで」（で）的用法，就會發現其間有很大的不同。先來看看運用「それで」・「で」的這段對話：

a. A：昨夜、徹夜しちゃって……（我昨天熬了夜……）

　　B：で？（然後呢？）

　　A：で、今朝は目覚ましが鳴っても気がつかなくて……

　　　　（然後，今天早上就沒注意到鬧鐘響……）

　　B：それで？（然後呢？）

　　A：それで、慌てて家を出て……（然後慌慌張張地出門……）

　　B：で？（然後呢？）

　　A：で、慌てて電車を乗り間違えちゃって（然後慌張下搭錯了電車）

　　B：それで？（然後呢？）

　　A：それで、とうとう遅刻しちゃったんだ。（然後，終究還是遲到了。）

　　接著，來看看運用「だから」的對話：

b. A：昨夜、徹夜しちゃって……（我昨天熬了夜……）

　　B：だから？（所以呢？）

　　A：……だから、遅刻しちゃったんだ。（……所以，就遲到了。）

　　「それで」、「で」是較平穩地催促、推動對方說話，慢慢編織出結論，相反地，「だから」則是性急地要求一口氣說出結論。

　　這種「だから」亦能如下例使用，具有質問對方的功能。

b' A：昨夜、徹夜しちゃって……（我昨天熬了夜……）

　　B：だから何なんだ！（所以那又怎樣！）

3-2. 因果（1）―カラとノデ

　つまり、ダカラはソレデ・デに比べてかなり感じの悪い言葉になりますね。これは、次のようにも用いられます。

　例えば、AがBに対してある忠告をして、BがAの忠告を聞かなかったとします。結果はAの忠告通りのことが実現し、AがBを非難する時です。次の会話をご覧ください。

a. 母親：雨が降っているから、外に出ちゃダメよ。転んだら危ないから。

　　子供：大丈夫だよ。

　　　　　　　　　・・・・・・数分後・・・・・・

　　子供：お母さん、転んじゃった。

　　母親：だから、外に出ちゃいけないって言ったでしょ！

　つまり、自分の言う忠告・教えなどが相手に伝わらなくてイライラする時も使われます。

b. 教師：「保険」は、「ほけん」と読みます。

　　学生：先生、この「保険」っていう漢字、何て読むの？

　　教師：だから、今言ったでしょっ！

　私もこんな教え方をしたことがあるので、反省しているんですが……

　こうして見ると、ダカラで表される原因は、聞き手も知っていることとなるようですね。それは接続助詞のカラにも現れています。

c. 夫：この頃、疲れるなあ。

　　妻：毎日遅くまで飲んでるからよ。

d. A：お母さんの病気が治って、うれしい。

　　B：あなたが献身的に看病したからよ。

　この場合、ノデを使うことはできません。

助詞 48

3-2. 因果（**1**）－「から」與「ので」

　　換句話說，「だから」給人的感覺較「それで」・「で」差得多呢。而且，「だから」尚可用於以下情況。

　　例如，A 對 B 提出某項忠告，B 不願聽。但結果卻如 A 所言，於是 A 責難 B。請看以下對話。

a. 母親：雨が降っているから、外に出ちゃダメよ。転んだら危ないから。（外面在
　　　　　下雨，不可以到外面去喔。會摔倒很危險。）

　　孩子：大丈夫だよ。（沒問題的啦！）

　　　　　　　・・・・・・幾分鐘後・・・・・・

　　孩子：お母さん、転んじゃった。（媽媽我摔倒了。）

　　母親：だから、外に出ちゃいけないって言ったでしょ！（所以，不是叫你不要出
　　　　　去嗎！）

　　意即對方不聽自己的忠告或教導而感到煩燥時，亦使用「だから」。

b. 教師：「保険」は、「ほけん」と読みます。（「保険」唸作「ほけん」。）

　　學生：先生、この「保険」っていう漢字、何て読むの？（老師，「保険」的漢字
　　　　　怎麼唸？）

　　教師：だから、今言ったでしょっ！（所以，我剛不是說了嗎！）

　　筆者也曾經這樣教過學生，真應該自我反省……

　　如此看來，「だから」表示的「原因」對方也知道吧。而這種情形亦同樣表現在接續助詞的「から」。

c. 夫：この頃、疲れるなあ。（最近，真累啊。）

　　妻：毎日遅くまで飲んでるからよ。（還不是因為你每天都喝到很晚。）

d. A：お母さんの病気が治って、うれしい。（媽媽的病好了，真是開心。）

　　B：あなたが献身的に看病したからよ。（這都是因為你盡心盡力照顧啊。）

　　上述情況不能使用「ので」。

日本語

3-2. 因果（**2**）—テとシ

　あまり目立たないようですが、テとシも因果を表わす接続助詞です。

　まず、テの話です。テは「手」と同じで、前件の句と後件の句を何でもかんでも結びつけてしまいます。ですから、さまざまな用法があります。

a. お爺さんが山に芝刈りに<u>行って</u>、お婆さんが川に洗濯に行きました。（前件と後件が並列）

b. お婆さんは川へ<u>行って</u>、洗濯をしました。（前件と後件が継起）

c. 拍手を<u>して</u>、選手を迎えましょう。（前件が後件の手段）

d. 台風が<u>来て</u>、木が倒れた。（前件は後件の原因）

　テ形は初級の最初の方で習うので使い勝手がよいらしく、やたらと使う人がいます。最も間違いが多いのが「前件は後件の原因」となる用法です。

e. ×弟が犬に肉を<u>やって</u>、犬が喜んだ。

　この場合は、

e' 弟が犬に肉をやった<u>ので</u>、犬が喜んだ。

と、ノデを使わなくてはいけません。何故でしょうか？

　テで接続される前件の句と後件の句が因果を表す場合、かなり面倒な制約があります。

f. 父が<u>入院して</u>、悲しい。

g. 靴が<u>小さくて</u>、足が痛い。

　まず、因果が自然なものでなくてはいけません。fとgは「悲しい」「足が痛い」と、感情的・生理的な事態が後件に来ています。感情や生理現象は本人の意志にかかわりなく、自然に起こるものなので、自然因果とみなされるからです。

助詞 49

3-2. 因果（**2**）－「て」與「し」

　　雖然不是很搶眼，但「て」與「し」也都是表示因果的接續助詞。

　　首先談談「て」。「て」就如同「手」一樣，不管前件的詞組與後句的詞組是什麼都可連結。所以，用法很多。

a. お爺さんが山に芝刈りに<u>行って</u>、お婆さんが川に洗濯に行きました。（老爺爺去山上除草，老婆婆在河邊洗衣。）（前件與後件並列）

b. お婆さんは川へ<u>行って</u>、洗濯をしました。（老婆婆到河邊洗衣。）（前件與後件相繼而起）

c. 拍手を<u>して</u>、選手を迎えましょう。（以掌聲歡迎選手吧。）（前件是後件的手段）

d. 台風が<u>来て</u>、木が倒れた。（樹因颱風來倒了。）（前件是後件的原因）

　　由於「て」在初期即學到，很方便使用，因而也有人過於濫用，其中最常出錯的用法就是「前件是後件的原因」。

e. ×弟が犬に肉を<u>やって</u>、犬が喜んだ。

　　此時必須如下使用「ので」，為什麼呢？

e' 弟が犬に肉をやった<u>ので</u>、犬が喜んだ。（因為弟弟餵了肉給狗，狗很高興。）

　　因用「て」連接前後件的詞組，表達因果關係時，有極其複雜的限制。

f. 父が入院して、悲しい。（我因父親住院了而難過。）

g. 靴が小さくて、足が痛い。（我因鞋子太小而腳痛。）

　　如上述例子，首先，用「て」時，因果關係必須是自然的。f、g 例的後件是感情或生理現象的「悲しい」、「足が痛い」。感情或生理現象與本人意志無關，是自然發生的，因此能夠視為自然的因果關係。

日本語

3-2. 因果（2）―テとシ

では、後件の句が感情・生理現象ならばすべてテを使ってよいのでしょうか。

a. ×母が私を<u>叱って</u>、私は悲しかった。

実は、テが因果を表わす条件はもう一つあるのです。それは、「前件の句と後件の句の主語が同じでなければならない」ということです。aの例を修正するなら、前件を受身形にすればよいでしょう。

a' 母に<u>叱られて</u>、私は悲しかった。

では、昨日挙げた例はどうでしょうか。

b. ×弟が犬に肉を<u>やって</u>、犬が喜んだ。

これも、次のようにすればよいのです。

b' 弟に肉を<u>もらって</u>、犬が喜んだ。

つまり、前件の事態を、後件の主語「犬」の視点から見た表現にすればよいのです。

では、前回挙げた例、

c. 台風が<u>来て</u>、木が倒れた。

はどうでしょうか。これは、後件が感情・生理的事態でもないし、また前件の主語と後件の主語も同じではありません。実は、テが因果を表わす条件はひとえに「自然因果性」です。人間の関与し得ない自然現象であるならば、前件と後件の如何に拘らず、因果表現は成立します。

d. 氷が<u>溶けて</u>、水になった。

e. コーヒーが<u>こぼれて</u>、服が汚れた。

また、話者の統御不可能な事態ならば、前件と後件の如何に拘らず、因果表現は成立します。

f. IS が自爆テロを<u>起こして</u>、大勢の人が死んだ。

助詞 50

中文

3-2. 因果（2）－「て」與「し」

那麼，只要後件的詞組是感情或生理現象，就全都用「て」嗎？

a. ×母が私を<u>叱って</u>、私は悲しかった。

事實上，「て」表示因果關係時，須具備另一個條件，那就是「前後件主語非相同不可」。若要改正 a 例，把前件改為被動即可：

a' 母に<u>叱られて</u>、私は悲しかった。（我被媽媽罵了很難過。）

那前一回舉的例子又如何？

b. ×弟が犬に肉を<u>やって</u>、犬が喜んだ。

這句也如下修正即可。

b' 弟に肉を<u>もらって</u>、犬が喜んだ。（狗從弟弟那裡得到肉，很開心。）

換言之，把前件的事態，用後件的「犬」的觀點來表現即可。

那麼，前一回舉的例子，又如何呢？

c. 台風が<u>来て</u>、木が倒れた。（樹木因颱風來而倒塌。）

c 例中的後件，既非感情或生理事態，而且前後件的主語亦不相同。事實上，用「て」表示的因果都必須是「自然因果性」。只要是與人類干涉無關的自然現象，那麼不論前件後件如何，因果表現皆能成立。

d. 氷が<u>溶けて</u>、水になった。（冰融化成水。）

e. コーヒーが<u>こぼれて</u>、服が汚れた。（咖啡溢出，弄髒了衣服。）

另外，若是說話者不能控制的狀況，亦不論前件後件如何，因果表現皆能成立。如：

f. IS が自爆テロを<u>起こして</u>、大勢の人が死んだ。（IS 進行自殺炸彈恐攻，死了很多人。）

日本語

3-2. 因果（2）ーテとシ

このように使いにくいテなのですが、一方シの方はどうでしょうか。シは非常に単純で、「理由の列挙」を表わします。

a. 蕭さんはリーダーシップが<u>あるし</u>、みんなのことをよく<u>考えるし</u>、人格が<u>できているし</u>、本当に班長にふさわしいですね。

b. 蕭さんはリーダーシップが<u>あって</u>、みんなのことをよく<u>考えて</u>、人格が<u>できていて</u>、本当に班長にふさわしいですね。

この2つは、どちらも同じように見えますね。しかし、テは次のようにも使います。

c. A：蕭さんはどの人ですか？

　 B：蕭さんは、あの<u>小柄で</u>、眼鏡を<u>掛けていて</u>、いつも真ん中の席に座っている人です。

このような場合には、シは使えません。

c' ×蕭さんは、あの<u>小柄だし</u>、眼鏡を<u>掛けているし</u>、いつも真ん中の席に座っている人です。

aの場合、「リーダーシップがあるし」「みんなのことをよく考えるし」「人格ができているし」は、「班長に最もふさわしい」ことの理由で、シは「班長に最もふさわしい」という結果を導きます。ですから、最後の理由にはカラを用いることもできます。

a' 蕭さんはリーダーシップが<u>あるし</u>、みんなのことをよく<u>考えるし</u>、人格が<u>できているから</u>、本当に班長にふさわしいですね。

それに対して、cの「小柄で」「眼鏡を掛けていて」「いつも真ん中の席に座っている」は単なる「蕭さん」の特徴を述べているだけです。つまり、シを用いるaの場合は同一の観点（この場合は「班長にふさわしい条件」）から「蕭さん」の特徴が列挙されていますが、テを用いるcの場合は、一定の観点がなく、ただ外見の特徴を羅列しているだけです。bの場合は、たまたま前件の主語と後件の主語が一致し、しかも後件が話者の感情・評価意識を吐露したものなので、因果表現が成立したのです。シは理由の列挙、テは自然因果を表わします。

助詞 51

3-2. 因果（2）－「て」與「し」

　　相較於「て」如此難用，「し」又如何呢？其實「し」極為單純，僅是「列舉理由」而已。

a. 蕭さんはリーダーシップが<u>あるし</u>、みんなのことをよく<u>考えるし</u>、人格が<u>できているし</u>、本当に班長にふさわしいですね。（蕭同學有領導力，很替大家著想，品格又好，真的適合當班長。）

b. 蕭さんはリーダーシップが<u>あって</u>、みんなのことをよく<u>考えて</u>、人格が<u>できていて</u>、本当に班長にふさわしいですね。

　　a 與 b 例看起來皆相同呢。但是，「て」還用於下例。

c. A：蕭さんはどの人ですか？（蕭同學是哪一位？）

　　B：蕭さんは、あの<u>小柄で</u>、眼鏡を<u>掛けていて</u>、いつも真ん中の席に座っている人です。（蕭同學就是那位瘦而不高，帶著眼鏡，總是坐在正中間的人。）

　　像這種情況，不能使用「し」。

c' ×蕭さんは、あの<u>小柄だし</u>、眼鏡を<u>掛けているし</u>、いつも真ん中の席に座っている人です。

　　a 例中「リーダーシップがあるし」、「みんなのことをよく考えるし」、「人格ができているし」是「班長に最もふさわしい」的理由，「し」導出「班長に最もふさわしい」的結果。所以，最後的理由亦可使用「から」。

a' 蕭さんはリーダーシップが<u>あるし</u>、みんなのことをよく<u>考えるし</u>、人格が<u>できているから</u>、本当に班長にふさわしいですね。

　　相對地，c 例中的「小柄で」、「眼鏡を掛けていて」、「いつも真ん中の席に座っている」僅是在描述「蕭さん」的特徵。也就是說，用「し」來表示的 a 例，是基於同一觀點（適合當班長的條件）來列舉「蕭さん」的特徵，而用「て」來表示的 c 例並非基於一定的觀點，只是列舉了「蕭さん」的外觀特徵而已。而在 b 例中，碰巧其前後件的主語一致，且後件是說話者吐露感情與評價，故能用「て」表示因果。總之，「し」是「列舉理由」，「て」是表示「自然因果」。

日本語

3-3. 条件（1）－タラ

　さて、接続助詞で最も使いにくい「条件の接続助詞」の話に入ります。

　「条件の接続助詞」には、ト、バ、タラ、ナラの4種があります。ここでは、一つ一つの用法と文法的な特徴について述べ、さらに間違えやすいタラとナラ、タラとバ、などを取り上げて説明することにします。

　まずは、タラの用法です。ト、バ、タラ、ナラには非常に複雑な制約があるのですが、その中で最も使いやすいのがタラでしょう。

a. 宝くじで1000万円当たったら、世界旅行をします。

b. 3時になったら、お茶を飲みます。

　aの「宝くじで1000万円当たる」かどうかは、未定のことです（と言うか、まずありえないことでしょうが）。これに対して、bの「3時になる」ことは既定のことで、毎日「3時になる」のは当たり前のことです。タラは既定条件でも未定条件でも使える接続助詞です。

　また、aの前件の「宝くじで1000万円当たる」と、後件の「世界旅行をします」、bの前件の「3時になる」と、後件の「お茶を飲みます」の時間関係を見てください。前件の方が後件よりも時間的に先に発生することがわかりますね。つまり、「AしたらB」は、「Aの後にBが発生する」という規則があることがわかります。タラのタは完了を表わすタです。Aが完了してからBが発生する、というわけです。

助詞 52

3-3. 條件（1）－「たら」

　　那麼，接著進入接續助詞中最難使用的「條件的接續助詞」。

　　「條件的接續助詞」有「と」、「ば」、「たら」、「なら」四種。以下將一一說明其用法、文法特徵，並進一步說明最易搞錯的「たら與なら」、「たら與ば」等。

　　首先是「たら」的用法。「と」、「ば」、「たら」、「なら」有極為複雜的限制，但其中最易使用的要屬「たら」。

a. 宝くじで 1000 万円<u>当たったら</u>、世界旅行をします。（要是彩券中 1000 萬日圓，我就要環遊世界。）

b. 3 時に<u>なったら</u>、お茶を飲みます。（我每天到了 3 點就喝茶。）

　　a 例是否會「宝くじで 1000 万円当たる」尚屬未定（話是這麼說，但不太可能中吧）。相對地，b 例中的「3 時になる」屬既定事實，因為每天都會「3 時になる」。亦即，「たら」是既定條件或未定條件皆可用的接續助詞。

　　另外，我們再看看 a 例中的前件「宝くじで 1000 万円当たる」與後件「世界旅行をします」，以及 b 例中的前件「3 時になる」與後件「お茶を飲みます」之間的時間關係。可以發現前件發生的時間早於後件吧。換句話說，「A したら B」有「A 之後 B 才發生」的規則。「たら」中的「た」表示完成。故 A 完成之後才會發生 B。

第9部

助詞

日本語

3-3. 条件（2）—バ

次に、バの用法です。

バは最も複雑な制約があり、前件と後件の関係が面倒なのですが、最もニュートラル（neutral）な使い方は次の諺に表れています。

「風が吹けば桶屋が儲かる。」

これは、「風が吹く→風が吹けば埃が立つ→埃が立てば埃が目に入る→埃が目に入れば盲人が増える→盲人が増えれば三味線の弾き語りが増える→三味線の弾き語りが増えれば多くの三味線が必要になる→多くの三味線が必要になれば多くの猫の皮が必要になる→多くの猫の皮が必要になれば多くの猫が捕獲される→多くの猫が捕獲されれば猫が少なくなる→猫が少なくなれば鼠が増える→鼠が増えれば桶が齧られる→桶が齧られれば桶がたくさん必要になる→桶がたくさん必要になれば桶屋が儲かる」という因果の連鎖の、最初の原因と最後の結果だけをつなげたものです。

これには、江戸時代の文化背景の説明が必要でしょう。まず、当時の盲人の仕事は按摩と三味線の弾き語りでした。今なら、ギターの弾き語りというところでしょうか。この三味線には、昔は猫の皮が使われていました。特に麝香猫（じゃこうねこ）が最も珍重されたようです。また、現代の風呂桶やおひつ（飯桶）は金属やプラスチックで造られたものが多いですが、昔は木製で、鼠によく齧られました。

この諺のように、「AすればB」は、「Aは仮定条件、Bは自然の結果」を表わし、「Aという事態が起これば、自然にBという事態が起こる」ということを表わします。もちろん、「Aが起こらなければBは起こらない」という逆もまた真であります。

助詞 53

3-3. 條件（2）－「ば」

接下來，是「ば」的用法。

「ば」的限制極其複雜，其前後件的關係非常麻煩，但最中立使用方法，就如同以下諺語所示。

「風が吹けば桶屋が儲かる。」（颳起風賣桶子的就會賺大錢。）

這句僅提及最初原因與最後結果，其因果連鎖為：

「風吹→風が吹けば埃が立つ（刮風就會揚起灰塵）→埃が立てば埃が目に入る（揚起灰塵就會進到眼睛）→埃が目に入れば盲人が増える（灰塵進眼睛，盲人就增加）→盲人が増えれば三味線の弾き語りが増える（盲人增加，用三味線自彈自唱的人就增加）→三味線の弾き語りが増えれば多くの三味線が必要になる（用三味線自彈自唱的人增加，就需要很多三味線）→多くの三味線が必要になれば多くの猫の皮が必要になる（需要很多三味線，就需要很多貓皮）→多くの猫の皮が必要になれば多くの猫が捕獲される（需要很多貓皮，就會捕很多貓）→多くの猫が捕獲されれば猫が少なくなる（捕很多貓，貓就變少）→猫が少なくなれば鼠が増える（貓變少，老鼠就會增加）→鼠が増えれば桶が齧られる（老鼠增加，就會咬浴桶）→桶が齧られれば桶がたくさん必要になる（老鼠咬浴桶，就需要很多浴桶）→桶がたくさん必要になれば桶屋が儲かる（需要很多浴桶，賣浴桶的就賺大錢）」

這得先說明江戶時代的文化背景。首先，當時盲人之工作，就是按摩與用三味線自彈自唱。相當於現在的吉他自彈自唱吧。這種三味線，過去是用貓皮製成。尤其麝香貓最為珍貴。此外，現代的浴桶（浴缸）或飯桶大多用金屬或塑膠製成，但往昔是木製，易遭鼠咬。

如此諺語所示，「Ａすれば Ｂ」是表示「Ａ是假定條件，Ｂ是自然的結果」，即「若發生 Ａ 的狀況，就會自然地發生 Ｂ 的狀況」。當然反之，「Ａが起こらなければ Ｂは起こらない」（若不發生 Ａ，就不會發生 Ｂ）亦是事實。

第9部 助詞

日本語

3-3. 条件（2）－バ

　次の例も、同じです。

a. 勉強すれば、成績が上がる。

　「成績が上がる」ということは、人間の意志ではどうにもならないことです。また、この文は「成績が上がるためには、勉強することが条件だ」ということをも述べています。勉強しなければ、成績は上がりません。

b. 学校に行けば、いつでも先生に会えますよ。

c. 結婚すれば、きっとご両親も喜ぶよ。

　この文も、「先生に会うことができるのは、学校に行くことだ」「ご両親が喜ぶのは、あなたが結婚することだ」という条件を述べています。

　しかし、次の例はどうでしょうか。

d. ×学校に行けば、先生によろしく言ってくださいね。

e. ×結婚すれば、大きな家に住みたい。

　「学校に行く」も「結婚する」も、「先生によろしく言う」「大きな家に住む」ことの条件であることを述べています。これらはどうして誤用文になるのでしょうか。

　ここが面倒なところなのですが、バの後件は、「～てください」「～たい」など、依頼・要求・願望を表わす文型であってはいけません。この場合は、

f. 学校に行ったら、先生によろしく言ってくださいね。

g. 結婚したら、大きな家に住みたい。

と、タラを使います。何故ならば、バは仮定と結果の自然因果性を述べるものなので、願望や要求といった人間の意志的な営みは自然の結果にならないからです。

助詞 54

3-3. 條件（2）－「ば」

下例亦同。

a. 勉強<u>すれば</u>、成績が上がる。（只要用功，成績就會變好。）

「成績が上がる」，是人的意志無可奈何的。而且，此句也闡述了「成績が上がるためには、勉強することが条件だ」（要提升成績，用功是條件）。如不用功。成績就不會提升。

b. 学校に<u>行けば</u>、いつでも先生に会えますよ。（只要去學校，就隨時都可以見到老師喔。）

c. 結婚<u>すれば</u>、きっとご両親も喜ぶよ。（只要結婚，雙親一定也會高興喔。）

b、c 例是在闡述條件：「要見到老師，就要去學校」、「要讓雙親開心，你就要結婚」。

但下例又如何？

d. ×学校に<u>行けば</u>、先生によろしく言ってくださいね。（你要是去了學校，請幫我向老師打招呼喔。）

e. ×結婚<u>すれば</u>、大きな家に住みたい。（要是結了婚，我想住在大房子。）

不管「学校に行く」或是「結婚する」，都是闡述「先生によろしく言う」、「大きな家に住む」的條件。但為何錯誤呢？

這就是麻煩的部分，「ば」的後件不能有「～てください」、「～たい」等，表示請託、要求、願望的句型。此時，可以使用「たら」改成：

f. 学校に<u>行ったら</u>、先生によろしく言ってくださいね。（你要是去了學校，請幫我向老師打招呼喔。）

g. 結婚<u>したら</u>、大きな家に住みたい。（要是結了婚，我想住在大房子。）

這是因為「ば」用於表現「假定與結果的自然因果性」，願望或要求等人類意志所成者，就不算是「自然的結果」。

3-3. 条件（2）－バ

　但し、まだまだ制約は続きます。

a. 安ければ、買ってください。

b. お金があれば、大きな家に住みたい。

c. 明日天気がよければ、サイクリングに行きましょう。

d. 行きたければ、行きなさい。

　これらの例は、後件に「～てください」「～たい」「～なさい」という依頼や願望や命令の文型が来ています。何故でしょうか？

　前件の述語を見てください。「安い」「ある」「よい」「行きたい」など、形容詞か静態動詞ですね。後件に依頼や願望の文型が来ても、前件が形容詞や静態述語なら、バが使えるのです。

　バは本当に厄介ですね。こんな面倒なものは使いたくない、という向きには、バの代わりにタラを使うことをお勧めします。

e. 勉強すれば、成績が上がる。／勉強したら、成績が上がる。

f. 教会に行けば、いつでも牧師に会えますよ。／教会に行ったら、いつでも牧師に
　　会えますよ。

g. あなたが説得すれば、きっとみんな納得しますよ。／あなたが説得したら、きっ
　　とみんな納得しますよ。

h. 安ければ、買ってください。／安かったら、買ってください。

i. お金があれば、大きな家に住みたい。／お金があったら、大きな家に住みたい。

j. 明日天気がよければ、サイクリングに行きましょう。／明日天気がよかったら、
　　サイクリングに行きましょう。

k. 行きたければ、行きなさい。／行きたかったら、行きなさい。

　タラとバの違いについては、後日またお話ししましょう。

助詞 55

3-3. 條件（2）－「ば」

　　只不過，「ば」尚有其他的限制。如：

a. 安ければ、買ってください。（便宜的話，就買吧。）

b. お金があれば、大きな家に住みたい。（有錢的話，就想住大房子。）

c. 明日天気がよければ、サイクリングに行きましょう。（明天天氣好的話，就去騎自行車吧。）

d. 行きたければ、行きなさい。（想去就去吧。）

　　上述的例子，其後件都帶有「～てください」、「～たい」、「～なさい」等請託、願望或命令的句型。但是，為何又屬正確呢？

　　我們來看看上述例子的前件述語。「安い」、「ある」、「よい」、「行きたい」等，不是形容詞就是靜態動詞。即其後件雖是請託或願望等句型，但若其前件是形容詞或是靜態動詞就可使用「ば」。

　　「ば」真是麻煩啊。如果你不想使用這麼麻煩的「ば」，那麼就建議你使用「たら」來代替「ば」。

e. 勉強すれば、成績が上がる。／勉強したら、成績が上がる。（只要用功，成績就會變好。）

f. 教会に行けば、いつでも牧師に会えますよ。／教会に行ったら、いつでも牧師に会えますよ。（只要去教會，就能見到牧師喔。）

g. あなたが説得すれば、きっとみんな納得しますよ。／あなたが説得したら、きっとみんな納得しますよ。（由你來說服的話，大家一定能接受喔。）

h. 安ければ、買ってください。／安かったら、買ってください。（便宜的話，就買吧。）

i. お金があれば、大きな家に住みたい。／お金があったら、大きな家に住みたい。（有錢的話，就想住大房子。）

j. 明日天気がよければ、サイクリングに行きましょう。／明日天気がよかったら、サイクリングに行きましょう。（明天天氣好的話，就去騎自行車吧。）

k. 行きたければ、行きなさい。／行きたかったら、行きなさい。（想去就去吧。）

　　關於「ば」與「たら」的不同之後再說明。

日本語

3-3. 条件（3）－ト

　次に、トの用法です。トは決まった用法しかないので、制約は比較的単純です。主な用法は「恒常的規則性」と「発見」の 2 つです。

a. 12 時になると、授業が終わる。

b. 私が食事をしていると、いつも彼が来る。

c. 授業をしていると、学生はいつもスマホをいじっている。

　「A すると B」は、「前件の事態 A が起こると、いつも必ず B の事態になる」ということを表わします。この場合は、前件の A も後件の B も原形またはテイル形になります。A と B がいつ起こるかに拘らず恒常的な法則を表わすのですから、時間を超越した原形が用いられるわけです。前件は肯定形だけでなく、否定形も用いられます。しかし、次のことに注意してください。

d. ○雨が降らないと、水不足になる。

e. ×雨が降らないと、みんな戸外活動に出かける。

　何故 e は誤用なのでしょう。実は、トの前が否定形の場合、「A しないと B」の後件 B は必ず「話者にとって望ましくないこと」が来るのです。「水不足になる」のは、確かに困ることです。しかし、e の文が正しいとすれば、「みんな戸外活動に出かける」ことが話者にとって困ったことになってしまいます。これらの例は、いずれも A の事態が先に起こり、B の事態が後に起こります。

助詞 56

3-3. 條件（3）－「と」

　　接下來談談「と」的用法。「と」僅有特定用法，故限制也較單純。「と」的主要用法有二，那就是「恒常的規則性」和「發現」兩種。

a. 12 時に<u>なると</u>、授業が終わる。（一到 12 點，就下課。）

b. 私が食事を<u>していると</u>、いつも彼が来る。（每當我在吃飯時，他總是會來。）

c. 授業を<u>していると</u>、学生はいつもスマホをいじっている。（在上課中，學生總是在滑手機。）

　　「A すると B」是表示「只要發生前件 A 情況，總是必然會發生後件 B 情況」。此時，不管是前件的 A，還是後件的 B 均須使用「原形」或是「テイル形」。因為不論何時發生 A 與 B，這都會是一種恒常性法則，所以用超越時間的「原形」。且前件不僅可用肯定形，也可用否定形。但是，須注意下述情形。

d. ○ 雨が<u>降らないと</u>、水不足になる。（不下雨的話，就會缺水。）

e. × 雨が<u>降らないと</u>、みんな戸外活動に出かける。（要是不下雨的話，大家就去戶外活動。）

　　為何 e 例是錯誤的呢？事實上，「と」前面是否定形時，「A しないと B」中的後件 B，一定得是「說話者不希望的事情」。「水不足になる」的確是一件令人困擾之事。但是，如果 e 例是正確的，那麼「みんな戸外活動に出かける」對說話者就變成是一件困擾的事。上述例子，均是先發生 A 情況，才發生 B 情況。

3-3. 条件（3）―ト

　「恒常的規則性」の用法は「いつも必ずそうなる」という法則を表わしますから、特別な時間が指定されない原形になります。このような原形は「超時」と言い、時間を超越した真理を表す場合に使われます。例えば、「太陽は東から昇って、西に没む。」「日本人は刺身を好む。」などのように、時間を超越した真理を表す時に使われます。これに対して、「発見のト」は一回限りの出来事を表わすため、後件は必ず過去形が用いられます。

a. 家に帰ると、急に電話のベルが鳴った。

b. 父が犬に肉をやると、犬は尻尾を振って喜んだ。

　このトは、中国語で言えば「A、就発現 B」とでもなりましょうか。後件は「事態の観察者にとって想定外だったこと」です。

a' 家に帰ると、（意外なことに）急に電話のベルが鳴った。

b' 父が犬に肉をやると、（意外なことに）犬は尻尾を振って喜んだ。

　また、前件は否定形になることはありません。

b' ×父が犬に肉をやらないと、犬は怒って吠え始めた。

助詞 57

3-3. 條件（3）－「と」

　　「恒常的規則性」用於表示「總是必定如此」的法則，故須使用不指定特別時間的「原形」。這樣的「原形」稱作「常態」，用於表示超越時間的真理，如「太陽は東から昇って、西に没む。」（太陽自東方升起，西方落下。）、「日本人は刺身を好む。」（日本人喜歡吃生魚片。）等。相對地，「發現的と」用於一次性的事件，故其後件必須用「過去式」。

a. 家に帰ると、急に電話のベルが鳴った。（我一回家，電話就突然響了。）

b. 父が犬に肉をやると、犬は尻尾を振って喜んだ。

　　（父親一餵肉給狗，狗就開心地搖尾巴。）

　　這個「と」用中文也許可說成「A，就發現 B」，後件是「事件觀察者未預料的」。

a' 家に帰ると、（意外なことに）急に電話のベルが鳴った。

　　（沒想到一回家，電話就突然響了。）

b' 父が犬に肉をやると、（意外なことに）犬は尻尾を振って喜んだ。

　　（沒想到父親一餵肉給狗，狗就開心地搖著尾巴。）

　　此外，前件不能使用否定形，如下例：

b' ×父が犬に肉をやらないと、犬は怒って吠え始めた。

日本語

3-3. 条件（4）－ナラ

　最後に、ナラの用法です。バ、タラと違って、ナラの前件はさまざまなテンスがあります。

a. 東京に<u>行く</u>なら、中央線に乗った方が早く着くよ。

b. 東京に<u>行った</u>なら、是非僕の友達に会ってくれ。

c. 母が<u>寝ている</u>なら、起こさないでください。

d. あの時、君が<u>寝ていた</u>なら、私が来たのに気がつかなかったわけだ。

　aの「東京に行く」は未来のことです。「中央線に乗る」のは、東京に行く前のことです。「AするならB」は、「Aの前にB」という時間順序になります。

　bの「東京に行った」はやはり未来のことです。しかし、「僕の友達に会う」のは、「東京に行った」の後のことです。「AしたならB」は、「Aの後でB」という時間順序になります。

　cの「母が寝ている」のは、現在進行動作です。今寝ているなら、起こさないようにと願っている文です。「AしているならB」は、「Aしている最中にB」というAとBの同時性を表わします。

　dの「寝ていた」は過去の進行動作です。「AしていたならB」は、「過去にAしていたなら、その時はBだった」という、過去の事実のAとBの同時性を表わします。

助詞 58

3-3. 條件（4）－「なら」

　　最後是「なら」的用法。「なら」與「と」、「ば」、「たら」不同，「なら」的前件可以用各種不同的時態。

a. 東京に<u>行く</u>なら、中央線に乗った方が早く着くよ。

　　（要去東京的話，搭中央線會比較快到喔。）

b. 東京に<u>行った</u>なら、是非僕の友達に会ってくれ。

　　（你去了東京的話，請務必見見我朋友。）

c. 母が<u>寝ている</u>なら、起こさないでください。（母親睡了的話，請不要叫醒她。）

d. あの時、君が<u>寝ていた</u>なら、私が来たのに気がつかなかったわけだ。

　　（那時候，你已經睡著了的話，難怪會沒注意到我來。）

　　a 例中的「東京に行く」是未來的事。「中央線に乗る」是在去東京之前。「A するなら B」的時間順序是「在 A 前 B」。

　　b 例中的「東京に行った」仍是未來的事。但是，「僕の友達に会う」是在「東京に行った」之後。「A したなら B」的時間順序是「在 A 後 B」。

　　c 例中的「母が寝ている」是現在進行的動作。這是請求如果母親正在睡覺，就別叫醒她的句子。「A しているなら B」是表示「正在做 A 時，B……」，即 A 與 B 的同時性。

　　d 例中的「寝ていた」是過去進行的動作。「A していたなら B」是表示「要是過去正在進行 A，B……」，即過去事實中 A 與 B 的同時性。

3-3. 条件（4）ーナラ

　前回挙げた a、b、c、d の例のうち、b と d は前件が過去形でした。前件が過去形の場合は、反実仮想を表わすこともあります。英語でも、"If I were a bird, I would fly to you."（もし私が鳥だったら、あなたのところに飛んで行くのに。）というように、現実と違う仮定条件を表わす場合は過去形を使いますね。ナラもそうです。例えば、

a. もしあの時、あの飛行機に乗っていたなら、私は事故に遭って死んでいただろう。

などのように。本当は「あの飛行機」に乗っていなかったので、「私」は命が助かったのです。

　ここで、70年代に流行った小坂明子の「あなた」という歌の一節を紹介しましょう。

もしも私が家を建てたなら　　小さい家を建てたでしょう

大きな窓と小さなドアーと　　床には古い暖炉があるのよ

真っ赤なバラと白いパンジー　子犬の横には

あなた　あなた　あなたがいて欲しい

それが私の夢だったのよ　　　愛しいあなたは今どこに

　これは、この女性の叶わなかった夢を述べている歌です。「あなた」がいなくなってしまった今では、この女性には家など建てられるべくもありません。すべて仮想の世界を歌いこんだものです。ですから、「もしも私が家を建てたなら　小さい家を建てたでしょう」「それが私の夢だったのよ」と、叶わなかった望みはすべて過去形で表現されています。

助詞 59

3-3. 條件（4）－「なら」

　　上回所舉的 a、b、c、d 例之中、b 與 d 的前件都是過去式。前件為過去式，有表示「反實假設」之意，亦即英文所說的 "If I <u>were</u> a bird, I <u>would</u> fly to you."（如果我是鳥，就會飛到你那裡去了。）在表示與事實不符之假設性條件時，要使用過去式。而「なら」就是這種情形。如：

a. もしあの時、あの飛行機に<u>乗っていた</u>なら、私は事故に遭って<u>死んでいた</u>だろう。

　　（假若當時我搭上了該班飛機，說不定已遭逢事故死了。）

　　但事實上並沒有搭上「あの飛行機」，所以「私」的命，免於災難。

　　現在介紹一首 70 年代流行歌曲中的一小節，是由<u>小坂明子</u>所唱的「あなた」：

　　　　もしも私が家を<u>建てた</u>なら　小さい家を<u>建てた</u>でしょう

　　　　（如果我蓋了一棟屋子，會是蓋一棟小屋吧）

　　　　大きな窓と小さなドアーと　床には古い暖炉があるのよ

　　　　（會有大窗與小門，還有古代暖爐的地板喔）

　　　　真っ赤なバラと白いパンジー　子犬の横には

　　　　（在鮮紅薔薇與純白菫花，及幼犬的旁邊）

　　　　あなた　あなた　あなたがいて欲しい

　　　　（希望有你　你　你在）

　　　　それが私の<u>夢だった</u>のよ　愛しいあなたは今どこに

　　　　（那曾是我的夢啊，我所愛的你今在何方）

　　這是一首描述女性無法圓夢的歌曲。「あなた」已不在的現在，這位女性要建立一個家實在不可能。唱的全是假想世界。所以，說「もしも私が家を<u>建てた</u>なら　小さい家を<u>建てた</u>でしょう」、「それが私の<u>夢だった</u>のよ」這些沒能達成的願望，都會用過去式來表現。

3-3. 条件（4）－ナラ

話をナラの用法に戻しましょう。

ナラには名詞に接続するこんな用法もあります。

a. IT 製品<u>なら</u>、光華商場だ。＜IT 製品を買う<u>なら</u>、光華商場がいい。

b. 機械のこと<u>なら</u>、私に任せてください。

　これは、宣伝のコピーなどによく使われる文型です。「Aなら」は、「限A」とでも訳したらいいでしょうか。特にいろいろなものを比べる時には、「Aなら」は、「限A」と訳すのが適当だということがわかります。

c. 数学のこと<u>なら</u>A君、英語のこと<u>なら</u>B君、歴史のこと<u>なら</u>C君、科学のこと<u>なら</u>D君が何でも知っているよ。

　タラ、バ、トとナラの違いは、ひとえに前件と後件の時間順序にあります。タラ、バ、トは必ず前件の事態の後に後件の事態が続きます。しかし、ナラは前件のテンスにより、前件と後件の時間順序が違ってくるのです。それ故、ナラは前件と後件の時間的順序ではなく、論理的順序が含まれると考えられます。それは、数学的推理にナラが使われることからもわかります。

d. X=Y、Y=Z<u>なら</u>、X=Z である。

　この数学的推理では、「Aなら B」は「Bが成立するためにはAという条件が必要だ」ということを表わします。つまり、「Aは論理的にBに先立つ」という論理的先行関係が成り立ちます。AとBは時間的順序関係でなく、論理的順序関係があると言えます。

助詞 60

3-3. 條件（4）－「なら」

現在將話題回歸到「なら」的用法。

「なら」也有以下連接名詞的用法。

a. IT 製品<u>なら</u>、光華商場だ。＜IT 製品を買う<u>なら</u>、光華商場がいい。

（要買 IT 產品，就要去光華商場。）

b. 機械のこと<u>なら</u>、私に任せてください。（機械相關的事，就交給我吧。）

這是常拿來用於宣傳詞的句型。「A なら」可以翻譯成「限 A」吧。特別是比較眾多相關事物時，便能明白譯作「限 A」應屬適當。

c. 数学のこと<u>なら</u> A 君、英語のこと<u>なら</u> B 君、歴史のこと<u>なら</u> C 君、科学のこと<u>なら</u> D 君が何でも知っているよ。（數學就要找 A，英文就要找 B，歷史就找 C，科學就找 D，他們什麼都知道喔。）

「たら」、「ば」、「と」與「なら」的不同處，完全在於前後件的時間順序。「たら」、「ば」、「と」必須在有前件狀況之後，才會有後件的狀況。但是，「なら」會因前件時態的不同，造成前件與後件時間順序不同。因此，「なら」表達的並非前後件的時間順序，而是「邏輯上的順序」。這點，尚可由數學性推理要使用「なら」來證實。

d. X=Y、Y=Z <u>なら</u>、X=Z である（X=Y，若 X=Y，則 X=Z）。

在這個數學推理的例子上，「A なら B」是表示「B 要成立，則 A 是必要條件」，也就是會成立「邏輯上 A 必須先於 B 成立」這個邏輯上的優先關係。總之，A 與 B 不是時間上的順序關係，而是其邏輯上的順序關係。

3-3. 条件（4）－ナラ

しかし、ナラに含まれる論理的順序とは、いったいどのようなものなのでしょうか。ある子供が父親に新しいスマホをねだった時、母親は、次のように答えることができます。

a. もっと勉強する<u>なら</u>、スマホを買ってあげる。

b. スマホがほしい<u>なら</u>、もっと勉強しなさい。

この場合、どちらも「もっと勉強する」ことが「スマホを買う」ことの条件であることは明らかです。では、条件と帰結は、前件と後件のどちらに来てもかまわないのでしょうか。

ナラの基本的機能は、後件に判断を導くことです。後件は、話者の判断になる文が来ます。命令、希望、勧誘など、とにかく何かを判断する文です。つまり、「AならB」は、「Aの場合にはBと判断する」ということです。典型的なのは、次の例でしょう。

c. X=Y、Y=Z <u>なら</u>、X=Z である。

→ X=Y、Y=Z（の場合は）、X=Z である（と私は判断する）。

a' （あなたが）もっと勉強する（場合は）、（私は）スマホを買ってあげてもいい（と判断する）。

b' （あなたが）スマホがほしい（場合は）、（私は）もっと勉強する（ように命令する）。

前に述べた諸例も同様に書き換えられます。

d. 東京に行く<u>なら</u>、中央線に乗った方が早く着くよ。

→（あなたが）東京に行く（場合は）、中央線に乗った方が早く着く（と私は判断する）。

e. 東京に行った<u>なら</u>、是非僕の友達に会ってくれ。

→（あなたが）東京に行った（場合は）、是非僕の友達に会う（ことを希望する）。

f. 母が寝ている<u>なら</u>、起こさないでください。

→母が寝ている（場合は）、起こさない（ことを希望する）。

g. あの時、君が寝ていた<u>なら</u>、私が来たのに気がつかなかったわけだ。

→あの時、君が寝ていた（場合は）、私が来たのに気がつかなかったのも無理はない（と判断する）。

助詞 61

3-3. 條件（4）－「なら」

　　但是，「なら」所含的這種邏輯上的順序又是指什麼呢？有個孩子向父親要求一支新的智慧型手機時，母親可如此回答：

a. もっと勉強する<u>なら</u>、スマホを買ってあげる。

　　（要是你再用功點，就買智慧型手機給你。）

b. スマホがほしい<u>なら</u>、もっと勉強しなさい。

　　（想要智慧型手機的話，就更用功點。）

　　上述例子很明顯可以看出「もっと勉強する」都是「スマホを買う」的條件。那麼，「條件」與「歸結」哪個放前件，哪個放後件都可以嗎？

　　「なら」的基本功能是於後件導出判斷。後件的句子必須是說話者的判斷。如命令、希望、勸誘等，總之必須是進行某種判斷的句子。也就是說「A なら B」，即「在 A 的情況下，會判斷為 B」。以下就是典型的例子：

c. X=Y、Y=Z <u>なら</u>、X=Z である。　→ X=Y、Y=Z（の場合は）、X=Z である（と私は判断する）。（X=Y，且 X=Y 的情況下，我判斷 X=Z。）

a' （あなたが）もっと勉強する（場合は）、（私は）スマホを買ってあげてもいい（と判断する）。（你更用功的情況下，我判斷買智慧型手機給你也行。）

b' （あなたが）スマホがほしい（場合は）、（私は）もっと勉強する（ように命令する）。（你想要智慧型手機的情況下，我命令你更用功。）

　　另外，以前所舉的例子，亦可寫成：

d. 東京に行く<u>なら</u>、中央線に乗った方が早く着くよ。

　　→（あなたが）東京に行く（場合は）、中央線に乗った方が早く着く場合は（と私は判断する）。（你要去東京的情況下，我判斷搭中央線會比較快到。）

e. 東京に行った<u>なら</u>、是非僕の友達に会ってくれ。

　　→（あなたが）東京に行った（場合は）、是非僕の友達に会う（ことを希望する）。（你要去東京的情況下，我希望你務必見見我朋友。）

f. 母が寝ている<u>なら</u>、起こさないでください。

　　→母が寝ている（場合は）、起こさない（ことを希望する）。

　　（母親在睡覺的情況下，我希望你不要叫醒她。）

g. あの時、君が寝ていた<u>なら</u>、私が来たのに気がつかなかったわけだ。

　　→あの時、君が寝ていた（場合は）、私が来たのに気がつかなかったのも無理はない（と判断する）。（那時，你已經睡了的情況下，我判斷難怪你會沒注意到我來。）

3-3. 条件（4）－ナラ

a. あなたが行くなら、私も行く。

b. あなたが行くのなら、私も行く。

「～なら」と「～のなら」は、どう違うのでしょうか。

　以前お話ししたように、ノダは「相手の知らない自分の事情」を話す時に使われます。自分が聞き手の場合は、「自分が知らないこと」を聞いた時に使います。（これを、ノダの「披瀝性」と言います。）

c.　A：お国はどちらですか？

　　B：ベルギーです。

　　A：へえ、ベルギーからいらっしゃったんですか。

　Bがベルギーから来たということは、Aにとっては新情報ですから、Aは「～んですか」を使って確認しているわけです。

　aの「あなたが行くなら、私も行く。」は、実際に「あなたが行く」かどうかはわかりません。しかし、bの「あなたが行くのなら、私も行く。」は、「あなたが行く」ことが決まっている時に言います。話の流れは、次のようでしょう。

a'　A：あなた、旅行に行く？

　　B：うーん。どうしようかなあ。あなたが行くなら、私も行くけど。

b'　A：私、旅行に行くわ。

　　B：あら、あなたが [行く／行くの] なら、私も行くわ。

助詞 62

3-3. 條件（4）－「なら」

a. あなたが<u>行くなら</u>、私も行く。（你要去的話，我也去。）

b. あなたが<u>行くのなら</u>、私も行く。（既然你要去，那我也去。）

「～なら」與「～のなら」有何不同？

　　誠如過去探討過的，「のだ」用於說明「對方所不知的自身情況」。若自己是聽話者，則用於聽聞「自己所不知的事」時。（這稱作「のだ」的「表露性」。）

c. A：お国はどちらですか？（你來自哪個國家？）

　　B：ベルギーです。（比利時。）

　　A：へえ、ベルギーからいらっしゃっ<u>たんですか</u>。（喔，你來自比利時啊。）

　　B 來自比利時的事，對 A 而言是新資訊，故 A 用「～んですか」來確認。

　　a 例中的「あなたが<u>行くなら</u>、私も行く。」是在不知道實際「あなた」是否要去時所說。b 例中的「あなたが<u>行くのなら</u>、私も行く。」是在「あなた」已決定要去時所說，其談話流程如下：

a' A：あなた、旅行に行く？（你要去旅行嗎？）

　　B：うーん。どうしようかなあ。あなたが行くなら、私も行くけど。

　　　（嗯～。怎麼辦呢。你要去的話，我也去。）

b' A：私、旅行に行くわ。（我要去旅行哦。）

　　B：あら、あなたが [行く／行くの] なら、私も行くわ。

　　　（喔，既然你要去，那我也去吧。）

3-3. 条件（5）－タラとト

　今回から、間違えやすい条件の接続助詞を検討していきましょう。

　条件節はほんとにややこしい、とお思いでしょう。でも、救いの道はあります。タラはかなりオールマイティな接続助詞です。ほとんどの例の場合、タラはバやヤとと言い換えができます。まず、タラとトで、言い換えができる場合とできない場合を見てみましょう。

a. 月が傘を [被ると／被ったら] 翌日雨が降る。（法則・前件は動詞）

b. 寒流が [来ると／来たら] 気温が一気に下がるから、気をつけて。（法則・前件は動詞）

c. [食べ過ぎると／食べ過ぎたら] お腹を壊すよ。（法則・前件は動詞）

d. ここは、夜に [なると／なったら] 夜景が美しい。（法則・前件は動詞）

e. 学生が [優秀だと／優秀だったら] 教師もやる気が出る。（法則・前件はナ形容詞）

f. 給料が [少ないと／少なかったら] 家族を養えない。（法則・前件はイ形容詞）

g. 新しく来る先生が [イケメンだと／イケメンだったら] いいな。（法則・前件は名詞）

h. 宿題を [やらないと／やらなかったら] 吉田先生に壁ドンされる。（法則・前件は動詞否定形）

i. 人数が多い時は、[椅子が少ないと／少なかったら] 困る。（法則・前件はイ形容詞否定形）

j. [静かでないと／静かでなかったら] 勉強ができない。（法則・前件はナ形容詞否定形）

k. [成人でないと／成人でなかったら] お酒は飲めない。（法則・前件は名詞否定形）

l. 私が駅に [着くと／着いたら] すぐに電車がホームに入ってきた。（発見・前件は動詞）

m. 昨日、車を洗って [いると／いたら] 雨が降ってきた。（発見・前件は動詞）

　ご覧のように、トの用法のほとんどすべてが、タラで代用できます。但し、タラはトに比べて口語的なので、正式な場合には使わない方がいいでしょう。

助詞 63

3-3. 條件（5）－「たら」與「と」

從這一回開始，將探討容易混淆的接續助詞。

各位大概認為「條件子句」幾乎都很複雜吧。但是，其實有解決之道。「たら」可說是一個萬能的接續助詞。因為幾乎所有場合，都可以用「たら」與「ば」、「と」進行交換。首先，來看看「たら」與「と」可以交換與不可交換的例子。

a. 月が傘を [被ると／被ったら] 翌日雨が降る。（出現月暈隔天就會下雨。）（法則・前件是動詞）

b. 寒流が [来ると／来たら] 気温が一気に下がるから、気をつけて。（寒流一來，氣溫就會驟降，要小心喔。）（法則・前件是動詞）

c. [食べ過ぎると／食べ過ぎたら] お腹を壊すよ。（吃太多，會弄壞肚子喔。）（法則・前件是動詞）

d. ここは、夜に [なると／なったら] 夜景が美しい。（這裡一到晚上，夜景就很美。）（法則・前件是動詞）

e. 学生が [優秀だと／優秀だったら] 教師もやる気が出る。（學生優秀的話，老師也會有幹勁。）（法則・前件是ナ形容詞）

f. 給料が [少ないと／少なかったら] 家族を養えない。（薪水少，就無法養家。）（法則・前件是イ形容詞）

g. 新しく来る先生が [イケメンだと／イケメンだったら] いいな。（要是新來的老師是帥哥就好了。）（法則・前件是名詞）

h. 宿題を [やらないと／やらなかったら] 吉田先生に壁ドンされる。（要是不寫作業，就會嘗到吉田老師式的壁咚。）（法則・前件是動詞否定形）

i. 人数が多い時は、[椅子が少ないと／少なかったら] 困る。（人多的時候，要是椅子不夠，就麻煩了。）（法則・前件是イ形容詞否定形）

j. [静かでないと／静かでなかったら] 勉強ができない。（不安靜，我就無法唸書。）（法則・前件是ナ形容詞否定形）

k. [成人でないと／成人でなかったら] お酒は飲めない。（未成年不得飲酒。）（法則・前件是名詞否定形）

l. 私が駅に [着くと／着いたら] すぐに電車がホームに入ってきた。（我一到車站，電車就進站了。）（發現・前件是動詞）

m. 昨日、車を洗って [いると／いたら] 雨が降ってきた。（我昨天洗著車，卻下起雨了。）（發現・前件是動詞）

誠如各位所見，「と」幾乎所有用法，都可用「たら」代替，但「たら」較「と」更口語，正式場合還是別用為妙。

日本語

3-3. 条件（6）－タラとバ

タラは、バの一部とも言い換えができます。

a. 日本に [行けば／行ったら] 日本語が上手になるよ。

b. お金持ちと [結婚すれば／結婚したら] 何不自由なく暮らせる。

c. 朝（あした）に道を聞かば、夕べに死すとも可なり。」（子曰、朝聞道、夕死可矣。）→朝に真理を [知れば／知ったら] その夜に死んでも悔いはない。

d. [安ければ／安かったら] 買いましょう。

e. [行きたければ／行きたかったら] 行きなさい。

f. [食べられれば／食べられたら] 全部食べてください。

g. [静かならば／静かだったら] 勉強できる。

また、バを使えない文でも、タラなら使える場合もあります。（＊印は誤文）

h. 日本に [＊行けば／行ったら] ラーメンを食べたい。（後件が欲求の文型）

i. ネットを [＊使えば／使ったら] お金を払ってください。（後件が依頼の文型）

j. 宿題を [＊済ませれば／済ませたら] 遊びに行きなさい。（後件が命令の文型）

k. [＊卒業すれば／卒業したら] 一緒に日本へ留学に行きませんか。（後件が勧誘の文型）

l. [＊風邪を引けば／風邪を引いたら] この薬を飲んだらいいよ。（後件が助言の文型）

後件が「他人に働きかける文型」の場合は、バは使えないのです。

助詞 64

3-3. 條件（6）－「たら」與「ば」

　　「たら」亦可代替一部分的「ば」。

a. 日本に [行けば／行ったら] 日本語が上手になるよ。

　（只要去日本，日文就會變好喔。）

b. お金持ちと [結婚すれば／結婚したら] 何不自由なく暮らせる。

　（跟有錢人結婚，就能過上衣食無虞的生活。）

c. 朝（あした）に道を聞かば、夕べに死すとも可なり。」（子曰：朝聞道，夕死可矣。）

　　→朝に真理を [知れば／知ったら] その夜に死んでも悔いはない。

　　（於早晨知道真理的話，當晚死了也無憾。）

d. [安ければ／安かったら] 買いましょう。（便宜的話，就買吧。）

e. [行きたければ／行きたかったら] 行きなさい。（想去，就去吧。）

f. [食べられれば／食べられたら] 全部食べてください。（吃得下的話，就全吃了吧。）

g. [静かならば／静かだったら] 勉強できる。（只要安靜，我就能唸書。）

　　此外，也有不得用「ば」卻能用「たら」的情況，如：（＊表示錯誤的句子）

h. 日本に [＊行けば／行ったら] ラーメンを食べたい。

　（若去日本，我想吃拉麵。）（後件是欲求句型）

i. ネットを [＊使えば／使ったら] お金を払ってください。

　（用了網路，就請付錢。）（後件是請託的句型）

j. 宿題を [＊済ませれば／済ませたら] 遊びに行きなさい。

　（寫完作業，就去玩吧。）（後件是命令的句型）

k. [＊卒業すれば／卒業したら] 一緒に日本へ留学に行きませんか。

　（畢業後，要不要一起去日本留學啊？）（後件是勸誘的句型）

l. [＊風邪を引けば／風邪を引いたら] この薬を飲んだらいいよ。

　（要是感冒了，就吃這個藥吧。）（後件是建言的句型）

　　總之，後件是「推動他人的句型」就不可使用「ば」。

3-3. 条件（7）－タラとナラ

　さて、タラはバやトと比べると強いのですが、ナラには勝てないようです。タラとナラでは、全く違った意味になることがあります。

a. 子供：お母さん、新しいスマホ、買ってよ。

　　母親：一生懸命勉強<u>したら</u>、買ってあげる。

b. 子供：お母さん、新しいスマホ、買ってよ。

　　母親：一生懸命勉強<u>するなら</u>、買ってあげる。

　aの方は「新しいスマホを買う」のは「一生懸命勉強した後」ですが、bの方は「新しいスマホを買う」のは「一生懸命勉強する」と約束しさえすればいいことになります。

c. 飲んだら乗るな　乗るなら飲むな（喝酒不開車　開車不喝酒）

　これは日本の警視庁が出した交通標語ですが、タラとナラを実によく使い分けていると感心させられます。「飲む」は飲酒のこと、「乗る」は運転のことで、「酒を飲んだ後に運転してはいけない、運転する予定があるなら酒を飲んではいけない」ということを簡潔明瞭に伝えています。

d. 結婚式を<u>挙げるなら</u>、教会でやりたい。

e. 結婚式を<u>挙げたら</u>、教会でやりたい。

　この2つの例のうち、dの方は「結婚式を挙げるのは、教会でやることが条件だ」という意味ですが、eの方は「結婚式を上げた後で」何をやるのでしょうか。非常に不謹慎なことを述べているのですが、おわかりですか？

助詞 65

3-3. 條件（7）－「たら」與「なら」

　　「たら」似乎比「ば」或「と」更強，但卻贏不了「なら」。「たら」與「なら」有時會完全不同意思，如：

a. 孩子：お母さん、新しいスマホ、買ってよ。（媽媽，買新的智慧型手機給我啦。）

　　母親：一生懸命<u>勉強</u>したら、買ってあげる。

　　　　　（你 [先] 拚命用功唸書的話，我就買給你。）

b. 孩子：お母さん、新しいスマホ、買ってよ。（媽媽，買新的智慧型手機給我啦。）

　　母親：一生懸命<u>勉強</u>するなら、買ってあげる。

　　　　　（你會拚命用功唸書的話，我就買給你。）

　　a 例中的「新しいスマホを買う」是在「拚命用功唸書後」；但 b 例中的「新しいスマホを買う」是只要保證「會拚命用功唸書」就行。

c. <u>飲んだら乗るな　乗るなら飲むな</u>（酒後不開車　開車不喝酒）

　　這是日本警視廳發布的交通標語，我很佩服這個標語巧妙地區分了「たら」與「なら」的用法。「飲む」是「飲酒」、「乗る」是「駕駛」，這句簡明扼要地傳了「飲酒不得開車，要開車的話就不得飲酒」。

d. 結婚式を<u>挙げる</u>なら、教会でやりたい。（要舉辦婚禮的話，我想在教堂辦。）

e. 結婚式を<u>挙げた</u>ら、教会でやりたい。（辦完婚禮後，我想在教堂做。）

　　d 例表示了「舉行婚禮的條件是在教堂辦」，但 e 例讓人疑惑「舉行婚禮之後」要在教堂做什麼呢？雖然說得很不妥，但大家明白了嗎？

日本語

3-3. 条件（7）－タラとナラ

タラとナラの違いを、もう少し続けます。

a. 午後、雨が降る<u>なら</u>、買い物に行くのはやめよう。（買い物に出かけるのは午前中）

午後、雨が降っ<u>たら</u>、買い物に行くのはやめよう。（買い物に出かけるのは午後）

b. 君が行く<u>なら</u>、僕も行くよ。（「君が行く」ことが決まっているなら、僕も行く）

君が行っ<u>たら</u>、僕も行くよ。（「君が行った」後に僕も行く）

c. 日本に行く<u>なら</u>、日本語を勉強しなさい。（日本へ行く前に日本語を勉強する）

日本に行っ<u>たら</u>、日本語を勉強しなさい。（日本で日本語を勉強する）

d. 彼女と結婚する<u>なら</u>、まず親の許しを得ないといけない。（許しを得た後で結婚）

彼女と結婚し<u>たら</u>、まず親の許しを得ないといけない。（結婚した後で許しを得る？）

しかし、次のようなナラはタラと言い換えられます。

e. この本<u>なら</u>、私が持っています。

この本<u>だったら</u>、私が持っています。

f. 日本酒<u>なら</u>、断然『獺祭』！

日本酒<u>だったら</u>、断然『獺祭』！

g. 英語<u>なら</u>、私に任せて！

英語<u>だったら</u>、私に任せて！

h. 1000元くらい<u>なら</u>、いつでも貸してあげるよ。

1000元くらい<u>だったら</u>、いつでも貸してあげるよ。

このように、ナラが「限～」という意味になる場合は、ナラとタラは交換できます。但し、この用法の場合は前件が名詞に限られるので、「～なら」は「～だったら」となりますね。

助詞 66

3-3. 條件（7）－「たら」與「なら」

　　我們再多談一下「たら」與「なら」的不同。

a. 午後、雨が降るなら、買い物に行くのはやめよう。

　（既然下午會下雨，就不去買東西了。）（出門買東西的時間是上午）

　午後、雨が降ったら、買い物に行くのはやめよう。

　（下午下雨的話，就不去買東西了。）（出門買東西的時間是下午）

b. 君が行くなら、僕も行くよ。（既然你要去，那我也去。）（既然你已經決定要去，那我也去）

　君が行ったら、僕も行くよ。（你要去的話，我就去。）（你去了後，我也去）

c. 日本に行くなら、日本語を勉強しなさい。

　（想去日本的話，就學日文吧。）（去日本前學日文）

　日本に行ったら、日本語を勉強しなさい。

　（去了日本的話，就學日文吧。）（在日本學日文）

d. 彼女と結婚するなら、まず親の許しを得ないといけない。

　（想和她結婚的話，得先得到雙親允許。）（得到允許後才結婚）

　彼女と結婚したら、まず親の許しを得ないといけない。

　（跟她結婚了以後，你得先得到雙親允許。）（結婚後才得到允許？）

　　但是，下列的「なら」和「たら」就可以互換。

e. この本なら、私が持っています。

　この本だったら、私が持っています。（要這本書的話，我有。）

f. 日本酒なら、断然『獺祭』！

　日本酒だったら、断然『獺祭』！（說到日本酒，就絕對非「獺祭」不可！）

g. 英語なら、私に任せて！

　英語だったら、私に任せて！（英文的話就，交給我吧！）

h. 1000元くらいなら、いつでも貸してあげるよ。

　1000元くらいだったら、いつでも貸してあげるよ。

　（1000元左右的話，我隨時都可以借你。）

　　如上述例子，當「なら」表達「限～」的意思時，「なら」與「たら」可以互換。不過這個用法只限於前件是名詞的情況，所以「～なら」會換成「～だったら」。

3-3. 条件（8）－トスルト、トシタラ、トスレバ

　最後に、条件を表わす特別な文型を二、三ご紹介しておきましょう。

　まず、「仮想」の文型です。

a. AとBが等しくてBとCが等しいとすると、AとCは等しいことになる。

b. 彼が犯人だとしたら、犯行時刻にここにいたに違いない。

c. 彼が明日台北を10時半に出発するとすれば、もう台北駅に着いていなければならない。

d. 彼が台北を10時半に出発したとすれば、もうすぐ台中に着くはずだ。

e. もし、大統領がもう死んでいるとしたら、死体がどこかに隠されているだろう。

f. あの時、すでに彼が死んでいたとすると、犯人は彼の妻ではないかもしれない。

　トスルト、トシタラ、トスレバ、は「仮想」を表わし、後件の文型は「ことになる」「に違いない」「なければならない」「はずだ」「だろう」「かもしれない」など、推測のモダリティ表現が来ます。また、前件のアスペクトは制限がありません。

　また、もともとは原因を表わすカラも、条件としてつかわれることがありますね。

g. 明日必ず返すから、1000円貸して。

h. 倍の給料を出しますから、ウチの会社に来てくれませんか。

　これは、取引の条件の場合に用いられます。当然のことながら、後件は依頼を表わす文型が来ます。なぜカラに条件の用法があるかと言えば、次のような話の流れからでしょう。

i. 　A：ねえ、ちょっと1000円貸してくれない？

　　 B：1000円？明日返してくれるなら、貸してあげるよ。

　　 A：うん。明日必ず返すから、1000円貸して。

　カラはナラの前提を受けて、条件節となるのです。

助詞 67

3-3. 條件（8）－「とすると」、「としたら」、「とすれば」

　　最後，將介紹二、三個用於表示條件的特別句型。

　　首先是「假設」的句型。

a. A と B が等しくて B と C が等しい<u>とすると</u>、A と C は等しい<u>ことになる</u>。

　　（假定 A 與 B 相等，B 與 C 相等，則 A 與 C 相等。）

b. 彼が犯人だ<u>としたら</u>、犯行時刻にここにいた<u>に違いない</u>。

　　（假定他是犯人，那犯案時間他一定在這裡。）

c. 彼が明日台北を 11 時に出発する<u>とすれば</u>、もう台北駅に着いていなければならな

　<u>い</u>。（假定他明天 11 點從台北出發，現在就須到達台北車站。）

d. 彼が台北を 11 時に出発した<u>とすれば</u>、もうすぐ台中に着く<u>はずだ</u>。

　　（假定他 11 點從台北出發，應該再不久就會抵達台中。）

e. もし、大統領がもう死んでいる<u>としたら</u>、死体がどこかに隠されている<u>だろう</u>。

　　（假定總統已死，那他的遺體被藏於何處？）

f. あの時、すでに彼が死んでいた<u>とすると</u>、犯人は彼の妻ではない<u>かもしれない</u>。

　　（假定他那時已身亡，那也許犯人不是他太太。）

　　「とすると」、「としたら」、「とすれば」表示「假想」時，其後件句型會是「こ
とになる」、「に違いない」、「なければならない」、「はずだ」、「だろう」、「か
もしれない」等表示推測情態的句型。此外，其前件的「態」並無限制。

　　另外，本來用於表示「原因」的「から」，也可用以表示「條件」。如：

g. 明日必ず返す<u>から</u>、1000 円貸して。（我明天一定會還的，借我 1 千日圓吧。）

h. 倍の給料を出します<u>から</u>、ウチの会社に来てくれませんか。

　　（我給你多一倍的薪水，你願意來我們公司嗎？）

　　這些都用於交涉條件。當然，其後件須用表示請託的句型。若說為何「から」會
有「條件」的用法，乃因以下對話流程：

i.　A：ねえ、ちょっと 1000 円貸してくれない？（那個，可以借我個 1 千日圓嗎？）

　　B：1000 円？明日返してくれるなら、貸してあげるよ。

　　　　（1 千日圓？你明天能還的話我就借你喔。）

　　A：うん。明日必ず返す<u>から</u>、1000 円貸して。

　　　　（嗯。我明天一定會還的，借我 1 千日圓吧。）

　　「から」是接受了「なら」的前提才變為「條件子句」的。

10

挨拶

寒暄

日本語

　挨拶というのは日常的にかわすもので、朝は「おはよう」、夜は「こんばんは」、感謝の時には「ありがとう」と言うのが当たり前のように思われていますね。でも、どうしてこのように言うのでしょうか。また、間違った挨拶をしていないでしょうか。

　今回から、「1. 日常の挨拶」「2. 知人に出会った時の挨拶」「3. 久しぶりに会った時の挨」「4. お礼を言う挨」「5. 季節の挨拶」「6. お祝いを言う」「7. 人を慰める」「8. 謝罪」「9. 紹介の時の挨拶」「10. 別れる時の挨拶」「11. 意外な用法」「12. 訪問時の挨拶」の12項目について、お話しします。

1. 日常の挨拶（1）

　まず、朝起きた時は「お早う」ですね。目上の人にはかならず「お早うございます」と言ってください。

　夜は「こんばんは」ですね。しかし、これは夜人に出会った時です。夜人と会ってから別れる時、つまり寝る前の挨拶は「お休みなさい」ですね。これも、目上の人には「お休みなさい」、目下や親しい人には「お休み」だけで結構です。

　では、「こんにちは」はいつ使うのでしょうか？　私は夜が学生に電話をもらって、「あら、こんにちは。」と言ったら、「先生、今は夜ですから『こんばんは』でしょう？」と言われました。この学生は、朝は「お早う」、夜は「こんばんは」だから、昼は「こんにちは」と思っていたようです。「こんにちは」は中国語で言えば「你好」です。皆さん、自分のお母さんに電話をかける時、「你好」と言いますか？　言いませんね。家族には「こんにちは」は言いません。つまり、「こんにちは」は「毎日顔を合わせない人」に対して言うのです。ですから、朝、昼、夜のいつでも使うことができるのですよ！

寒暄 1

　　寒暄是日常中經常互道的，因此大家會認為早上說「おはよう」（早安），晚上說「こんばんは」（晚安），感謝時說「ありがとう」（謝謝）是理所當然的吧。但是，為何要這樣寒暄呢？還有，各位是否曾錯用寒暄呢？

　　從這一回開始，要說明有關：「1. 日常的寒暄」、「2. 見到熟人時的寒暄」、「3. 久別重逢時的寒暄」、「4. 致謝」、「5. 季節性的寒暄」、「6. 祝賀」、「7. 安慰人的寒暄」、「8. 謝罪」、「9. 介紹時的寒暄」、「10. 離別時的寒暄」、「11. 意外的用法」、「12. 訪問時的寒暄」等 12 項。

1. 日常的寒暄（1）

　　首先，早晨起床後的寒暄是「お早う」（早安）。對長輩的寒暄，請務必說：「お早うございます」（您早安）。

　　夜晚的寒暄是「こんばんは」（晚安）。但是，這是夜晚碰見人時的寒暄。夜晚和人見面後要分開時，也就是睡前的寒暄，則是「お休みなさい」（晚安）。「お休みなさい」也對長輩說，而對晚輩或親近的人則只要說「お休み」即可。

　　那麼，何時使用「こんにちは」（你好）呢？我晚上接到學生的電話，對學生說：「あら、こんにちは」（哎呀，你好），學生就對我說：「老師，現在是夜晚，應該說『こんばんは』吧？」這位學生好像以為早上說「お早う」，晚上說「こんばんは」，所以白天就說「こんにちは」。「こんにちは」用中文來說就是「你好」。諸位打電話給自己的母親時，會說「你好」嗎？不會說對吧。對家人不會說「こんにちは」。也就是說，「こんにちは」是對「不會每天見面的人」說的。因此，早上、白天、夜晚的任何時刻，均可使用「こんにちは」喔！

日本語

1. 日常の挨拶（2）

　前回、「こんにちは」は家族以外の人に使う、と書きました。「こんばんは」もそうですね。しかし、「こんばんは」は「こんにちは」と違い、初めて会った人には使わないようです。初めて会った人なら「こんにちは。私は吉田と申します。」でいいのですが、この場合に「こんばんは。私は吉田と申します。」はちょっとおかしいです。つまり「こんばんは」は、いつもよく顔を合わせる近所の人とか、学校の友達とか、会社の同僚などにたまたま夜に出会った時にするようです。いつもよく顔を合わせるから、朝と昼と夜の挨拶を区別するのです。家族はいつも顔を合わせるのが当たり前ですから、長い眠りの後で初めて顔を合わせる朝だけに「おはよう」という挨拶が必要なわけです。

　なお、特殊な世界では特殊な挨拶が交わされることがあります。芸能界や水商売の世界では、夜でも「おはようございます。」と言います。水商売は夜の商売ですから、同僚とは夜にしか顔を合わせません。つまり、一日の最初に顔を合わせるのが夜ですから、一日の始まりの挨拶として「おはようございます。」を使うわけです。

　また、出会った時も別れる時も「ごきげんよう」と挨拶する学校があります。学習院など、主に私立の女子校が多いようです。「ごきげんよう」は「ご機嫌よく（お過ごしください）」ということで、相手の状況を気遣う思いやりの言葉かけでしょう。

寒暄 2

1. 日常的寒暄（**2**）

　　上一回，提到「こんにちは」用於家人以外的人。同樣地，「こんばんは」也是如此呢。但是，「こんばんは」不同於「こんにちは」，不用於初次見面的人。初次見面的人，可以說「こんにちは。私は吉田と申します。」（你好，我叫吉田。），但說「こんばんは。私は吉田と申します。」（晚安，我叫吉田。）就有點奇怪。意即，與經常見面的熟識鄰居、學校的朋友、或公司的同事等，偶然在夜晚碰面時才會使用「こんばんは」。因為經常見面，才需要區分早上、白天和晚上的寒暄。家人經常見面是理所當然的事，因此只有在經過長時間的睡眠，早上首次碰面時需要「おはよう」這樣的寒暄。

　　但是，特殊的社會使用特殊的寒暄。在演藝圈或特種行業的社會中，即使夜晚也說「おはようございます。」，因為特種行業是在晚上營業，只會在夜晚與同事見面。也就是說，因為一天中第一次見面是在夜晚，才會使用「おはようございます。」作為一天開始的寒暄。

　　還有，有些學校，不管見面或道別的時候都會用「ごきげんよう」來打招呼。主要見於學習院等私立的女子學校。「ごきげんよう」就是「ご機嫌よく（お過ごしください）」（希望你今天過得好），算是體貼掛念對方狀況的用語。

日本語

1. 日常の挨拶（3）

　「おはよう」は、確かにその日初めて会った人に対する挨拶のようです。これから新しい一日が始まる、いっしょに頑張ろう、という合図ですね。家族とはいっしょに生活をする、同僚とはいっしょに仕事をする、GO サインなのです。私たちの教会でよく歌う「小さな籠に」という歌に「おはようとの挨拶も　心こめてかわすなら　その一日お互いに　喜ばしく過ごすでしょう」とあるように、「おはよう」の挨拶は夜間の眠りで分断された人間同士の絆を回復し、共に生きる喜びを再確認する大切な言葉ですね。

　関西の人たちは、その日初めて会った人に「おはよう」という習慣があるようですね。しかし、関西の学生さんでも、水商売の人でも、芸能界の人でも、初めて紹介された人に対して「おはよう」とは言わないでしょう。めったに会わない、改まった関係の人には、やはり「こんにちは」でしょう。朝が一日の始まりであるのに対して、昼は太陽が真上から見下ろしている時、一日の代表格、活動の中心部です。ですから、私たちは一個の「社会生活者」として「こんにちは」と挨拶するのです。

　また、議論の中で「夜間部の学生に対して何と挨拶するか」というご質問がありました。これは、私も考えさせられました。私は夜間部の学生には「こんばんは」と言うのは抵抗があります。「こんばんは」というのは、朝も昼も夜も会う可能性のある人、例えば近所の人などに対する挨拶ではないでしょうか。朝も昼も夜も会う可能性があるから、違った時には違った挨拶をしてメリハリをつけ、その時その時のお互いの様子をさりげなく思いやる。夜間部の学生は夜しか会わないに決まっているから、生活全般を気にかける「こんにちは」としか、私は言えないのです。

寒暄 3

中文

1. 日常的寒暄（3）

　　「おはよう」實際上是對當天初次見面的人說的寒暄。這是標示接下來這新的一天裡，大家一道來努力的信號。是表達和家人一起開始生活、和同事們一起開始工作的GO信號。就像我們的教會經常唱的歌曲「小さな籠に」（小小箱子）的歌詞中，「おはようとの挨拶も　心こめてかわすなら　その一日お互いに　喜ばしく過ごすでしょう」（要是連早安的一句寒暄　亦能由衷說出　那一日彼此　應當都能開心度過），「おはよう」這個問候是非常重要的話語，它能恢復因夜間睡眠而切斷的人與人之間的羈絆，再次確認彼此共同生活的喜樂吧。

　　關西的人們有對當天初次見面的人說「おはよう」的習慣。但是，即使是關西的學生、從事特種行業的人與演藝圈的人，亦不會對初次介紹認識的人說「おはよう」吧。對鮮少見面或有正式來往的人，應該還是會用「こんにちは」吧。相對於早晨是一日之始，白天是太陽從正上方向下俯視的時候，是一天的代表，也是活動的中心。因此，我們身為一個「社會生活者」，要用「こんにちは」寒暄。

　　還有，在這項討論中，有人疑問「那對夜間部的學生該如何寒暄呢」，讓我也不得不思考這個問題。我抗拒對夜間部的學生說「こんばんは」。「こんばんは」這句話，不是針對早上、中午、晚上都有可能見面的人，例如鄰居等說的寒暄嗎？因為早上、中午、晚上都有可能見面，因此在不同的時候要區分不同的寒暄，配合當下的時間自然地關心彼此狀況。夜間部的學生固定只會在晚上碰面，所以我只能對他們說關心他們整體生活的「こんにちは」。

日本語

1. 日常の挨拶（4）

さて、ここで、言語学的な問題が出てきます。

問題 1：「こんにちは」「こんばんは」は、なぜ「こんにちわ」「こんばんわ」と書かないのでしょうか？

答：もともと「こんにちは」は「こんにち（今日）は、いい天気ですね。」、「こんばんは」は「こんばん（今晩）はいい月ですね。」など、「今日」「今晩」を主語にした一つの文を短くしたものです。多分、「今日は、ご機嫌いかがですか？」「今晩はどうお過ごしですか？」など、相手を気遣う言葉が後に来るためでしょう。

問題 2：「こんにちは」「こんばんは」には「ございます」を付けて「こんにちはございます」「こんばんはございます」と言えない理由は、問題 1 の答でわかりました。では、なぜ「お早う」だけに「ございます」を付けて「お早うございます」と言えるのでしょうか。

答：これは、昔の文法に由来しています。現代では形容詞は「はやいです」でしたが、戦前は「はようございます」でした。「たかいです」は「たこうございます」、「さむいです」は「さむうございます」、「大きいです」は「大きゅうございます」で、語尾が「―うございます」が正しい形だったのです。

現代　　敬体：はやいです　　　　　常体：はやい

戦前　　敬体：はようございます　　常体：はやい

この「はようございます」に丁寧語の「お」を付けて「おはようございます」となったのが、朝の挨拶です。この他に、「ありがとうございます」は「ありがたい」（難得）の古形、「おめでとうございます」は「めでたい」（吉利）の古形から来たものです。この「―うございます」という形容詞の形は現代では使われていませんが、「おはようございます」「ありがとうございます」「おめでとうございます」という挨拶の言葉に残っているのです。

寒暄 4

1. 日常的寒暄（4）

　　接著，在此提出兩個語言學上的問題。

問題1：「こんにち<u>は</u>」及「こんばん<u>は</u>」等寒暄語，為何不寫成「こんにち<u>わ</u>」及「こんばん<u>わ</u>」？

回答：這些其實是縮略了以「今日」和「今晚」為主語的句子，本來「こんにちは」是「こんにち（今日）は、いい天気ですね。」（今天天氣真好）；「こんばんは」是「こんばん（今晚）はいい月ですね。」（今晚月真美）等。或許，是因為後方多會用關心對方的語句，如「今日は、ご機嫌いかがですか？」（今天你好嗎？）及「今晩はどうお過ごしですか？」（今晚過得還好嗎？）等吧。

問題2：「こんにちは」及「こんばんは」不能附上「ございます」，說成「こんにちはございます」、「こんばんはございます」的理由，可從問題1的回答得知。那麼，為何「お早う」就能附加「ございます」，說成「お早うございます」呢？

回答：這是來自以前的文法。現代的形容詞要說「はやいです」，但在二次大戰前則是「はようございます」。「たかいです」（高）是「たこうございます」，「さむいです」（冷）是「さむうございます」，「大きいです」（大）是「大きゅうございます」，語尾的正確形式是「─うございます」。

現代　　敬體：はやいです　　　　常體：はやい

戰前　　敬體：はようございます　　常體：はやい

　　這個「はようございます」附上丁寧語（禮貌語）的「お」，就形成早上的寒暄語「おはようございます」。此外，如「ありがとうございます」來自舊形的「ありがたい」（難得），而「おめでとうございます」則來自舊形的「めでたい」（吉利）。現代已不使用「─うございます」的形容詞形式，只留下「おはようございます」、「ありがとうございます」及「おめでとうございます」等寒暄的話語。

第292回 挨拶 5

日本語

1. 日常の挨拶（5）

　前回、現代の形容詞敬体と戦前の形容詞敬体の形が違うことをお話ししました。それに関連して、もう一つお話ししたいことがあります。

　皆さんは、イ形容詞（「早い」「大きい」など、語尾にイが付く形容詞）とナ形容詞（「きれいな人」「静かな村」など、名詞に接続する時「な」になる形容詞）の変化についてご存知ですね。

イ形容詞　　敬体：早いです　　常体：早い

ナ形容詞　　敬体：静かです　　常体：静かだ

　ここで、皆さんは疑問に思わないでしょうか？　ナ形容詞敬体「―です」の常体が「―だ」なのに、どうしてイ形容詞敬体の「早いです」の常体は「早いだ」にならないのだろう、と。これはひとえに現代語の形容詞と古体の形容詞の形が違うことに由来するのです。前回もお話ししたように、「早いです」の古体は「早うございます」でした。「―です」の常体は「―だ」になりますが、「―うございます」の常体は「―だ」になりようがありませんね。

寒暄 5

1. 日常的寒暄（**5**）

　　前一回，談到了現代和戰前形容詞敬體的形式不同。關於這件事，還有一點想向大家說明。

　　大家都知道關於「イ形容詞」，如「早い」（早）、「大きい」（大）等，語尾附有「い」的形容詞，以及「ナ形容詞」，如「きれい<u>な</u>人」（漂亮的人）、「静か<u>な</u>村」（安靜的村莊）等，後面接名詞時會加上「な」的形容詞的變化吧。

「イ形容詞」　　　敬體：早いです　　　常體：早い

「ナ形容詞」　　　敬體：静かです　　　常體：静かだ

　　此處大家沒有感到疑問嗎？「ナ形容詞」敬體「―です」的常體是「―だ」，但為何「イ形容詞」敬體是「早いです」，常體卻不是「早いだ」呢。這仍然是因為現代語與古體的形容詞的形式有差異所致。正如上回所言，「早いです」的古體是「早うございます」。「―です」的常體雖是「―だ」，但「―うございます」的常體不可能變成「―だ」吧。

日本語

1. 日常の挨拶（6）

　この他、日常の挨拶としては、食事の時の「いただきます」「ごちそうさま」がありますね。「いただきます」は「食べます」の謙譲語です。目上の人から物をもらった時には「先生から本をいただいた。」「社長から感謝状をいただいた。」などのように言いますね。

　では、食事の時には、誰に感謝するのでしょうか。おそらくは、「日用の糧」を与えてくださる神様に感謝するのでしょう。日本人の宗教はキリスト教ではありませんが、日本は農業国だったので、穀物を与えてくださる神様、私たちを守ってくださる神様に対する畏敬の念というものは持っています。つまり、日本人は信仰心はあるのですが、信仰の対象を持っていないのです。「神様」という言葉はあるのですが、それが誰であるのかはっきり知っていないのです。「人間世界を司る、人間を超える超能力者」という、漠然とした観念しか持っていないのです。ですから、「いただきます」は、食料を恵んでくださった神様、米や野菜を作ってくれたお百姓さん、食材で料理を作ってくれた料理人、それら全部に対する感謝の念を表わしていると言っていいでしょう。

　「ごちそうさま」もやはり、「おかげで、お腹いっぱいになりました」という、それらの人に感謝する言葉です。私の高校時代の友人は、学校でお弁当を食べた後、「ごちそうさま」にさらに「お」と「でした」を付けて、「おごちそうさまでした」と言っていました。

　誰かに食べ物をもらった時も、その人に対して「ごちそうさま」とお礼を言いますが、その時は「ごちそうさまでした」とは言いません。まだ食べ終わっていない時には、過去を表わす「でした」は付けることができないからです。

寒暄 6

中文

1. 日常的寒暄（**6**）

　　此外還有其他的日常寒暄，如用餐時的「いただきます」（我要開動了；感謝賞賜）及「ごちそうさま」（謝謝招待；我吃飽了）。「いただきます」是「食べます」（吃）的謙讓語。從上司或長輩那裡得到東西時會說「先生から本をいただいた。」（從老師那裡得到書。）和「社長から感謝狀をいただいた。」（從社長那裡得到感謝狀。）等。

　　那麼，用餐的時候是感謝誰呢？大概是向賜給我們「日用的飲食」的上帝吧。日本人的宗教雖然非基督教，但因為日本過往是農業國家，所以會對賜予穀物、保守看顧我們的神存著敬畏的心。也就是說，日本人雖然有信仰的心，卻沒有明確的信仰對象。雖然有「神」這個詞，所指的對象卻不明確。對神僅有著「掌管人類世界，超越人類的超能力者」這種籠統的觀念。因此，說「いただきます」，是對賜給我們食物的神、生產稻米與蔬菜的農夫、利用食材烹調料理的廚師等，所有參與其中者表達感謝之意吧。

　　「ごちそうさま」也是如此，是具有「承蒙招待，我吃飽了」之意，是感謝上述提及的所有參與者的語彙。我高中時代的朋友在學校吃完便當後，甚至還會在「ごちそうさま」上多加「お」和「でした」，說成「おごちそうさまでした」。

　　從他人那裡得到食物時，亦會致謝說「ごちそうさま」，但卻不會說「ごちそうさまでした」。這是因為還未吃完食物的時候，不能附加表示過去的「でした」。

日本語

1. 日常の挨拶（7）

　外出する時、家族に対して「行ってきます」「行ってまいります」と言います。見送る人は「行って（い）らっしゃい」「気をつけて」などと言いますね。また、家族だけでなく、会社などで誰かが外回りや出張に行く時も「行ってきます」「行ってらっしゃい」と挨拶しますね。

　「行ってきます」は中国語にすれば「我要走」といったところでしょうが、「我要走」は「行きます」ですね。しかし「行ってきます」はただ「行く」だけではなくて、また必ず「帰ってくる」という意味です。なぜなら「家」が自分の帰属場所だからです。行っても必ず戻ってくるべき場所だからです。その証拠に、岡山県、広島県などの中国地方の方言では「行って帰ります」と挨拶しています。

　「行っていらっしゃい」も同様です。「いらっしゃる」は「来る」の敬語ですから「行っていらっしゃい」は「行って、また来てください」、つまり「行って帰ってきてください」の意味になります。

　外出した人が帰ってきた時は「ただいま」と挨拶します。これは「ただ今、帰りました。」の省略形です。（亭主関白の夫は「おーい、帰ったぞー。」などと乱暴な言葉遣いをするようですが。）

　帰宅者を迎える人は「お帰りなさい」と挨拶しますね。（目下の人には「お帰り」だけでOK。）「お帰りなさい」は本来「帰りなさい」という命令形に「お」を付けたものです。命令形ですから、相手に早く帰ってほしいときなどは、「早く家に帰りなさい」などと命令する時にも使います。では、どうして帰宅者に対してこのような命令形を使うのでしょうか？

　命令形というのは相手に強制を与える場合だけに使うのではありません。例えば、敬語の「召し上がる」の命令形は「召し上がれ」ですが、おいしい物を出されて「どうぞ召し上がれ」などと言われた場合は、うれしいと感じこそすれ、強制されているとは感じられないでしょう。つまり、相手にとって益になることは命令形を使っても相手に対する強制にはならず、相手を喜ばせることになるのです。ですから、「お帰りなさい」も「無事に帰ってきてよかったね」という喜びの表現になるのです。

寒暄 7

1.日常的寒暄（7）

　　外出的時候，對家人說「行ってきます」（我走了；我出門了）、「行ってまいります」（我走了；我出門了）。送行的人則回說：「行って（い）らっしゃい」（您慢走，路上小心）、「気をつけて」（路上請小心）等。

　　「行ってきます」直翻成中文應該就是「我要走」吧，但「我要走」是「行きます」。不過，「行ってきます」不僅是「行く」（去）而已，還帶有必定「帰ってくる」（回來）的意思。這是因為「家」是自己的歸屬，出門了也必定回來的地方。證據就是岡山縣、廣島縣等日本的中國地區，方言會用「行って帰ります」來寒暄。

　　「行っていらっしゃい」亦同。「いらっしゃる」是「来る」（來）的敬語，因此「行っていらっしゃい」就變成有「行って、また来てください」（您慢走，請再來），也就是「行って帰ってきてください」（您慢走，請再回來）的意思。

　　外出的人回來的時候，會說「ただいま」（我回來了）。這是省略「ただ今、帰りました」（我現在回來了）而成。（有大男人主義的丈夫似乎會使用「おーい、帰ったぞー」（喂，我回來了）這種粗魯的用詞。）

　　迎接回家者的人要用「お帰りなさい」（你回來了）來寒暄吧。（對晚輩只要說「お帰り」即可。）「お帰りなさい」是由原來的命令形「帰りなさい」加上「お」而成。因為是命令形，因此希望對方早點回來時，亦可用於命令「早く家に帰りなさい」（早點回家）。那麼，為何要對回家者使用這樣的命令形呢？

　　命令形並非僅用於強迫對方的場合。例如，敬語「召し上がる」（吃；喝）的命令形是「召し上がれ」（吃吧；喝吧），但在對方拿出美食說「どうぞ召し上がれ」（請用吧）等情況時，應當僅會感到開心，並不會感到受強迫吧。也就是說，對對方有益的事時，即便使用命令形也不會是強迫對方，而是令對方高興。因此，「お帰りなさい」也含有「無事に帰ってきてよかったね」（你平安回來真是太好了）高興的表現。

2. 知人に出会った時の挨拶（1）

　日本では、歩いている時とかデパートに買い物に行って偶然近所の人や職場の同僚に出会った時の挨拶も重要です。

　朝だったら「おはようございます」、夜だったら「こんばんは」、一般的には「こんにちは」です。でも、それだけで終わってしまうのは、何とも味気ないですね。何か一言二言交わしましょう。では、その後に何を言ったらいいでしょうか。

　以前、中国語では「吃飽了嗎？」と言いましたね。私はその挨拶を聞いてびっくりしました。ご飯を食べたかどうかなんてプライベートなことだし、他人の食生活にまで干渉するのは余計なお世話だと思ったのです。でも、昔中国の庶民は貧乏で三食の食事が充分できなかったので「あなたは今日、充分食べましたか？」と聞くのは相手のことを心配してのことだ、と聞いて納得しました。

　挨拶の基本は、「出会った人を思いやる」ことを基本とするようです。日本では「吃飽了嗎？」という相手の食生活のことでなく、「暑いですね」「寒いですね」「いい天気ですね」「雨が降っていやですね」など、お天気のことを話題にします。日本は江戸時代、士農工商の身分差別が厳しかったです。お金持ちの人も、貧乏な人もいました。たくさん食べられる人も、いつも飢えている人もいました。政治や行政は身分の低い人には不公平でした。しかし、お天気だけは誰にも公平で、誰にとっても同じ価値をもたらしました。さらに、日本は農業国でしたから、お天気はどの階級にとっても大事なことでした。ですから、顔を合わせるとお天気のことを気遣い合う習慣ができたのだと思われます。お天気のことは、時代が変わっても共通の話題になっています。人と会話をしなければならない時、まずお天気の話をするのが無難でしょう。

寒暄 8

2. 見到熟人時的寒暄（1）

在日本，走路或是去百貨公司買東西等時候，偶然碰見鄰人或公司同事時的寒暄也很重要。

如果是在早上，用「おはようございます」（早安）；若是在夜晚，用「こんばんは」（晚安）；平常就用「こんにちは」（你好）寒暄。但是，這樣就結束未免太乏味無趣，還是再多問候個一兩句話吧。那麼，接下來要談什麼好呢？

以前，中文會說「吃飽了嗎？」我聽到那樣的寒暄很驚訝。我那時認為，吃了飯與否畢竟是私事，而且干涉別人的飲食生活太多管閒事。但是我聽說，因為以前中國的老百姓都很貧窮，三餐不繼，因此才會詢問對方「あなたは今日、充分食べましたか？」（你今天吃飽了嗎？）其實是在關心對方，才恍然大悟。

寒暄的基礎，就是以「關懷見到面的人」為原則。在日本，不會問「吃飽了嗎？」這類與對方飲食生活有關的事，而是關心「暑いですね」（今天好熱啊）、「寒いですね」（今天好冷啊）、「いい天気ですね」（今天天氣真好啊）、「雨が降っていやですね」（下雨真討厭啊）這類與天氣有關的事。在江戶時代，日本嚴守士農工商的身分地位差別。貧富皆有，有豐衣足食的人，也有三餐不繼的人。政治與行政上對身分低的人不公平。不過，只有天氣對誰都公平，且帶給任何人都是同等的價值。再者，因為日本以前是農業國家，所以天氣對任何階級的人都很重要。大概就是因為這樣，才形成了見到面就關心天氣的事的習慣。天氣的話題即便時代變遷，也已是共同話題。當必須與人對話時，首先談及天氣應當最為妥當。

日本語

2. 知人に出会った時の挨拶（2）

　時間の挨拶が終わって、お天気の挨拶が終わって、その次はどうしたらいいでしょうか。次に、やっと現在の状況のことに移るのです。

　一般的には、英語の "How are you?" "Fine, thanks. And you?" "Fine too, thanks." の形式でいいでしょう。道端で出会っただけで、そう長い話はできないのですから、手っ取り早く相手の状況を確認する必要があるわけです。「お元気ですか？」「おかげさまで。そちらは？」「ええ、おかげさまで、何とかやっています。」という調子で。あとは「では、失礼します。」と言って別れるなり、世間話を続けるなりしてください。以前ではお風呂屋さんで知人に出会った場合に世間話が弾みましたが、現在では地縁関係の人とのこうした会話は少なくなっているようです。

　出かける時に近所の人に会った場合、「どちらへ」とか「お出かけですか」などと聞かれることがあります。これを西洋人は「プライベートなことを詮索するのは失礼だ」と考える人もいるようです。確かに英語で "Where are you going?" と聞くのは失礼ですね。しかし、日本語の「どちらへ」は決してプライバシーを詮索しているわけではなく、相手とコミュニケーションしたいという意思を示しているだけの儀礼的な挨拶なのです。従って「友だちと映画を見に行きます。」などと正直に答える必要はありません。「ええ、ちょっと。」とか「ちょっとそこまで。」とか、曖昧に答えておけば、会話はそれで成り立つのです。もちろん、自分の事情を相手に知ってもらいたい時は、細かく言ってもいいんですよ。「恋人とデートに行くんです♪」などと楽しげに言って、「まあ、それはお楽しみですね。」などと相手に祝福してもらいましょう。

寒暄 9

2. 見到熟人時的寒暄（2）

　　結束時間的寒暄，也結束天氣的寒暄，接著該怎麼做才好呢？接下來，才終於能進入近況的寒暄。

　　英文的寒暄通常用 "How are you?"（你好嗎？）、"Fine, thanks. And you?"（很好，謝謝。你呢？）、"Fine too, thanks."（也很好，謝謝。）的形式就可以了。因為只是在路上遇見，無法聊那麼多，所以必須盡快掌握對方的近況。這時可用「お元気ですか？」（您好嗎？）、「おかげさまで。そちらは？」（託您的福，很好。您呢？）、「ええ、おかげさまで、何とかやっています。」（啊，託您的福，還算過得去。）等寒暄。然後，可以說「では、失礼します。」（失敬了，先走了。）道別，或是繼續閒聊下去。以前在澡堂碰見熟人的時候會閒話家常，但現在好像較不常如此與鄉親閒聊。

　　出門時碰到鄰居可用「どちらへ」（今天去哪兒）或是「お出かけですか」（您要出門啊）問候對方。但似乎有西方人認為「探詢私事很失禮」。用英文說 "Where are you going?"（你要去哪裡？）確實是很失禮。但是，日文的「どちらへ」絕對不是要探詢對方的私事，而只是表達想和對方交流而做的禮貌性寒暄。因此，沒有必要照實回答「友だちと映画を見に行きます。」（要和朋友去看電影。）那樣的話。只要給對方曖昧的回答，如「ええ、ちょっと。」（對啊，有點事。）或是「ちょっとそこまで。」（是啊，出去一下。）對話即可成立。當然，想讓對方知道自己的事時，詳細說出來也無妨。你可以很開心地說「恋人とデートに行くんです♪」（要去和情人約會）讓對方祝福自己說「まあ、それはお楽しみですね。」（啊，好好享受吧。）等。

日本語

2. 知人に出会った時の挨拶（3）

　前回までは、会話の入り口についてお話ししました。これは、道で出会ってすれ違う人との挨拶です。しかし、道ですれ違うだけの短い時間でなく、ある程度の時間話さなくてはならない場合、例えば同じバスに乗り合わせた場合や、歯医者で順番を待つ時間などはどうでしょうか。話題を選ぶ必要がありますね。二人の間に共通の話題がある場合はいいのですが、共通の話題がない場合、気まずくて困りますね。そんな時の話題の見つけ方は……いや、これに答えることは言語学者の仕事ではないし、この「ミニ講座」の課題でもないのですが、一応私の経験からお話しします。

　私が日本でスナックを経営している時、先輩から言われました。「お酒を飲んでいる時に話してはいけない話題が 3 つある。政治と宗教と野球の話だ。」政治の話は欧米では好んで討論されますね。特に大統領選挙はオリンピックの話題などよりよほどエキサイティングなイベントのようです。しかし、日本では、特に選挙の時には政治の話はタブーのようです。一つは日本人がディベートができない民族だからでしょう。自分と人とが対等に意見を交わすという習慣がないのです。意見の交換、討論の成り行きを追いつつ自分の意見を展開し発展させていくということができないようです。意見の違う人と討論する場合、意見そのものの違いより、相手と自分との関係に目が行き、相手が自分より上の立場なら相手に従い、下の立場なら相手を従わせ、同等の立場ならよい関係を壊さないように適当なところで折り合いをつける。議論の意味がありません。日本人の場合、「話題中心」でなく「人間関係中心」の会話展開なのです。

　ただ、一般的に政治家の汚職に対する批判など自分も相手も明らかに同じ立場が取れるような話題とか、外国の政治など自分たちに直接利害関係がない話題などは、政治家の悪口を言って盛り上がることもあるようですが。

寒暄 10

2. 見到熟人時的寒暄（3）

　　截至上回為止，都在介紹談話的開頭。這是在路上與人擦身相遇時的寒暄。但是，若不光只是在馬路上與人擦身相遇的短暫寒暄，而是必須談話一段時間時，例如一起搭乘同班公車的時候，或是看牙醫等待叫號的時候，該怎麼辦才好呢？顯然有必要選擇話題吧。若二人之間有共通的話題倒還好，但若沒有共通的話題，則令人尷尬、困擾。那種情況又該如何找話題呢……哦不，回答這種問題不屬語言學家的工作，也不算是這個「迷你講座」的課題，但我姑且就我的經驗談談。

　　我在日本經營小酒館的時候，有前輩跟我說：「お酒を飲んでいる時に話してはいけない話題が 3 つある。政治と宗教と野球の話だ。」（喝酒的時候禁止談論的話題有三個，就是政治、宗教和棒球。）在歐美，喜愛談論政治話題吧。特別是總統選舉幾乎要比奧運等話題更讓人興奮。但是，在日本，特別是選舉的時候，政治的話題是禁忌。其中一個原因可能是日本人是不擅於辯論的民族吧。沒有與人對等交換意見的習慣。似乎無法一面追蹤意見交換、討論的發展，一面構成、延伸自己的意見。和意見相反的人議論的時候，比起意見本身的差異，更將目光放在對方與自己之間的關係上，如果對方輩分比自己高就會順從對方；如果對方輩分比自己低就會使其順服；如果是在同等的立場，就會為了不破壞良好的關係，在適當的地方做出妥協。沒有爭辯的意圖。對日本人而言，會話的進行不是以「話題為中心」，而是以「人際關係為中心」。

　　不過，一般性地批評政治家貪汙等，不管自己和對方顯然都會站在相同立場時，或關於國外的政治等與自己沒有直接利害關係的話題時，也可能引起熱議，群起激動地痛罵政治家。

日本語

2. 知人に出会った時の挨拶（4）

　宗教の話をする場合も、会話に参加する人たちが特定の宗教に属していないことが必要です。日本人はある宗教やある団体への加入を勧められることに、強い警戒心を持っているのです。

　こんな話があります。イギリス人を海に跳び込ませるには「海に跳び込むのは名誉なことだ。」と言えばいい。ドイツ人を海に跳び込ませるには「海に跳び込むのは規則だ。」と言えばいい。中国人を海に跳び込ませるには「海に跳び込まなければ面子がない。」と言えばいい。では、日本人を海に跳び込ませるには何と言えばいいでしょうか。「隣の人が跳び込んだから、あなたも跳び込め。」と言えばいいのです。

　日本人の価値基準は、「自分がどうしたいか」でなく、「他の人がどうしているか」「自分がみんなと同じであるかどうか」というところにあるようです。一つのものがはやりだすと、猫も杓子もそれを求める。村社会の歴史を引きずって、他人と違うことをして仲間外れにされるのが怖いのです。日本には「長い物には巻かれよ」「出る杭は打たれる」という諺があります。「強い者に従う方がいい」「目立つことをすると叩かれる」という意味です。

　特定の宗教や特定の政党に参加し活動することも、「みんなと違う特殊な人」と見られるので警戒心を持ってしまうのです。自分の思想を持たず、みんながやるようにやっていれば無難だ……これは、確かに伝統に縛られた日本の悪い思考様式かもしれませんね。

寒暄 11

2. 見到熟人時的寒暄（4）

　　談論宗教的時候，也必須是參與會話的人們都沒有隸屬於特定的宗教。日本人對於勸人加入某種宗教或某種團體，有著強烈的戒心。

　　有這麼一則故事。要使英國人跳海，可以對他說：「跳海攸關名譽。」；要使德國人跳海，可以對他說：「跳海是規定。」；要使中國人跳海，可以對他說：「不跳海就沒面子。」那麼，要使日本人跳海，要說什麼才好呢？可以對他說：「因為旁邊的人都跳了，你也跳吧。」即可。

　　日本人的價值觀基準，似乎不在於「自己想做什麼」，而在於「別人正在做什麼」、「自己有沒有跟大家相同」。某物一旦流行起來，連貓和杓子都會去追尋（一旦流行起來，大家、所有人都會跟從）。因日本人受到村里社會的歷史影響，害怕做和別人不一樣的事情會遭排擠。在日本有「長い物には巻かれよ」（跟從強者會比較順利；直譯：讓自己捲在長物上）以及「出る杭は打たれる」（槍打出頭鳥；直譯：冒出的椿子會被打）的諺語。

　　因為連參加特定的宗教或特定的政黨的活動，都會被視為「和大家不相同的特殊人物」，所以抱持戒心。最好不要擁有自己的想法，只要跟著大家做就會安全、保險……這確實可以說是日本被傳統束縛的不良思考模式吧。

第10部

挨拶

日本語

2.. 知人に出会った時の挨拶（5）

　さて、ここ数回、言語に関係のない話ばかりしましたが、ここで挨拶の問題を出しましょう。次のような場合、どんな挨拶を交わすでしょうか。想像してみてください。

① 母親と息子が、朝の挨拶をします。

② 父親と娘が、夜寝る時の挨拶をします。

③ 学校に出かける娘を、母親が送り出します。

④ 出勤する夫を、妻が送り出します。

⑤ 外出から帰った息子を、母親が迎えます。

⑥ 会社から帰った夫を、妻が迎えます。

⑦ 出張から帰った父親を、娘が迎えます。

⑧ 学生と教師が、朝の挨拶をします。

⑨ オフィスで同僚が朝の挨拶をします。

⑩ 夏の午後、道で近所の奥さんと出会って、挨拶をします。

⑪ 日曜日、隣の夫婦が出かけるところに出会って挨拶をします。

⑫ 夜、コンビニで学校の後輩に出会って挨拶をします。

寒暄 12

2. 見到熟人時的寒暄（5）

　　好了，這幾回都在談些與語言無關內容，現在再來談寒暄的問題吧。請想像一下，以下的狀況，要如何寒暄呢？

① 母親與兒子在早上寒暄。

② 父親與女兒在晚上就寢時的寒暄。

③ 母親送要去上學的女兒出門。

④ 妻子送要去上班的丈夫出門。

⑤ 母親迎接從外面歸來的兒子。

⑥ 妻子迎接從公司歸來的丈夫。

⑦ 女兒迎接出差歸來的父親。

⑧ 學生與老師在早上寒暄。

⑨ 同事早上在辦公室的寒暄。

⑩ 夏日午後遇到鄰居太太要出門時的寒暄。

⑪ 星期日遇到正要出門的鄰居夫婦時的寒暄。

⑫ 晚上在便利商店遇到學校學弟妹時的寒暄。

2. 知人に出会った時の挨拶（**6**）

　　前回の①〜⑥の解答例を挙げます。

① 母親「おはよう。」　　息子「あ、おはよう。」

② 娘「お休みなさい。」　　父親「ああ、お休み。」

③ 娘「行ってきまーす。」　　母親「行ってらっしゃい。帰りは？」

　　娘「今日、部活があるから。」

④ 妻「行ってらっしゃい。お帰りは？」

　　夫「今日はちょっと遅くなるかもしれないな。」

　　妻「無理しないでね。気をつけて。」

⑤ 息子「ただいま。」　　母親「お帰り。早かったわね。」

　　息子「うん。試験前だから。」

⑥ 夫「ただいま。」　　妻「お帰りなさい。」　　夫「ああ、疲れた。」

　　妻「ご飯？　お風呂？　それとも私？」

寒暄 13

2. 見到熟人時的寒暄（**6**）

上回①～⑥的解答舉例如下。

① 母親「おはよう。」（早安。）　兒子「あ、おはよう。」（嗯，早安。）

② 女兒「お休みなさい。」（您晚安。）　父親「ああ、お休み。」（好，晚安。）

③ 女兒「行ってきまーす。」（我出門了。）

母親「行ってらっしゃい。帰りは？」（慢走。大概何時回來？）

女兒「今日、部活があるから。」（今天有社團活動。）

④ 妻「行ってらっしゃい。お帰りは？」（慢走。大概何時回來？）

夫「今日はちょっと遅くなるかもしれないな。」（今晚可能會稍微晚點回來。）

妻「無理しないでね。気をつけて。」（別太過勉強自己喔。路上小心。）

⑤ 兒子「ただいま。」（我回來了。）

母親「お帰り。早かったわね。」（回來啦。這麼早。）

兒子「うん。試験前だから。」（嗯，因為要考試了。）

⑥ 夫「ただいま。」（我回來了。）

妻「お帰りなさい。」（歡迎回來。）

夫「ああ、疲れた。」（嗯，好累啊。）

妻「ご飯？　お風呂？　それとも私？」（您要吃飯？　洗澡？　還是我呢？）

日本語

2. 知人に出会った時の挨拶（7）

次に、⑦〜⑫の解答例。

⑦ 父親「ただいま。」

　　娘「お帰りなさい。お疲れ様。」

⑧ 学生「先生、お早うございます。」

　　教師「お早う。」

⑨ A「お早う。」　　B「お早う。」

⑩ A「毎日、暑いですね。」

　　B「そうですね。」

　　A「どちらへ？」

　　B「ちょっと子供を迎えに。」

　　A「まあまあ、お暑いのに大変ですね。」

⑪ A「おそろいでお出かけですか。」

　　B「ええ、ちょっと親戚のところへ。」

　　A「そうですか。たまには宅にもお出かけくださいな。」

　　B「ありがとうございます。」

　　A「じゃ、失礼します。」

⑫ 先輩「よう！」

　　後輩「あ、先輩、今晩は。」

　　まあ、これらは人間関係がよい者同士の会話の場合ですが……

寒暄 14

2. 見到熟人時的寒暄（7）

　　以下是⑦～⑫的解答例子。

⑦ 父親「ただいま。」（我回來了。）

　　女兒「お帰りなさい。お疲れ様。」（您回來了。您辛苦了。）

⑧ 學生「先生、お早うございます。」（老師，您早安。）

　　老師「お早う。」（早。）

⑨ A「お早う。」（早。）

　　B「お早う。」（早。）

⑩ A「毎日、暑いですね。」（每天，都好熱呀。）

　　B「そうですね。」（是啊。）

　　A「どちらへ？」（要去哪？）

　　B「ちょっと子供を迎えに。」（去接一下孩子。）

　　A「まあまあ、お暑いのに大変ですね。」（哎呀哎呀，這麼熱真是辛苦了。）

⑪ A「おそろいでお出かけですか。」（您們都要出門嗎？）

　　B「ええ、ちょっと親戚のところへ。」（是的，去親戚那兒一下。）

　　A「そうですか。たまには宅にもお出かけくださいな。」（這樣啊。有空請來我
　　家坐坐吧。）

　　B「ありがとうございます。」（謝謝您。）

　　A「じゃ、失礼します。」（那麼，失陪了。）

⑫ 學長姊「よう！」（嗨！）

　　學弟妹「あ、先輩、今晩は。」（啊，學長／姊，晚上好。）

　　　以上這些都是彼此關係良好的人們之間的會話情境……

日本語

2. 人に出会った時の挨拶（8）

　皆さんから「日本人の挨拶は冷たい」という反応があったので、びっくりしました。もしかして、私の書き方が誤解を招いたのかもしれないと思い、挨拶の意味をもう一回考えてみました。

　まず、挨拶とは「会話」そのものではありません。あくまで「会話の入り口」「会話の始まりの形式」です。朝は「おはよう」から始まって会話を始め、道で知人に会ったら「いいお天気ですね」を皮切りに世間話を始め、家に帰ったら「ただいま」でコミュニケーションを開始するのです。また、挨拶は言葉だけでなく、目礼とか手を振るとかのノンバーバル・コミュニケーション（non-verbal communication）もありますね。

　もし、挨拶しなかったらどうなるでしょう。こんな経験はありませんか。すれ違った相手があなたから目をそらして、あなたに気がつかないふりをして、挨拶をせずに行ってしまった。または、相手があなたに気が付いたのに、挨拶しなかった。……これはすごく感じが悪いですよね。相手に自分の存在を無視されたのですから。挨拶は、とりあえず相手を認め、相手を拒否しないという意思表示です。挨拶もなくいきなり要件を切り出すのは、か、よほど急いでいる場合か、よほど親しい人の場合でしょう。でも、「親しき中にも礼儀あり」と言いますから、まず形式的な挨拶を交わしてから用件なり世間話なりに入る方がノーマルに会話が進むでしょうね。忙しくてゆっくりコミュニケーションしていられない場合でも、形式的な挨拶があるだけで、気持ちよく別れられるのではないでしょうか。

　昔、ある大学の夜間部を教えていた時のことです。授業が終わって帰る時、後ろから「先生、先生！」と追いかけてくる女子学生がいました。何事かと思って振り向くと、彼女は息をはあはあいわせながら「先生、さようなら。」と挨拶をしてまた走り去って行きました。何と彼女は私にさよならの挨拶をするためだけに私を追いかけてきたのです。台湾の学生は何とかわいい、と思いました。

寒暄 15

2. 見到熟人時的寒暄（8）

　　我曾接到大家反應「日本人的寒暄冷真冷淡」而驚訝。我想這或許是我書寫的方式使人誤解吧，因此我重新思考了寒暄的意義。

　　首先，寒暄，並不是「會話」本身。寒暄不過是「會話的起頭」、「會話開始的形式」。早上以「おはよう」（早安）為開場白開始會話；若在路上遇到熟人，就以「いいお天気ですね」（今天天氣真好呢）為起頭開始閒聊；若回到家裡，就以「ただいま」（我回來了）開始談話交流。還有，寒暄不僅是言語，也包括行注目禮，或是揮手致意等非語言交流（non-verbal communication）吧。

　　倘若不打招呼，會怎麼樣呢？你有過這種經驗嗎？跟你擦身而過的人，把目光從你身上移開，裝作沒有注意到你，不打招呼就走了。或者對方有注意到你，卻不打招呼。……這些令人感覺很糟對吧。因為對方忽視自己。寒暄是表示尊重對方，不抗拒對方的意思。連打招呼都沒有，就急著說出要事，要不是相當緊急的狀況，不然就是相當親密的人吧。但是，常言道「再怎麼親密也要守禮儀」，因此先互道形式上的寒暄之後，再說正事或是閒話家常，會話才能較順暢地進行吧。即使忙得不可開交無法慢慢交談的時候，只要有形式上的寒暄，雙方就能夠愉快道別不是嗎？

　　那是以前我在某大學夜間部執教時的事。有次上完課要回家的時候，有位女學生從後面追趕著我叫「老師，老師！」我心想是什麼事，回頭一看，她氣喘吁吁地打招呼說「老師，再見」後，就又離開了。原來她追上我就只為了向我打招呼說再見。讓我覺得台灣的學生真是太可愛了。

3. 久しぶりに会った時の挨拶（1）

　皆さんもご存じのとおり、久しぶりに会った人との挨拶は「ご無沙汰しています」「しばらくでした」でしょう。（親しい人には「ご無沙汰」「しばらく」などの簡略形も使われるようですが。）英語の "Long time no see you"、中国語の「好久不見了」と変わりません。

　しかし、この「ご無沙汰」とはどういう意味なのでしょうか。「刃傷沙汰」「気違い沙汰」「警察沙汰」「色恋沙汰」「表沙汰」などの「沙汰」は「事件」「事態」を表します。この「事件」が転じて「事件のニュース」ということになると、「音沙汰」「無沙汰」など「消息」の意味になります。昔はおかみからの命令を「沙汰」と言いました。さらに、おかみの決定の通知も「沙汰」と言いました。つまり、「沙汰」とは「事件」及び事件に関する「情報」と考えてよさそうです。

　余談ですが、「地獄の沙汰も金次第」という諺があります。これは「地獄の罰を受ける時でも、金を出せば許してくれる」、つまり「世の中、金で何とでもなる」という意味なのですが、この諺を「地獄のサタンも金次第」と聞いた人がいました。まあ、当たっていなくもないのですが……

　「ご無沙汰しました」の後は、「お元気ですか」「お変わりありませんか」など、相手の近況を尋ねる会話に移ります。親しい人には自分の現況を伝えるようですが、一般的には「まあまあです」「何とかやっています」などと、差し障りのないことを答えるのが普通のようです。あまり羽振りのいいところを見せて、相手に嫉妬されたりたかられたりすると困るし、あまり落ち込んでいるところを見せて人にバカにされるのも嫌だから、と言うのですが……何ともせちがらい世の中ですね。

寒暄 16

3. 久別重逢時的寒暄（1）

　　如各位所知，和久別重逢的人的寒暄是「ご無沙汰しています」或「しばらくでした」。（對親密的人可以使用「ご無沙汰」和「しばらく」等簡略形。）相當於英文的 "Long time no see you"，與中文的「好久不見了」。

　　但是，這個「ご無沙汰」到底是什麼意思呢？「刃傷沙汰」（持刀傷人事件）、「気違い沙汰」（瘋狂事件）、「警察沙汰」（警察介入事件）、「色恋沙汰」（男女間的桃色事件）以及「表沙汰」（公開事件、打官司）等語詞中的「沙汰」，均表示「事件」或「事態」。這個「事件」若演變成「事件のニュース」（事件的消息），就成為「音沙汰」（音信）與「無沙汰」（無音信）等帶有「消息」的意思。以前朝廷下達的命令稱為「沙汰」。甚至朝廷的決定的通知也稱為「沙汰」。意即「沙汰」應該可以當作是「事件」以及與事件有關的「情報」（消息）。

　　接下來是題外話，有個諺語叫「地獄の沙汰も金次第」（有錢能使鬼推磨）。這個諺語的意思是「即使遭到地獄的懲罰，也只要付錢就能免罰」，也就是說「金錢在這世上是萬能的」。只是有人卻把此諺語聽成了「地獄のサタンも金次第」※（地獄的撒旦也會看錢辦事）。嗯，好像也不能算錯啦……

　　說完「ご無沙汰しました」（好久不見了）之後，再把話題轉移到問候對方近況的會話，如「お元気ですか」（你好嗎？）或「お変わりありませんか」（你都還好嗎？）。對親密的人可能會說自己的近況，但一般會用「まあまあです」（一切還好）或「何とかやっています」（還過得去）等沒什麼大礙來回答。據說這是因為讓別人看到自己很成功，而遭對方嫉妒或是勒索就困擾了；相反地，讓別人看到自己很失落，遭人取笑也很討厭……唉，這世道可真不好混呀！

※ 譯者註：「沙汰」（sata）和「サタン」（Satan）的日文發音相近。

日本語

3. 久しぶりに会った時の挨拶（2）

　「お陰様で」についてですが、数年前に私の学生がスピーチコンテストで「なぜ『お陰様で』なんですか？」というテーマでスピーチして入賞したことがあります。彼の疑問は、中国語にも「託你的福」という言葉があるけど、それは本当に相手に世話になった時にしか使わないのに、日本ではなぜ誰の世話にもなっていないのに「お陰様で元気です。」などと言うのか、ということでした。

　確かに、日本語の挨拶には感謝の言葉がやたら出てきますね。「いただきます」「ごちそうさま」も、クリスチャンの食前の祈りと同じで、食べ物を与えてくれた神様に感謝するという習慣からでしょう。（→第293回「挨拶 -6」）

　「お陰様で」もそうです。もともと「陰」というのは間接的に「神」「人間を支配する偉大なもの」を指すと言われます。あれ、神は「光」じゃないの？　どうして「陰」なの？　と不思議に思う向きもあるかもしれませんが、日本語には反対の言葉で対極のものを表すことがあります。「月の影は」という讃美歌もあるし、「星影のワルツ」という歌謡曲もありますが、これらの「影」は決して暗いものではなく、「月の光」「星の光」といういう意味ですね。また、「竹取物語」には「光」のことを「かげ」と書いてあります。光のある所に私たちが立つと、「影（陰）」ができます。これは、光の影響でできるものです。つまり、私たちの存在は神の影響で成立する、そこから「光（神）」のおかげで「影（陰）」がある、「光＝陰」という捉え方になったのでしょう。

　私たちが生まれた時から持っているもの、当たり前のように存在するものについて感謝の念を抱くことは難しいことです。「お陰様で」という言葉は、私たちが自分の力だけで生きているのでなく、何かによって「生かしてもらっている」ということを忘れさせないための、日本人特有の宗教感覚から出た言葉だと、私は思います。その「何か」が何であるかに、日本人は気付いていないというきらいはありますが。

3. 久別重逢時的寒暄（2）

　　關於「お陰様で」（託你的福）這個問題，幾年前我的學生參加演講比賽，以「為何是『お陰様で』呢？」為演講題目，得到了優勝。他的疑問就是，雖然中文也有「託你的福」的話語，不過這只用在真的受對方照顧的時候，但為何在日本，明明沒受對方照顧，卻也說「お陰様で元気です。」（託你的福，我很好。）這類的話呢。

　　日文的寒暄中，確實出現許多的感謝話語呢。例如，「いただきます」（我要吃了；感謝賞賜）和「ごちそうさま」（謝謝招待；我吃飽了），就跟基督徒的飯前禱告一樣，都是因為對賜給我們食物的神表達感謝的習慣吧。（→參見第 293 回「寒暄 -6」）

　　「お陰様で」也是同樣道理。據說本來「陰」這個字間接表示「神」、「掌管人類的偉大者」。說不定會有人感到驚訝：咦，神不是「光」嗎？怎麼會是「陰」呢？但是在日文中會用相反的語詞來表示相反極端的事物。在日本，既有稱為「月の影は」（月之影）的讚美歌，也有稱為「星影のワルツ」（星影的華爾滋）的歌謠曲，只是這些「影」絕對不是指暗影，而是表示「月之光」和「星之光」的意思呢。還有，「竹取物語」中也把「光」寫成「かげ」。我們站在有光的地方，就會產生「影」（陰），這是因光的影響產生的。也就是說，因為我們是因神的影響而存在，因著「光」（神）的緣故而有了「影」（陰），以致產生了「光＝陰」的認知吧。

　　我們就是很難對從出生時起就一直擁有的東西，以及理所當然存在的東西心存感謝之念。我認為，「お陰様で」這個語彙出自日本人特有的宗教感觀，是為了讓我們不要忘記：我們並非光靠自己的力量來過活，而且是靠著某種力量來「讓我們得以生存」。至於「某種力量」到底是何物，日本人好像就沒注意到了。

第 10 部

挨拶

日本語

4. お礼を言う（1）「ありがとう」のバリエーション

　お礼と言えば、「ありがとう」ですね。しかし、「ありがとう」にはいろいろなバリエーションがあります。次のうち、丁寧なものから順番に並べてみてください。

① ありがとう　②どうもありがとう　③ありがとうございます
④どうもありがとうございます　⑤どうも

　ほとんどの方が、④③②①⑤という順序をつけたのではないかと思います。ところがさにあらず、実は、④③⑤②①なのです。

　「ございます」は上位者に対する時の敬意表現ですが、「どうも」は強調の副詞で敬意に関係はありません。「ありがとう」だけが感謝を表す言葉です。なのに、どうして感謝も敬意も表さない「どうも」が第3位を占めているのでしょうか。

　「どうも」は謝意を述べる時だけではなく、「どうもすみません」「どうも、ご無沙汰しております」「どうも恐れ入れます」など、相手に対して恐縮した時に使われます。また、日本人同士が出会った時に「やあ、どうも、どうも」と挨拶することがあります。つまり、相手に対してへりくだる気持を示すために時に使われます。

　「どうも」と聞いた瞬間、私たちは「何か足りないな。後に言葉が続くのだろう。」と予想します。そうなのです。実はこの後に「ありがとう」「ありがとうございます」などが省略されているのですが、状況によって私たちは省略されている言葉が何であるかを推測します。話者が上位者に対して述べたなら、「ありがとうございます」だろうし、同僚に述べたなら「ありがとう」だろう、と。だから、「どうも」は堂々第3位に輝くことができるのです。

寒暄 18

4. 致謝（1）「ありがとう」的變形

　　若說道謝，就想到「ありがとう」（謝謝）吧。但是，「ありがとう」卻有許多不同的形式。以下請各位按照恭敬程度的排序看看。

①ありがとう　②どうもありがとう　③ありがとうございます

④どうもありがとうございます　⑤どうも

　　我想幾乎所有的人會排成④③②①⑤的順序吧，但其實應該是④③⑤②①。

　　「ございます」是對長上表示敬意時所用，而「どうも」則是強調的副詞，與敬意無關。當中只有「ありがとう」的部分是表示感謝的話語。那麼，為何不表示感謝與敬意的「どうも」卻排在第三名呢？

　　「どうも」不僅用在表達謝意的時候，也用在「どうもすみません」（非常抱歉）、「どうも、ご無沙汰しております」（真是好久不見了）和「どうも恐れ入れます」（真是不好意思）等語句中，向對方表示惶恐、不好意思。此外，日本人相遇的時候，也會以「やあ、どうも、どうも」（嗨，你好，你好）來寒暄。也就是說，它有時可用於向對方表示謙恭。

　　聽到「どうも」瞬間，我們會預設「總覺得話沒有說完，接下來應該還有話要說吧。」正是如此。實際上，省略了其後的「ありがとう」、「ありがとうございます」等，我們會根據狀況推測被省略的話是什麼。如果說話者是對長上說話，那就是「ありがとうございます」；如果是對同事說話，則應是「ありがとう」。因此「どうも」才能夠堂堂佔第三名。

日本語

4. お礼を言う（2）「ありがとう」と「謝謝」

　「ありがとう」は中国語では「謝謝」ですね。しかし、「ありがとう」と「謝謝」はまったく同じ使われ方をするのでしょうか。

　中国語の使われ方を見てみましょう。

① タクシーに乗った時、「麻煩到台北火車站，<u>謝謝</u>。」と言います。

② 電話で人を呼び出す時、「請你叫〇〇先生，<u>謝謝</u>。」と言います。

③ 学生が先生に宿題を手渡す時、「這是我的習作，<u>謝謝</u>。」と言います。

④ 自己紹介の時、「我是〇〇〇，從台南來，現在在〇〇工作，<u>謝謝</u>。」と言います。

　これらのことを日本語で言う時、台湾人の皆さんは「ありがとうございます」と言います。実はこれらの「ありがとうございます」を聞くと、私はいつも「違うっ！」と叫びたくなるのを抑えています。①②③の場合は「お願いします」、④の場合は「よろしくお願いします」でしょう。

　つまり、こちらがお願いしたことを相手がまだ実行していない時は「ありがとう」とは言えないのです。（ずいぶん功利的だとは思いますが。）

　①の場合なら、タクシーに乗った時は「台北駅まで<u>お願いします</u>。」と言い、運転手が無事目的地に運んでくれた時に初めて「ありがとうございます」と言います。

　②の場合なら、最初に「すみませんが、〇〇さん、お願いします。」と言い、相手が「はい。少々お待ちください。」と言ったら初めて「ありがとうございます」と言います。

　③の場合なら、先生が学生の宿題を受け取り、後日先生がそれを添削して返してくれた時に初めて「ありがとうございます」と言います。

　④の場合は、「ありがとうございます」の出番はありません。

寒暄 19

4. 致謝（2）「ありがとう」和「謝謝」

　　「ありがとう」的中文是「謝謝」。只是，「ありがとう」和「謝謝」的使用方式完全相同嗎？

　　我們來瞧瞧中文「謝謝」的使用方式吧。

① 搭乘計程車的時候，會說：「麻煩到台北火車站，<u>謝謝</u>。」

② 打電話找人的時候，會說：「請你叫○○先生，<u>謝謝</u>。」

③ 學生繳交作業給老師的時候，會說：「這是我的習作，<u>謝謝</u>。」

④ 自我介紹的時候，會說：「我是○○○，從台南來，現在在○○工作，<u>謝謝</u>。」

　　用日文來說這些事情的時候，所有台灣人都會說：「ありがとうございます」。說實在的，我一聽到這些「ありがとうございます」，就會忍不住想大聲說：「錯了！」①②③的狀況應該說「お願いします」（拜託），而④的情況則是「よろしくお願いします」（請多多指教）吧。

　　換句話說，自己所拜託的事，對方尚未完成的時候，不能說「ありがとう」。（我是覺得這樣太過功利。）

　　若是①的情況，搭上計程車的時候要說：「台北駅まで<u>お願いします</u>。」（麻煩到台北火車站。），等司機安全把我們送到目的地的時候才說：「ありがとうございます」。

　　若是②的情況，一開始要說：「すみませんが、○○さん、お願いします。」（不好意思，請找○○さん，麻煩了。），等對方說：「はい。少々お待ちください。」（好的，請稍等。）之後才說：「ありがとうございます」。

　　若是③的情況，老師收取學生的作業，等改天老師修改完並還給學生的時候，才要說：「ありがとうございます」。

　　若是④的情況，則無需動用「ありがとうございます」。

日本語

4.お礼を言う（3）「ありがとう」と「すみません」

　外国人によく聞かれることですが、日本人は相手から恩恵を受けた時に、どうして「ありがとう」でなく「すみません」と言うのでしょう。自分が悪いことをしているわけでもないのに。どうして感謝と謝罪が一緒になるのでしょう。

　本来、感謝と謝罪は裏表の関係にあるのではないでしょうか。ＡがＢから恩恵を受けた場合、ＡはＢに恩義を感じて感謝をし、恩を返そうと努力します。反対に、ＡがＢに迷惑をかけた場合、ＡはＢに対して罪悪感を感じて謝罪し、何とか償いをしようと努力します。実は、この「恩返しをしようとする時の心の負担」と「償いをしようとする時の心の負担」は同質のものなのです。つまり、「恩義」も「罪悪感」も、どちらも自分が相手より道徳的に劣った立場にあることに対する「負い目」の感覚に端を発しています。ですから、「ありがとう」と「すみません」は同じ心理から出ている言葉と言えます。

　実際、相手が自分に恩義を与えることが、相手にとって負担になることがあります。例えば、あなたが友人にお金を借りた場合、あなたは相手に対して申し訳ないという気持と、感謝の気持を両方感じるでしょう。ですから、「ありがとう」と「すみません」に対する応答は、どちらに対しても「いいえ、どういたしまして。」になるのです。

寒暄 20

4. 致謝（3）「ありがとう」（謝謝）及「すみません」（對不起；不好意思）

　　經常被外國人問的，就是日本人從對方得到恩惠的時候，為何不說「ありがとう」（謝謝），而要說「すみません」（對不起）呢？明明自己又沒做什麼壞事。為何感謝和道歉會混為一談呢？

　　本來，感謝和道歉就是一體兩面不是嗎？A 從 B 得到恩惠的時候，A 向 B 感恩致謝，努力想報恩。相對地，A 給 B 添麻煩的時候，A 對 B 懷著罪惡感而謝罪，努力設法補償。實際上，「想報恩時的心理負擔」和「想補償時的心理負擔」是同樣性質的。也就是說，「恩情」也好，「罪惡感」也好，都是源於在道德上處於較對方劣勢的立場，進而產生「虧欠感」。因此，可以說，「ありがとう」和「すみません」都是出於同樣心理的語彙。

　　實際上，對方施恩予我，對對方而言，可能變成負擔。例如，你向友人借錢的時候，你對對方會同時懷有抱歉的心情以及感謝的心情吧。因此，對「ありがとう」及「すみません」的回答，都會是「いいえ、どういたしまして。」（哪裡，別客氣。）

日本語

4. お礼を言う（4）「ありがとう」の文法

　よくある質問に、「ありがとうございます」と「ありがとうございました」はどう違うのか、というのがあります。文法上のテンスの規則から言えば、「発話時点でまだ起こっていないことはスル形」「発話時点ですでに完了したことはシタ形」「発話時点で進行中のことはシテイル形」ということになります。

　では、「ありがとうございました」は、相手が何かをしてくれて、それがすっかり終わった時に言うのでしょうか。しかし、私たちは誰かからサプライズのプレゼントをもらった時、やはり「ありがとうございます」と言いますね。

　私は毎日学校で授業をします。授業が終わった時、私は「皆さん、さようなら。」と言います。その時、学生は「先生、ありがとうございました。」と言います。1年生の時から初級日本語の先生に、そう言うように教えられているからです。

　「ありがとうございました」は、相手に何かをしてもらって、別れる時に言うようです。つまり、「ありがとうございました」は「謝謝、再見。」、別れの挨拶の一種なのです。

　また、感謝の対象を特定する場合、例えば人に何かを教えてもらった時は「教えてくれて、ありがとう。」「教えてくださって、ありがとうございます。」と言いましょう。「×教えて、ありがとう。」ではありません。「教える」のは相手の動作で、「ありがとう」と感謝するのは自分の動作です。テ形の前項と後項は同じ動作主でなければいけないのですが、「×教えて、ありがとう。」では前項の動作主と後項の動作主が違ってしまうので、非文になるのです。「教えてくれて」なら自分の視点が入りますから、OK ですよ！

寒暄 21

4. 致謝（4）「ありがとう」（謝謝）的文法

　　經常有人疑問「ありがとうございます」（謝謝您）和「ありがとうございました」（謝謝您了）有何差別。若以文法上的時態規則來說，會有三種型態：「在發話時尚未發生的事用スル形」、「在發話時已經完成的事用シタ形」和「在發話時正在進行的事用シテイル形」。

　　那麼，「ありがとうございました」該是對方為我們做了某事，且那事已經完成的時候要說的話吧。可是，當我們從任何人那裡獲得驚喜的禮物時，還是會說「ありがとうございます」吧。

　　我每天去學校教書。上完課時，我說：「皆さん、さようなら。」（各位，再見。）那時，學生就會說：「先生、ありがとうございました。」（老師，謝謝您，再見。）這是因為他們一年級時，初級日文的老師就這麼教他們。

　　「ありがとうございました」是對方為我們做了某事，且要分別時說的話。也就是說，「ありがとうございました」是「謝謝，再見。」的意思，是一種道別的寒暄。

　　此外，有特定感謝對象的時候；例如，有人教了我們什麼時會說：「教えて<u>くれて</u>、ありがとう。」（謝謝你教我。）、「教えて<u>くださって</u>、ありがとうございます。」（謝謝您教我。）而不是說：「×教えて、ありがとう」。「教える」（教）是對方的動作，但說「ありがとう」這個感謝則是自己的動作。「テ形」句子的前項和後項必須是同一個動作主，但是「×教えて、ありがとう。」中，前後項的動作主不同，因此不合文法。若是「教えてくれて」的話，因為是以自己的觀點來看，所以就沒問題！

4. お礼を言う（5）お礼の習慣

　「先日はご馳走様でした。」「この間はありがとう。」「先だってはいろいろお世話になりました。」など、日本人は過去に受けた恩義に対して、いつまでもいつまでもお礼を言い続けます。

　以前、私は夏休みに台中の学生の実家に招かれて、泊まりに行ったことがありました。家の方たちは皆親切で、おいしい料理を作ってくれたり、台中を案内してくれたりしました。感激した私は、学生に「あなたのお父さんとお母さんの名前と、実家の住所を教えてちょうだい。台北に帰ったら、お礼状を書くから。」と言いました。そしたら学生は不思議そうな顔をして「どうしてそんなものを書くんですか。」と言うので、こちらがびっくりしました。「そんなことでいちいちお礼状を書く習慣は、台湾にはありません。」と言うのです。「じゃ、何かお礼の品をあげたいから、お母さんに届けて。」と言うと、「そんなことをする人はいません。」と来る。お世話になった人にお礼をするのは当然の礼儀なのに、なぜ台湾人は当然の礼儀をわかってくれないのだろうか、と思いました。

　でも、今になってわかったことですが、私のように一回一回恩義を返そうとするのは、親切を突っ返すようで却って失礼になるのかもしれません。日本人がこのように過去のことに何回もお礼を言うのは、恩知らずだと思われたくないからでしょう。また、一回一回恩義を返そうとするのは、借りを作ったまま、負い目を感じたままでいたくないので、一回一回借りを清算しようとするからでしょう。台湾人は、恩義と謝礼を「貸し‐借り」の関係で捉えているのでなく、自分に余裕のある時には他人に親切にするのが当たり前だ、と考えているのでしょうね。

寒暄 22

4. 致謝（5）致謝的習慣

　　如「先日はご馳走様でした。」（前幾天多謝您的款待）、「この間はありがとう。」（先前多謝您的幫忙）、「先だってはいろいろお世話になりました。」（先前受您諸多照顧，謝謝您）等，日本人對過去所接受的恩情，總是一直不斷地言謝。

　　以前暑假的時候，我曾受台中的一位學生邀請到他家過夜。他們全家人都很親切，煮了很多可口好吃的菜餚款待我，又帶我遊覽台中。我非常感激，就對那位學生說：「請告訴我你父母的名字以及老家的住址。我回到台北，想寫感謝函給他們。」學生一聽，露出不敢置信的神情說：「為何要寫感謝函呢？」我反而感到驚訝。他又說：「在台灣沒有為了這種事就一一寫感謝函的習慣。」我就說：「那麼，我想送些禮品，幫我轉交給令堂吧。」他回：「沒有人會做這種事。」我當時認為受人照顧回禮是應該的禮節，為何台灣人無法理解這種理所當然的禮節呢。

　　不過，我至今才明白，像我這樣一次次想回報恩情，也許像是在拒絕對方的好意，反而失禮。日本人這樣對過去的事一而再，再而三地道謝，應該是因為不想被認為忘恩負義吧。再者，想要報答每一次、每一次的恩情，大概是不想欠人情，而一直感到虧欠，所以才這樣想一次次算清虧欠吧。台灣人不把恩情與謝禮當作「借貸－虧欠」的關係，而是認為在自己寬裕、有餘的時候，向他人表達好意是理所當然的吧。

第
10
部

挨
拶

4. お礼を言う （6）お礼のバリエーション

　　お礼状や詫び状と言うように、お礼の言葉とお詫びの言葉はいろいろなバリエーションがあり、いくらでも長く引き伸ばすことができます。

　　まず、言葉で表せないくらいの感謝の気持ちを表す言葉。

「まことに、お礼の申し上げようもございません。」

「本当に、何とお礼を申し上げてよいやら。」

「このたびは、まことに……（深く頭を下げて、そのまま 3 ～ 5 秒）」

　　この「お礼」という語を「お詫び」に換えると、謝罪の表現になることに注意してください。感謝と謝罪はパターンが同じなのです。

　　次に、相手からの恩義の深さを強調する言葉。

「いくら感謝してもしきれません。」

「このご恩は一生忘れません。」

「お蔭様で、本当に助かりました。」

　　さらに、相手の徳の高さを褒め称える言葉。

「こんなにしてくださる方は、めったにいるものではございません。」

「あなたのような方に出会えて、私は本当に幸せ者です。」

「みんながあなたのような人だったら。」

　　まあ、これは一種のリップサービスではありますが……私だったら、こう言います。

「あなたのような方に出会えたことを、神様に感謝しなければなりません。」

寒暄 23

4. 致謝（6）表達謝意的不同形式

　　就如感謝函和道歉函，感謝和道歉的話語有各種不同形式，且延伸多長都可以。

　　首先，是表達無法言喻的感謝的心情：

「まことに、お礼の申し上げようもございません。」（我的感激實在溢於言表。）

「本当に、何とお礼を申し上げてよいやら。」（真的不知道怎麼感謝您才好。）

「このたびは、まことに……（深く頭を下げて、そのまま3～5秒）。」（這次實在是……[彎腰鞠躬，維持3～5秒]）

　　請注意，只要把「お礼」（致謝）這個語詞換成「お詫び」（致歉），就會是道歉的表現方式。感謝和致歉的表現模式相同。

　　其次是強調對方的深厚恩情：

「いくら感謝してもしきれません。」（不管怎麼感謝都謝不完。）

「このご恩は一生忘れません。」（您的恩情讓我一生難忘。）

「お蔭様で、本当に助かりました。」（多虧您幫了我大忙。）

　　再進一步，就是盛讚對方德高望重：

「こんなにしてくださる方は、めったにいるものではございません。」（像您這樣恩待我的人，實屬少見。）

「あなたのような方に出会えて、私は本当に幸せ者です。」（能與您這樣的人相見，我真是太幸運了。）

「みんながあなたのような人だったら。」（若大家都能像你這樣該多好。）

　　這也算是一種耍嘴皮子的應酬話啦……換作是我，我就會這麼說。

「あなたのような方に出会えたことを、神様に感謝しなければなりません。」（能與您這樣的人相見，真的要感謝神。）

日本語

5. 季節の挨拶（1）年末年始の挨拶

　新年の挨拶と言えば、皆さんご存知のように「明けましておめでとう（ございます）」「新年おめでとう（ございます）」ですね。これに「今年もよろしく（お願いします）」などと付け加えましょう。もちろん、喪中の人に対して「おめでとう」と言うのは禁句です。そのような方たちには「今年もよろしく」とだけ言いましょう。

　なるほど、日本も台湾もお正月を祝う気持は同じだ、と思ってしまいますね。ところが、日本と台湾では大きな違いがあるのです。台湾では暮れに人と別れる時、「新年快楽」とあいさつしますね。それで、毎年暮れになると、期末試験が終わった時などに学生に「先生、明けましておめでとうございます。」と挨拶されます。あ、違うんだけどな……日本では、まだお正月になっていない暮れの時には「おめでとう」とは言いません。「よいお年を（お迎えください）」です。何故でしょう。

　台湾では、お正月料理を大晦日の夜、つまり旧年と新年の境目に食べますが、日本では完全に新年になってから、1月1日の朝に食べます。また、台湾では年賀状を暮れから正月にかけて届けられますが、日本では郵便局の采配で年賀状は必ず1月1日以降に届けられます。さらに、台湾ではお正月の春聯は一年中貼ったままですが、日本のお正月の飾りの門松は、1月7日の夜に片づけなければなりません。

　つまり、台湾では旧年から新年へと超えていくことにお正月の意義があるようですが、日本では旧年と新年をはっきり分けてけじめをつけることに意義を感じているようです。これは、民族性の違いとしか言えませんね。

寒暄 24

5. 季節的寒暄（1）歲末年初的寒暄

　　若說到（過）新年的寒暄，就是如眾所知的「明けましておめでとう（ございます）」（新年到了，恭禧）或「新年おめでとう（ございます）」（新年恭禧）了。說完這話之後，再補上「今年もよろしく（お願いします）」（今年也請多多關照）等寒暄吧。當然，對服喪中的人忌諱說「おめでとう」（恭禧）。對服喪期間的人們，請只說「今年もよろしく」（今年也請多多關照）吧。

　　大家會以為，原來日本和台灣慶祝新年的心情上是一樣的啊。然而，在日本和台灣，在慶祝新年方面卻有很大的差異。在台灣，歲末和人道別時，會以「新年快樂」來寒暄吧。因此，每年一到歲末，期末考結束時，學生都會跟我寒暄說：「先生、明けましておめでとうございます。」（老師，新年快樂。）唉，其實這是不對的……在日本，在歲末還未到新年的時候，不說：「おめでとう」（新年恭禧），而是說：「よいお年を（お迎えください）」（祝您過個好年）為什麼如此呢？

　　在台灣，是在除夕夜，也就是在舊年與新年的分界時刻吃新年的年菜，但在日本卻是要完全變成新年之後，在1月1日的早上才吃。還有，在台灣，賀年卡是從歲末到新年之間送達，但日本在郵局的運作下，賀年卡一定在1月1日以後才會送達。此外，在台灣，新年的春聯一整年都貼著，但在日本，新年裝飾的門松，卻必須在1月7日夜晚撤走。

　　總之，在台灣，新年的意義在於從舊年橫跨到新年，但在日本，新年的意義在於清楚劃分新年與舊年，對舊年做個了結。這個只能說是民族性的差異吧。

日本語

5. 季節の挨拶（2）四季の挨拶

　　日本語で手紙を書く場合、冒頭に季節の挨拶を書くのが正式な書き方ですね。ちょっと四季の挨拶の例を紹介しましょう。

　1月「お正月の気分も去り、気の抜けた日常が戻ってきました。」

　2月「厳寒の候、皆様お変わりありませんか。」

　3月「水温む頃になりました。」

　4月「吹く風暖かく、桜の花も満開です。」

　5月「新緑も目に鮮やかな季節になりました。」

　6月「灰色の空のうっとうしい天気が続いています。」

　7月「花火の音が聞こえてくるこの頃です。」

　8月「暦の上ではもう秋ですが、まだまだ暑い日が続いています。」

　9月「残暑厳しい折、皆様お元気ですか。」

　10月「すがすがしい秋晴れの空が広がっています。」

　11月「朝晩、だいぶ冷え込むようになりました。」

　12月「師走を迎え、何となくあわただしいこの頃です。」

　　これは日本での挨拶ですが、台湾から手紙を出す場合はどのように書くでしょうか。

寒暄 25

5. 季節的寒暄（2）四季的寒暄

　　用日文寫信的時候，正規的寫信方法是在信的開頭寫些季節問候語。以下列舉一些四季的問候用語吧。

　1 月「お正月の気分も去り、気の抜けた日常が戻ってきました。」

　　　（新年歡樂的氣氛走了，無趣無勁的平常日回來了。）

　2 月「厳寒の候、皆様お変わりありませんか。」（嚴寒時節，大家一切都還好嗎？）

　3 月「水温む頃になりました。」（春江水暖的季節到了。）

　4 月「吹く風暖かく、桜の花も満開です。」（春風吹拂，櫻花盛開。）

　5 月「新緑も目に鮮やかな季節になりました。」（嫩葉鮮綠奪目的季節來了。）

　6 月「灰色の空のうっとうしい天気が続いています。」

　　　（灰暗天空、陰雨連綿的天氣持續不去。）

　7 月「花火の音が聞こえてくるこの頃です。」（漸聞煙火聲的時節。）

　8 月「暦の上ではもう秋ですが、まだまだ暑い日が続いています。」

　　　（曆已入秋，酷暑猶在。）

　9 月「残暑厳しい折、皆様お元気ですか。」（時值秋老虎發威之際，大家都好嗎？）

　10 月「すがすがしい秋晴れの空が広がっています。」（秋高氣爽，晴空萬里。）

　11 月「朝晩、だいぶ冷え込むようになりました。」（早晚已寒意甚濃了。）

　12 月「師走を迎え、何となくあわただしいこの頃です。」

　　　（年關將近時節，總覺得片刻不得閒。）

　　這是在日本的問候語，而從台灣寫信時又該如何寫這類問候語呢？

第
10
部

挨
拶

日本語

5. 季節の挨拶（**2**）四季の挨拶

　前回の四季の挨拶を、食べ物づくしのバリエーションで書いてみました。

　1 月「お餅を食べすぎて、ダイエットに励む毎日です。」

　2 月「寒い時は何といっても鍋ですね。」

　3 月「草餅、菱餅、桜餅。女の子に生まれてよかったと思う季節です。」

　4 月「桜の下で花見酒を一杯、の季節になりました。」

　5 月「目に青葉、山ホトトギス、初鰹。召し上がってますか？」

　6 月「梅雨冷えの夜は、屋台で焼き鳥に限りますね。」

　7 月「かき氷とソーメンの看板が気になるこの頃です。」

　8 月「うだるような暑さ、ピリッと辛いキムチとビールで夏バテ解消しましょ
　　　う。」

　9 月「天高く馬肥ゆる秋、フルーツの秋です。」

　10 月「ラーメンがおいしい季節ですね。」

　11 月「焼き芋が恋しい季節になりました。」

　12 月「忘年会続き、胃腸薬携帯で出勤する毎日です。」

　要するに、変わりゆく季節の中で相手のことを気にかけたり、相手との共感を求める気持ちが伝わってくればよいのです。皆さんもバリエーションを作ってみてください。

寒暄 26

5. 季節的寒暄（**2**）四季的寒暄

　　我試著把上一次的四季寒暄話，全都改成食物的版本。

1 月「お餅を食べすぎて、ダイエットに励む毎日です。」

　　　（這是年糕吃太多，每天得拚命節食的日子。）

2 月「寒い時は何といっても鍋ですね。」（寒冷時令，還是吃火鍋好呢。）

3 月「草餅、菱餅、桜餅。女の子に生まれてよかったと思う季節です。」

　　　（草餅、菱餅和櫻餅。這是樂於生為女孩的季節。）

4 月「桜の下で花見酒を一杯、の季節になりました。」

　　　（又到了在櫻樹下來一杯賞花酒的季節。）

5 月「目に青葉、山ホトトギス、初鰹。召し上がってますか？」

　　　（綠葉映滿目，杜鵑鳴山中。孟夏鮮鰹魚，君正品嘗否？）

6 月「梅雨冷えの夜は、屋台で焼き鳥に限りますね。」

　　　（梅雨驟冷之夜，就該吃路邊攤的烤雞肉串呢。）

7 月「かき氷とソーメンの看板が気になるこの頃です。」

　　　（這是讓人總留心刨冰和掛麵招牌的時節。）

8 月「うだるような暑さ、ピリッと辛いキムチとビールで夏バテ解消しましょ

　　　う。」（酷暑難耐，來個超辣的韓國泡菜和啤酒，消暑解熱吧。）

9 月「天高く馬肥ゆる秋、フルーツの秋です。」

　　　（這是秋高馬肥、水果豐收的秋日。）

10 月「ラーメンがおいしい季節ですね。」（這是拉麵好吃的季節呢。）

11 月「焼き芋が恋しい季節になりました。」（又到令人惦念烤地瓜的季節了。）

12 月「忘年会続き、胃腸薬携帯で出勤する毎日です。」

　　　（忘年會一攤接一攤，是每天得攜帶胃腸藥上班的日子。）

　　總之，只要在季節變化中，傳達關懷對方、尋求與對方共鳴的心情即可。請各位
也造一些不一樣的句子吧。

6. お祝いを言う（1）

　私たちは一年に何回、また一生のうちに何回お祝い事を迎えるでしょうか。毎年巡ってくる祝日としては、新年、中秋節、クリスマスなどがありますね。また、個人の人生の節目としては、試験合格、入学、卒業、結婚、出産、病気全快、退院、就職、昇進、退職、誕生日、年祝いなどがありますね。これらの祝辞の定番は「新年おめでとう」「結婚おめでとう」など、「○○おめでとう」という簡単なものです。祝辞とは、年中行事ならば寿ぎを共に喜ぶということですし、個人のことならば祝われる当人の吉事を一緒に喜ぶ気持ちを伝えるものですから、喜ぶ気持ちさえあれば言葉は形式的なものでもいいわけです。また、喜ぶ気持ちがない場合でも、「おめでとう」と言うだけで人間関係がスムースに保たれるわけです。

　まず、新年の挨拶からいきましょう。台湾では「恭喜新年」「萬事如意」などと言いますね。日本語でも「新年おめでとうございます」「今年もよい年でありますように」などと言います。たいていの祝辞は中国語も日本語も同じです。しかし、「恭喜発財」「財源滾滾」「招財進寶」「財源廣進」など、お金に関することは日本語の新年の挨拶には出てきません。これらは日本語に訳せば「今年も一生懸命お金を儲けましょう」ということになるではありませんか。清らかな新年にお金のことを論ずるのは卑しいことだと、どうしても感じてしまうのです。これは民族性の違いに由来することでしょうか。

　私がもらった年賀状の中で一番印象に残っているのは、大学院の時の教授からいただいた言葉です。その先生は自然を愛する方でした。「天気晴朗、雪峰高し」という詩のような言葉が書かれていました。新年の初雪に輝く高い山、誠にすがすがしい創作祝辞だと思いました。

寒暄 27

6. 祝賀（1）

　　我們每年應該會有多次、甚至一生中會有好幾次值得慶賀的事吧。每年都會來臨的節日，有新年、中秋節、聖誕節等。此外，個人人生的重要日子，則有考試及格、入學、畢業、結婚、小孩出生、生病痊癒、出院、就職、晉升、退休、誕辰日、祝壽等。這些節日常用的祝辭，就是「新年おめでとう」（新年恭禧）、「結婚おめでとう」（恭禧喜結良緣）等，「○○おめでとう」（恭禧○○）的簡單形式。在每年固定節日時表達共同慶賀，個人喜事則表達與受祝福的當事人一同喜悅的心情，因此只要帶著喜悅之心，祝辭僅是制式的用詞亦無妨。此外，即使沒有喜樂的心情，但只要說一句「おめでとう」（恭禧），就可以讓人際關係維持和諧。

　　就從新年的寒暄先談起吧。在台灣會說「恭禧新年」、「萬事如意」等祝辭。在日本同樣也會說「新年おめでとうございます」（新年恭禧）、「今年もよい年でありますように」（祝你今年也萬事如意）等。大多數的祝辭中文和日文皆同。但是，日文的新年寒暄不會出現像「恭禧發財」、「財源滾滾」、「招財進寶」、「財源廣進」等與金錢有關的祝辭。這些寒暄若譯成日語，不就變成有「今年も一生懸命お金を儲けましょう」（今年也來拚命發大財吧）了嗎？在清新的新年就談及金錢，總覺得俗不可耐。這也是源自民族性的不同吧。

　　我所接到的賀年卡當中讓我印象最深的，就是一位研究所時的教授給我的祝辭。那位老師是一位喜愛大自然的人，寫出了「天気晴朗、雪峰高し」（天氣晴朗，雪峰高聳）這樣如詩祝辭。我認為「新年初雪輝映之高山」的祝辭，確實是令人神清氣爽的創作祝辭。

第 **315** 回 挨拶 **28**

6. お祝いを言う（**2**）

　年賀状に書かれる新年の挨拶に「新春のお喜びを申し上げます」というのがあります。しかし、1月がなぜ「春」なのでしょうか。こんなに寒いのに。春は3月から来るんじゃないの？

　これは、新暦と旧暦の矛盾から来ています。俳句の世界では旧暦の暦に従って、1、2、3月が春、4、5、6月が夏、7、8、9月が秋、10、11、12月が冬とされています。ですから、お正月は「新春」と言われるのです。正月を旧暦で祝う方が、はるかに季節に対して正直なのです。

　日本は明治以前は太陰暦で生活していましたが、明治維新が起こってから太陰暦は捨てられ、生活のサイクルはすべて太陽暦に切り替えられました。しかし、太陰暦の行事が一部残っています。例えば端午節はもともと旧暦の5月5日に、七夕の祭りはもともと旧暦の7月7日に、重陽節はもともと旧暦の9月9日に祝われていたし、立秋はもともと旧暦の8月8日でした。ところが現在では、これらの旧暦の行事を新暦の日付けで祝っています。だから、本来秋の始まりとされる「立秋」も真夏日照りつける新暦の8月8日とされているし、中秋節も全然月の丸くない新暦の8月15日とされていますが、新暦で生きている現代人の季節感覚とはまったくずれているのです。

　中秋節には、台湾人は「中秋節快楽」と言いますね。それは、太陰暦に基づく生活をしていた時代の名残であろうと思われますが、日本人はどのように挨拶を返してよいのかわかりません。あえて言えば「中秋節おめでとうございます」でしょうが、なぜ中秋節がおめでたいのかわからないのです。また、日本では新暦の正月を祝うけど、台湾では新暦の正月は新暦で祝う国につきあって祝う程度で、元日が休みになるだけで、旧暦の正月の方を盛大に祝いますね。これも、中秋節や端午節と同様に、太陰暦で生活していた時の名残でしょうか。

　これは旧暦の行事を新暦で祝う日本の行事制定の行政がおかしいのです。ですから、台湾人の皆さん、「中秋節快楽」と言って日本人が挨拶を返さなくても、怒らないでくださいね。

寒暄 28

6. 祝賀（2）

　　寫在賀年卡上的新年寒暄話語中，有「新春のお喜びを申し上げます」（祝你新春快樂）這樣的語句。只是，1月份還那麼寒冷，怎麼會說「春」呢？春天不是從3月才開始嗎？

　　這是因為新曆與舊曆之間的不一致所造成。俳句的世界是按照舊曆的曆法，將1、2、3月定為春季，4、5、6月為夏季，7、8、9月為秋季，以及10、11、12月為冬季。因此，正月被稱為「新春」。以舊曆來慶祝正月，就季節來說更正當得多了。

　　日本明治以前是根據太陰曆（舊曆、陰曆或農曆）來行事過日，但從明治維新以後，就捨棄太陰曆，生活周期全部改依照太陽曆（新曆或陽曆）。但是，太陰曆的部分節日還保留著。例如，端午節原來是舊曆的5月5日，七夕祭典原是舊曆的7月7日，重陽節原是舊曆的9月9日，立秋原是舊曆的8月8日。但是，現在這些舊曆的節日，則是依新曆的日期來慶祝。因此，本該是秋季初始的「立秋」也變為盛夏日照熾熱的新曆8月8日，而中秋節則改為月亮完全不圓的新曆8月15日，因此按照新曆過生活的現代人，對季節的感覺完全失焦了。

　　過中秋節時，台灣人會說「中秋節快樂」吧。一般認為這是根據陰曆過日子的時代留下的遺俗，但是日本人可不曉得該如何回禮好。硬要用日文來說的話，該是「中秋節おめでとうございます」（中秋節恭禧）吧，但並不曉得為何中秋節值得慶賀。還有，在日本慶祝新曆的正月，但在台灣，新曆正月不過像是陪其他慶祝新曆過年國家一起慶祝的程度，只休元旦一日，而舊曆的正月則大肆慶祝呢。這跟中秋節和端午節一樣，應該都是根據太陰曆過生活的時代留下的遺俗吧。

　　這都要怪日本制定節日的行政單位不對，竟將舊曆節日以新曆日期慶祝。因此，各位台灣人，當你們說「中秋節快樂」時，若是日本人沒有回禮，請不要生氣哦。

日本語

6. お祝いを言う（3）

　　話が「お祝いの挨拶」からずれましたので、元にもどしましょう。

　　人の吉事を共に喜ぶ言葉として、「よかったですね」「よかったね」というのがあります。例えば、子供が親戚の人にお年玉をもらって「お母さん、おじさんからいっぱいお年玉、もらっちゃった。」と言った時、母親は「まあ、よかったわね。」と言うでしょう。私が大学に合格した時も、父が満面の笑みを浮かべて「妙子ちゃん、よかったね。」と言ってくれました。

　　「よかったね」は「おめでとう」とは少し違って、本人の実力だけでなく、幸運にも恵まれて何かが成就した時に言うようです。例えば、お正月や誕生日は特に幸運に恵まれていなくても毎年必ず巡ってくるものですから「よかったね」とは言えません。これに対して、試験合格とか手術が成功した時などは、失敗の可能性もあったわけですから、「よかった（です）ね」と言うことが祝いの言葉になります。（ですから、人の結婚式の時に「よかったですね」と言うのは、たいそう失礼なことになりますね。）

　　しかし、「よかったね」と言う時には、発音に注意してください。「よかった」の「か」も「た」も子音が破裂音なので、促音の位置を間違えて「よっかたね」と言ってしまう人がいます。私が以前退職記念講演をした時、ある台湾人の友人に「記念講演にたくさんの学生が来てくれて、うれしかった。」とメールで報告しました。そうしたらその友人は「よっかたね。」と書いて来たので、「『よっかたね』じゃなくて『よかったね』だよ。促音の位置が違う。」と訂正のメールを送ったところ、返信に「わっかた」と書いて来たので、私は絶句しました。

寒暄 29

中文

6. 祝賀（3）

上次的話題把「祝賀的寒暄」扯遠了，還是回到正題吧。

表達對他人的喜事有共同喜樂的話語有：「よかったですね」（太好了；敬體）、「よかったね」（太好了；常體）等。例如，小孩從親戚得到壓歲錢而跟母親說「お母さん、おじさんからいっぱいお年玉、もらっちゃった。」（媽媽，我從叔叔那裏得到了好多壓歲錢。）的時候，媽媽就會說「まあ、よかったわね。」（啊，太好了呢。）我考上大學時，父親滿面笑容地跟我說「妙子ちゃん、よかったね。」（妙子啊，太棒了呢。）

「よかったね」和「おめでとう」（恭禧）有些不同，這句話用在不只靠本人的努力，還受到幸運眷顧而達成某事時。例如，新年和生日即使沒有特別受幸運眷顧，也每年都會循環來到，因此不能說「よかったね」。相對地，考試及格或手術成功等時候，因為也有可能失敗，故「よかった（です）ね」才會變成有祝賀含意的話語。（因此，在他人舉行結婚典禮的時候說「よかったですね」，就會變成很失禮的事了。）

但是，當你說「よかったね」的時候，可要注意發音。「よかった」的「か」和「た」的子音（k、t）因為都是塞音，因此就有人弄錯促音的位置，說成「よっかたね」。我以前發表退休紀念演講的時候，曾寫電子郵件給一位台灣友人說：「記念講演にたくさんの学生が来てくれて、うれしかった。」（發表紀念演講時，有許多學生願意來參加，我好高興。），那位友人就回信說：「よっかたね」，於是我又去函訂正說：「不是『よっかたね』，是『よかったね』喔。促音的位置錯了。」而他竟然回信寫說：「わっかた」，我頓時啞然。

日本語

7. 人を慰める（1）労をねぎらう

　誰かが一生懸命頑張って何かをした時、私たちは思わずねぎらいの言葉をかけたくなりますね。例えば、会社の同僚が出張から帰った時、友達が試験を受けて帰ってきた時、郵便配達夫が郵便を届けてくれた時、何も言わないのはかわいそうですね。

　こういう場合、目上の人に対しては「お疲れ様」、目下や同等の人に対しては「ご苦労様」と言うのが常識だとされています。つまり、目上の人に対して「ご苦労様」と言ってはいけない、というの暗黙の了解があるようです。

　しかし、ちょっと待ってください。目上の人に対しては「お疲れ様」、目下や同等の人に対しては「ご苦労様」と言うのは、誰が決めたことでしょうか。また、どうしてそのように決められたのでしょうか。それは形式だけのことです。私は、目上の人に対して、どうしても「ご苦労様です」と言いたくなる時があるのです。「お疲れ様です」と言うのは「こんなに大変なことをして、あなたはさぞ疲れていることでしょう。」という意味ですから、相手が何かをし終わった時に言う言葉ではないでしょうか。これに対して「ご苦労様です」は「こんな大変なことをして、あなたは苦労していますね。」という意味ですから、現在格闘している人にも言える言葉ではないでしょうか。例えば、アメリカの大統領がロシアとの交渉が難航して呻吟している時「お疲れ様です」と言えるでしょうか。私なら「ご苦労様です」としか言えません。

　第二次世界大戦中、日本の男は戦地に行き、女は銃後で国を守っていました。戦争が終わって男が日本に引き揚げてきた時、女は疲れ果てて帰ってきた男たちを迎えて「ご苦労様でした」と言ったのです。「ご苦労様」は、自分たちのために相手が苦労している時にねぎらう言葉、というニュアンスがありますが、「お疲れ様」は自分に関係ないことで相手が苦労している時にねぎらう言葉、というニュアンスが感じられます。国のために、自分たちのために戦地に行って戦って疲弊して帰ってきた兵士たちに対して苦労をねぎらう言葉は、「ご苦労様でした」以外にないのではないでしょうか。

寒暄 30

7. 安慰人的寒暄（1）慰勞別人的辛勞

　　當有人孜孜矻矻做事的時候，我們就會不禁想說些慰勞的話吧。例如，公司的同事出差回來的時候、朋友去考試回來的時候、郵差來投遞信件的時候，若什麼都不說，未免也太可憐了吧。

　　在這種場合，一般常識認為對長輩要說：「お疲れ様」（您辛苦了），對晚輩或同輩的人則說：「ご苦労様」（辛苦了）。也就是說，大家好像有對上司有不能說「ご苦労様」的默契。

　　但是，且慢。對長輩說「お疲れ様」，對晚輩或同輩卻說「ご苦労様」，這是誰決定的事呢？又為何會這麼決定呢？其實這只是形式上的問題。我有時無論如何也想對長輩說「ご苦労様です」。因為「お疲れ様です」這句話是帶有「做那麼艱鉅的事，想必你很疲憊吧。」的意思，因此應該是當對方完成某事時說的話不是嗎？而與此相對，「ご苦労様です」這句話則帶有「做那麼艱鉅的事，你現在很操勞吧。」的含意，因此我想應該也是能對現在正努力奮鬥的人說的話。例如，美國總統因為和俄羅斯交涉滯礙難行而愁苦的時候，可以說「お疲れ様です」吧。但我的話，只會說「ご苦労様です」。

　　第二次世界大戰時，日本的男丁上戰場，婦女則在後方守衛家園。戰爭結束，男人撤回日本的時候，女人們就是說：「ご苦労様でした」來迎接疲憊歸來的男人們。「ご苦労様」感覺帶著「慰勞對方為了我們付出辛勞」的含義，而「お疲れ様」則讓人感覺帶著「慰勞對方為與我們無關的事付出辛勞」的含義。士兵們為國家和我們上戰場作戰而疲憊歸來，我想，最適合慰勞他們的語彙，就非「ご苦労様でした」莫屬了吧。

日本語

7. 人を慰める（2）相手の不幸を慰める

　友だちが思わぬ不幸に見舞われた時、例えば友達が試験に落ちた時、友達のお母さんが急病で入院した時、友達の息子がいじめに遭っている時、友達が交通事故に遭った時、何と言って慰めたらいいでしょうか。

　定番の言葉は「残念でしたね」「それはいけませんね」「困りましたね」「お気の毒に」等です。友達が試験に落ちた時は「残念でしたね」、友達のお母さんが急病で入院した時は「それはいけませんね」、友達の息子がいじめに遭っている時は「困りましたね」、友達が交通事故に遭った時は「お気の毒に」でしょう。

　しかし、これらの言葉を間違って使ってはいけません。人の幸福というのはだいたい同じものですが、人の不幸は千差万別だからです。私は数年前、交通事故に遭って右手を脱臼しました。右手に包帯を巻いて肩から吊るしている私を見て、学生が慰めの言葉をかけてきました。

「先生、どうしたんですか。」

「ちょっと交通事故に遭って、脱臼しちゃった。」

「そうですか。残念ですね。」

　これを聞いて私は唖然としました。「残念ですね」は中国語で言えば「遺憾地很」ですね。何かにチャレンジして失敗した時の慰めの言葉です。ですから、試験に落ちた時などは「残念ですね」でいいのですが、交通事故に遭った時に「残念ですね」と言われたら、まるで私が交通事故で死ななくて残念だ、と言っているみたいじゃないですか！

　その学生は知人が不本意な目に遭った時には「残念ですね」と言えばいいのだ、と思っていたのでしょう。慰めの言葉とは、相手の苦境を自分も分かち合う、という気持で言えばいいことなのですが、言葉だけで対応しようとするととんでもないことになる、ということです。

寒暄 31

7. 安慰人的寒暄（2）安慰對方的不幸

　　朋友遭受意外的不幸時，例如當朋友考試落第時、朋友的母親因急症入院時、朋友的兒子遭受霸凌時，還有朋友遇到交通意外時，該如何出言安慰才好呢？

　　常用的安慰話就是「残念でしたね」（好可惜、很難過、真不幸）、「それはいけませんね」（那真是不幸啊、糟糕啊）、「困りましたね」（為難了、太糟了）或「お気の毒に」（好可憐、遺憾啊）等。而朋友考試落第時，說「残念でしたね」；朋友的母親因病入院時，說「それはいけませんね」；朋友遭遇交通事故時，則說「お気の毒に」吧。

　　但是，這些話語可不能亂用。人的幸福大抵都相同，但人的不幸則千差萬別。我數年前遭逢交通事故，右手脫臼。學生看到我的右手包纏著繃帶從肩膀垂吊著，就出言慰問我。

「先生、どうしたんですか。」（老師，您怎麼了？）

「ちょっと交通事故に遭って、脱臼しちゃった。」（遇上了點交通事故，脫臼了。）

「そうですか。残念ですね。」（是嗎？深感遺憾。）

　　我聽到他這麼說，啞然無語。「残念ですね」用中文來說，就是「遺憾得很（深感遺憾）」吧。這是安慰人挑戰某事而失敗時說的。因此，考試落第這類事件是可以用「残念ですね」，但是遭遇交通事故時卻聽到「残念ですね」，豈不像是在說，我沒因交通事故而死，讓他深感遺憾嗎！

　　那位學生大概是以為在熟人遭逢意外時，說「残念ですね」便好吧。慰問的話語，只要懷著自己也共同分擔對方苦處的心情說即可，但只用言語應付的話，就可能大事不妙。

7. 人を慰める（2）相手の不幸を慰める

　前回のことをまとめます。「困りましたね」は相手が難問に出遭った時、「大変ですね」は相手が難問と格闘している時、「残念ですね」は格闘の結果が思わしくない時の挨拶です。

A「吉田先生の『日本語会話』の科目、落ちそうなんです。」

B「それは困りましたね。」

A「それで、今、必死で吉田先生にお願いしているんです。」

B「それは大変ですね。」

A「吉田先生の科目、やはり落ちてしまいました。」

B「それは残念ですね。」

　それぞれ、相手の苦境の段階に適合したあいづちですね。

7. 人を慰める－（3）相手の精神的・肉体的辛労を慰める

　例えば、あなたのお友達が病気のお母さんの介護で疲れている場合、何と言って慰めたらいいでしょうか。「ご苦労様」「お疲れ様」では、いかにも形式的でそっけない感じですね。こんな場合は、もっと心のこもった言葉がほしいですね。定番の言葉は、「大変ですね」「それはお疲れでしょう」でしょう。でも、それよりは相手の愚痴を聞いてあげることでしょうね。何も言わないで相手の話を聞く、というのが最高の挨拶であることもあるのです。

7. 人を慰める－（4）激励する

　友達が明日試験で徹夜して頑張っている時の挨拶は、ただ「頑張ってね！」、それだけでしょう。しかし、2011 年の東日本大震災の時は、被災地の人々に「頑張らないでいいよ！」という声援が飛びました。状況を変えようとして無理をして頑張って、自分の体を壊してしまうことを心配したからでしょう。個人の努力だけではどうにもならないことは、あまり頑張らないで自分を大切にした方がいいですね。でも、やはり私は「頑張って」と言いたいです。頑張って生き抜いてほしいと思います。

寒暄 32

7. 安慰人的寒暄（2）安慰對方的不幸

　　以下再統整一次上回所說的寒暄。「困りましたね」是當對方遇到難關時；「大変ですね」是對方與難關奮鬥時；「残念ですね」是當對方奮鬥的結果不符所望時所用。

A「吉田先生の『日本語会話』の科目、落ちそうなんです。」

　　（吉田老師的『日語會話』科目，我可能過不了。）

B「それは困りましたね。」（那真傷腦筋啊。）

A「それで、今、必死で吉田先生にお願いしているんです。」

　　（所以我正拚命拜託吉田老師。）

B「それは大変ですね。」（那還真辛苦。）

A「吉田先生の科目、やはり落ちてしまいました。」

　　（吉田老師那科我果然還是沒過。）

B「それは残念ですね。」（那真可惜啊。）

　　要分別配合對方所處苦難的階段，做出適當的回應。

7. 安慰人的寒暄－（3）安慰對方精神上與肉體上的辛勞

　　例如，你的朋友因為照護生病的母親而疲憊的時候，你該如何出言安慰才好呢？說「ご苦労様」或「お疲れ様」的話，委實讓人有流於形式及冷漠的感覺。這種情況，人會希望更真心誠意的安慰話語吧。這時常用的安慰話語是「大変ですね」（真是辛苦你了啊）和「それはお疲れでしょう」（你一定累壞了吧）。不過與其說這些，還不如聽對方訴苦吧。有時聽對方訴說，才是最好的慰問。

7. 安慰人的寒暄－（4）鼓勵

　　當朋友因為明日考試而徹夜苦讀時，一般只會問候說「頑張ってね！」（要加油啊！）但是，2011 年的東日本大震災的時候，紛紛聽到對受災地的人們聲援道「頑張らないでいいよ！」（不加油、努力也沒關係！）這是因為擔心他們想要改變現狀而勉強硬撐，以致弄壞自己的身體吧。只靠個人努力無論如何也辦不到的事，就別硬撐，還是保重自己好。但是，我仍然會想說「頑張って」（加油）。我希望他們能努力生存下去。

第
10
部

挨
拶

8. 謝罪（1）謝罪の言葉

　謝罪と言うのも難しいものです。「すみません」だけでは謝っていることにならない場合もあるし……でも、ひとまず謝罪の決まり文句から考えてみましょう。

　謝罪の挨拶言葉「すみません」と「ごめんなさい」は、どう違うでしょうか。まず、私だったら自分が悪いことをした時に、学生に対しては「ごめんなさい」と言いますが、「すみません」とは言いません。目上の人に対してか、改まった場合にしか「すみません」は言いません。また、小学生くらいの子供が悪いことをした時には、親や教師に対しては「ごめんなさい」でしょう。つまり「ごめんなさい」は「甘えが許される関係」の中で使われる言葉で、「すみません」は大人の言葉と言っていいかもしれません。

　もともと「ごめんなさい」は「御免蒙る」というところからきており、人に自分の話を聞かせたい時など、相手にちょっとした手間を取らせることについての許しを乞う言葉で、「失礼します」「お邪魔します」と同義です。ですから、人の家に入る時には「ごめんください」と言いますね。場合によっては、他人の家に入る時にも「ごめんなさい」と言う人がいます。

　これに対して「すみません」は、「気が済まない」「事がまだ済んでいない、終わっていない」という原義で、もっと深刻な過ちを犯した場合に使います。前にも述べましたが、自分が相手より道徳的に下の立場にいると認識した時の挨拶は、「すみません」を言います。つまり、「ごめんなさい」と違って、甘えが許されない関係での謝罪の言葉です。

　では、クリスチャンが神様に謝る時はどちらを使うでしょうか。「ごめんなさい」が多いのではないかと思います。信徒と神様は家族のような関係ですから。

寒暄 33

8. 致歉（1）致歉的話語

向人道歉也很不容易。畢竟有時光說「すみません」（不好意思）」根本算不上道歉……不過，還是先從道歉的常用語來思考吧。

道歉的寒暄用語「すみません」及「ごめんなさい」（對不起）有什麼差異呢？先說，如果是我自己做錯時，會對學生說「ごめんなさい」，而不會說「すみません」。只有在對長上或正式場合才說「すみません」。此外，小學生左右的孩子做錯的時候，應該會對雙親或老師說「ごめんなさい」吧。意即，或許我們可以說「ごめんなさい」是在「可撒嬌使性子的關係」下用的話語，而「すみません」則是大人的話語。

「ごめんなさい」原本來自於「御免蒙る」（請寬容；請恩准）這句話，是用於想使人傾聽自己的話等情況時，因為麻煩了對方而請求寬恕的用語，和「失礼します」（失禮了）及「お邪魔します」（打擾了）同義。因此，在進入別人家裡的時候，要說「ごめんください」（失禮了）。但在某些場合，也有人在進入人家裡的時候說「ごめんなさい」。

相對地，「すみません」因為有「気が済まない」（過意不去）和「事がまだ済んでいない、終わっていない」（事情尚未完成、還未終了）等原意，因此用於犯了更嚴重過失的場合。先前也曾談到，認知自己在道德面立場劣於對方時，會用「すみません」寒暄。換言之，「すみません」和「ごめんなさい」不同，是用於雙方關係不允許撒嬌時的語彙。

那麼，當基督徒向上帝謝罪的時候該用哪句呢？我想應當是「ごめんなさい」較多，因為信徒和上帝的關係就像家人一樣。

第10部

挨拶

日本語

8. 謝罪（2）謝罪の形

　日本人はやたらに「すみません」を言う民族だと言われます。西欧では交通事故などがあった場合、謝罪をした方が道徳的に悪いと認めたことになり、賠償金の額にも関わってくるというので、めったなことでは「すみません」を言わないそうです。私に言わせれば、日本人がやたらに「すみません」を言うのは、謙虚な気持ちで、まず自分の非を認めるからだと思うのですが……逆に言えば、日本人は「すみません」と言いさえすれば許してもらえるという安易な気持ちがあるのかもしれません。

　「すみません」よりもっと丁重な詫びの言葉に「申し訳ありません」があります。これは「言い訳をすることができないほど悪いことをしてしまった」ということですね。

　では、いくら謝っても取り返しのつかない、償えない過ちを犯してしまった場合、どうするのでしょうか。昔だったら「死んでお詫びをする」と言って、切腹したりもしました。森鷗外の小説（だったと思いますが）に、明治天皇を乗せた電車を停める時、運転手が誤って十センチほど前に停車してしまい、停車位置を調整する時に車体にガタンと振動を与えてしまって天皇に不愉快な思いをさせた、というだけで、その運転手は一家心中してお詫びした、という史実が書いてありました。つまり、償えない過ちを犯してしまった場合は、自分にとってかけがえのない命を（場合によっては家族の命も）差し出すという思想があるわけです。現代では、大衆に迷惑をかけた人は辞職とか減俸など、自分の生活を圧迫する、つまり命を差し出すまでいかないけれども、命を縮めるような罰を受けますが、これも命を差し出すという発想の延長でしょう。

　しかし、そんなことをしても、過ちを償うことができるのでしょうか。本当に謝罪の気持ちを表すのは、言葉で「すみません」と言うだけもでなく、また命を差し出すことでもなく、神の前で悔い改めることだと思うのですが……

寒暄 34

8. 致歉（2）致歉的形式

　　一般認為日本是過於把「すみません」掛在嘴邊的民族。據說在西歐國家發生了交通事故時，道歉的那一方等於承認了自己在道德上的過失，且會關係到賠償金，因此好像鮮少說「すみません」。若讓我來說的話，我認為，日本人會常把「すみません」掛嘴邊，是因為抱持謙虛的心懷，想先承認是自己的過失所致……反過來說，日本人也許有著只要說「すみません」就能得到原諒的輕率想法吧。

　　比「すみません」，更鄭重的道歉話語有「申し訳ありません」。這意思是「做了不容辯解的惡事」。

　　那麼，犯下了再怎麼道歉也無法挽救、彌補的過失時，又該如何呢？若在往昔，可能會說出「死んでお詫びをする」（我以死謝罪）然後切腹。森鷗外的小說（若我沒記錯的話）中，有記載一件史實，說在停下明治天皇搭乘的電車時，因為駕駛員失手把電車停在預定位置的 10 公分前，在調整停車位置的時候造成車體突然震動，使天皇感到不快，僅因為如此，那位駕駛員一家人便以集體自殺來謝罪。也就是說，過去有著犯了無法彌補的過失時，就要獻出對自身而言無可取代的寶貴生命（有時連家人的性命也要獻出）的想法。在現代，給大眾添麻煩的人，會以辭職或減薪等方式來壓迫自己的生活，也就是雖不至於要獻出生命，但接受縮短生命般的懲罰，這應該也算是獻出生命這種想法的延伸吧。

　　但是，即使那樣做，真能抵償過失嗎？我認為，真要表達謝罪的心意，既不是只用言語說出「すみません」，也不是獻出生命，而是要在神的面前認罪悔改才對……

日本語

9. 紹介の時の挨拶（1）自己紹介

自己紹介の挨拶というのは、初級日本語の第1課で出てきますから、ここでお話しする必要もないかと思います。何かのグループに初めて参加して自己紹介をする時はの定番は、「初めまして。（初次見面）」「（私は）○○と申します。（我叫○○）」「（私は）○○から来ました。（我是従○○来的）」「どうぞよろしくお願いします。（請多多指教）」などですね。

この時に注意してほしいことが二、三あります。

第一に、「どうぞよろしくお願いします」と言うべきところを、「ありがとうございます」とやってしまう人がいることです。中国語では自己紹介の挨拶の締め括りの言葉は「謝謝」ですが、以前も述べたように、日本語では「ありがとう」は人から恩恵を受けた時にしか言いません。

第二に、英語や中国語では「我叫〜」とか「我是〜」とか、いちいち主語の「我」を言いますが、日本語で自己紹介をする時はなるべく「私は」を言わないことです。「ハとガ」のテーマの時に述べましたが、ハはテーマを表す時に使います。自己紹介の時は「私」がテーマに決まっているのですから、いちいち「私は」と言うと、何回もテーマを確認しているようでうるさいし、その上、自己中心の人のような印象を与えてしまいます。

第三、初対面の人と話す場合には「（私は）○○です。（我是○○）」でなく「（私は）○○と申します。（我叫○○）」と言うのは中国語も日本語も同じですが、もう何回も会っている人に電話をかける時にも「もしもし、○○と申しますが」と言っている人を、時々見かけます。「申します」が敬語であることに囚われて、「申します」と言う方が丁寧だと思っているのでしょうね。

寒暄 35

9. 介紹時的寒暄（1）自我介紹

自我介紹的寒暄在初級日本語的第一課就會出現，我想就沒有必要在此多談。第一次參加某些團體做自我介紹時的常用寒暄話語就是：「初めまして。」（初次見面。）、「（私は）○○と申します。」（我叫○○。）、「（私は）○○から来ました。」（我是從○○來的。）和「どうぞよろしくお願いします。」（請多多指教。）等。

這時候有兩、三點希望大家注意。

第一件，就是有人會在應該用「どうぞよろしくお願いします」（請多多指教）來結束寒暄的時候，用「ありがとうございます」（謝謝）。中文自我介紹的寒暄的結尾話語是「謝謝」，但如先前所述，日文的「ありがとう」（謝謝）只用在受人恩惠的時候。

第二，是英文或中文每句話都會用主語的「我」來說「我名叫～」或「我是～」，但用日文自我介紹時卻盡量不說「私は」（我）。這件事已於「は與が」的單元提過，「は」用於表示主題。自我介紹的時候主題當然就是「私」（我），因此每句都提「私は」，就會好像要一再確認主題一樣令人心煩，甚至會給人自我為中心的印象。

第三，是和初次見面的人說話時，中文和日文皆同，會說「（私は）○○と申します。」（我叫某某。），而不會說「（私は）○○です。」（我是某某。），但會聽到有人打電話給已經見過好幾次的人，卻還在說「もしもし、○○と申しますが」（喂，我叫某某）。大概是因為受到「申します」（叫作；稱為）是敬語拘束，以為說「申します」比較有禮貌吧。

9. 紹介の時の挨拶（2）人を紹介する

あなたがあなたの友達を先生に紹介する場合、先にどちらをどちらに紹介しますか。「○○先生、こちらは△△さんです。」と、先に先生に友達を紹介しますか。それとも「△△さん、こちらは○○先生です。」と、先に友達に先生を紹介しますか。台湾では先に「△△さん、こちらは……」とやるのが礼儀正しいようですが、日本人の先生に紹介する時は先に「○○先生、こちらは……」とやってください。つまり、目上の人に先に声をかけ、目上の人に先に情報を与えるのです。

次に、紹介された相手についての知識を披露することも、コミュニケーションを強めるコツです。もし、紹介された人が著名な人だったり、噂を聞いたことのある人だったら、中国語では「久仰久仰」と言いますね。これは日本語では「ご高名はかねがね（伺っております）」「お噂はかねがね（伺っております）」です。

自分の息子の先生に会った時、普通、親は先生に対して「息子がいつもお世話になっております」と言いますね。また、自分の先生の奥さんに会った時などは、「先生にはいつもお世話になっております。」と言います。「息子が」「先生には」ですよ！ 助詞を間違えちゃダメですよ。

余談ですが、この「お世話になっております」という挨拶は、ビジネス会話では非常に重要です。ビジネスマンが取引先の会社に電話をかける時、「もしもし、○○会社さんですか。（相手の会社名にも「さん」をつける）」と、相手の会社を確認してから、次に「お世話になっております」「お世話様でございます」などと言います。たとえお世話になっていなくても。この習慣は台湾やアメリカにはないようですが、日本では一種のビジネスマナーなので、ご留意ください。

寒暄 36

中文

9. 介紹時的寒暄（2）介紹他人

　　當你要向老師介紹你朋友的時候，會先向誰介紹誰呢？是會先向老師介紹朋友說：「○○先生、こちらは△△さんです。」（○○老師，這位是△△先生／小姐。）呢？還是先向朋友介紹老師說：「△△さん、こちらは○○先生です。」（△△先生／小姐，這位是○○老師。）呢？在台灣好像是要先說「△△さん、こちらは……」（△△先生／小姐，這位是……）才禮貌，但若要介紹給日本人的老師時，請先說「○○先生、こちらは……」（○○老師，這位是……）。也就是說，要先對長上說話，先向他們提供情報。

　　其次，說出與被介紹者有關的知識，也是增進雙方交流的竅門。若是被介紹者是知名人物，或聽過其傳聞的人物，用中文就會說「久仰久仰」吧。這句話用日文說就是「ご高名はかねがね（伺っております）」（久仰大名）和「お噂はかねがね（伺っております）」（久仰大名）。

　　見到自己兒子的老師時，父母一般會對老師說：「息子がいつもお世話になっております」（小犬一直承蒙關照）而見到師母的時候則會說：「先生にはいつもお世話になっております」（一直承蒙老師的關照）是「息子<u>が</u>」和「先生<u>には</u>」喔！可別弄錯助詞喔！

　　雖是題外話，但這句「お世話になっております」寒暄，在商業會話中可是非常重要的。商人打電話給有生意往來的公司的時候，會先說「もしもし、○○会社さんですか。」（喂，請問是○○公司嗎？）（對方的公司名也會加上敬稱「さん」），在確認對方的公司之後，接著寒暄「お世話になっております」（承蒙關照）和「お世話様でございます」（承蒙關照）等話。縱使沒有受到關照，也會照說。台灣和美國好像沒有這個習慣，但在日本是一種商業禮儀，所以請多加留意。

日本語

10. 別れる時の挨拶（1）さようなら

　初級日本語では、「再見」を「さようなら」と習いますね。しかし、日本のドラマなどを見てください。恋人同士がデートをして別れる時に、「さようなら」と言っているでしょうか。また、会社がひけた時、社員同士が「さようなら」と言い合って帰るでしょうか。

　実は、「さようなら」は恋人同士や夫婦が別れる時とか、葬式で死んだ人に対して言う別れの挨拶なのです。つまり、もう会うことがない人に対して言う言葉なのです。「さようなら」は「再見」どころか、本当は「不再見」なのです。

　会社がひけた時、社員同士は「お疲れ様でした」と言って別れるでしょう。上司に対しては「失礼します」、部下に対しては「お疲れさん」でしょう。友達同士や恋人同士が別れる時は「じゃ、また」とか「じゃ、また明日」とか「バイバイ」とか、軽い挨拶になるでしょう。夜だったら「お休み」「お休みなさい」でしょう。

　でも、学校では授業が終わって帰る時、先生も学生も「さようなら」と言うじゃないか、とお思いでしょう。いや、実は、学校だけは別なのです。「さようなら」と言うともう永久に会えないような気がして寂しくなるから言わないのですが、しかし学校という場所はよほどのことがない限り、毎日必ず相手に会える場所です。（一種の「聖域」です。）ですから、みんな安心して「さようなら」と言うのです。でも、これは学校の中だけです。学生が個人的に先生のお宅を訪問して帰る時は、やはり「失礼します」と言いましょう。

寒暄 37

10. 離別時的寒暄（1）再見

　　在初級日語，會學到「再見」就是「さようなら」。但是，請看日本的連續劇等。戀人們約會完分別時，會說「さようなら」嗎？還有，公司下班時，職員們會互道「さようなら」回家嗎？

　　實際上，「さようなら」是戀人或夫婦分手，或是在喪禮對過世的人說的道別寒暄。也就是說，是對不會再相見的人所說的話語。「さようなら」豈是「再見」，根本是「不再見」。

　　公司下班時，公司職員們應該會說「お疲れ様でした」（辛苦了）道別吧。對上司應該說「失礼します」（告辭了），對下屬則說「お疲れさん」（辛苦了）吧。朋友間與戀人間道別時，應該說「じゃ、また」（那麼，再會）或「じゃ、また明日」（那麼，明天見）或「バイバイ」（掰掰）等簡單的寒暄吧。若在夜晚，應該說「お休み」（晚安）或「お休みなさい」（晚安）吧。

　　不過，你應該有想到，在學校上完課回家時，老師和學生不是都互道「さようなら」嗎？是啊，確實只有學校例外。雖然因為一旦說出「さようなら」，就讓人感覺永遠無法再相會而淒涼，故不說「さようなら」，但是學校這樣的場所，只要沒什麼特殊理由，應該就是每天必能見到對方的場所。（學校算是一種「聖所」。）因此，大家可以安心（在學校）互道「さようなら」。但是，這只限在學校裡。要是學生個人訪問老師家要回家時，仍然要說「失礼します」（告辭了）。

10. 別れる時の挨拶（1）さようなら

　では、どうして「さようなら」は永遠の別れの時に言うようになったのでしょうか。

　「さようなら」の語源は、古語の「左様ならば、お別れしましょう。（それならば、別れましょう）」から来ています。また、古い言葉で「さらば」というのもありますが、これも「さあらば、お別れしましょう。（そうであれば、別れましょう）」から来ています。

　現代の若い人がよく使う「じゃあね」というのも、実はここに語源があります。「それならば」→「それでは」→「それじゃ」→「じゃ」→「じゃあね」と音韻変化した結果です。それに「また」がくっついて「じゃ、また」となると「それでは、また会いましょう」という意味になって、永遠の別れでなく次回に会うことを期待する表現になり、正真正銘の「再見」の翻訳になりますね。別れの悲しさ、寂しさの表現を避けて、再会の期待と喜びの表現に変えてしまった若い人の感性は脱帽ものですね。

　なお、ある学校では、別れる時に「さようなら」を使わず、出会った時も別れる時も「ごきげんよう」と言う学校があります。これは「祝你心情愉快！」というような意味かと思われますが、「おはよう」も「こんにちは」も「こんばんは」も一つの言葉で済ますことができるのは、韓国語の「アニョハセヨ」に似ていますね。しかし、「こんにちは」も「さようなら」も同じ言葉というのは、いつでも会えることを前提としている学校ならではの挨拶でしょう。この言葉は宮中で発生したようです。それ故、皇族の通う学習院などで使われるのでしょう。

寒暄 38

10. 離別時的寒暄（1）再見

那麼，為何「さようなら」會成為在永別時說的話呢？

「さようなら」的語源來自古語的「左様ならば、お別れしましょう。（それならば、別れましょう）」（那樣的話，就分別吧）。還有，有個較舊的用詞是「さらば」（再見），此話也是來自「さあらば、お別れしましょう。（そうであれば、別れましょう）」（那樣的話，就分別吧）。

現代年輕人經常使用的「じゃあね」（再見），其實也源自於此。它是「それならば」→「それでは」→「それじゃ」→「じゃ」→「じゃあね」這樣音韻變化的結果。而且，「また」若隨附其後，成為「じゃ、また」，就變成具有「それでは、また会いましょう」（那麼，再相會）的意思，不是永別，而是表達期待下次再相見，真正適合翻譯為「再見」的意思。避免表達離別時所呈現的悲傷與淒涼，將它轉變成了表現出「再相會」的期待與喜樂，年輕人的那種感性真讓人佩服啊。

另外，有些學校在分別時不說「さようなら」，而是相見時和分別時一概說「ごきげんよう」（祝你健康；祝你快樂）。這句話應當是「祝你心情愉快！」的意思，和韓國話的「アニョハセヨ（你好）」相似，因為它一句話就可以把「おはよう」（早安）、「こんにちは」（午安；你好）和「こんばんは」（晚安）全搞定。只是，「こんにちは」和「さようなら」都用同一句話搞定，這是以時常見得到面為前提的學校才能用的問候語吧。這句話好像出自於宮廷內。因此才用在皇族所就讀的學習院等學校吧。

日本語

10. 別れる時の挨拶（2）別れのバリエーション

　実は、別れる時の挨拶ほど多様なものはありません。それは、別れの挨拶とは、別れる以前の会話の内容や対人関係の総括になるからです。

　すでに述べたように、会社がひけて社員が帰る時には、お互いに「お疲れさまでした」と言いますが、これは日中の仕事の疲れをお互いにねぎらう気持があります。上司に対して「失礼します」ですが、おもしろいことに、上司の部屋に入る時も「失礼します」ですね。部屋に入る時の「失礼します」は「打擾」の意味で相手の領分に入ることに対する詫びになり、別れる時の「失礼します」は「失陪」の意味でせっかく入れてもらった相手の領分から外れることに対する詫びになるのでしょうね。

　病気の人のお見舞いをして帰る時、また怪我、風邪などで体の調子の悪い人に会って別れる時は、もちろん「お大事に」「お大事になさってください」です。もし病人のところにお見舞いに行って帰り際に「さようなら」などと言ったら、相手は悲観して自殺してしまうかもしれませんね。

　病気ではないけれど、相手が何か大きな課題にチャレンジしている時、例えば相手が試験の準備をしている時は、「頑張ってね」「頑張ってくださいね」でしょう。しかし、相手も自分も同じ課題に直面している場合は、「頑張ろうね」「頑張りましょうね」です。

　人に何かをお願いして別れる時は、「じゃ、よろしくお願いします」でしょう。ビジネス会話では、人と会う時は必ず人に対して何らかの形で働きかける目論見があるわけですから、「じゃ、そういうことで。」などと言って話を切り上げます。何が「そういうこと」なのかわかりませんが、商談の結論が出て、その結論に従って行動しましょう、という相互確認なのかもしれませんね。

寒暄 39

10. 離別時的寒暄（2）不同的道別方式

　　實際上，道別時的寒暄話是最多樣的。那是因為道別的寒暄，乃是總結道別之前的會話內容以及人際關係。

　　正如先前所述，公司員工從公司下班回家時會互道「お疲れさまでした」（辛苦了），這句話懷有互相慰勞白天工作疲憊的心情。對上司的寒暄是「失礼します」（告辭了），只是有趣的是，進入上司的辦公室時也要說「失礼します」（打擾了）吧。進入房間、辦公室時的「失礼します」是「打擾」的意思，是針對進入對方的領域一事致歉，而告別時的「失礼します」則是「失陪」的意思，可以算是對於難得蒙准進入對方的領域卻要離開一事致歉吧。

　　探望完病人要回家的時候，還有和受傷、感冒等身體欠安的人相見後告別的時候，當然是說「お大事に」（保重）或「お大事になさってください」（請多保重）。倘若去病人那裡探望完要回家時說「さようなら」等訣別的話，說不定病人會因此悲觀自殺吧。

　　當對方正在挑戰疾病以外的極大難關，例如當對方正準備考試的時候，會說「頑張ってね」（加油喔）或「頑張ってくださいね」（請加油喔）吧。不過，當對方和自己都面對同樣的挑戰時，則是使用「頑張ろうね」（一起加油吧）或「頑張りましょうね」（一起加油吧）。

　　向人拜託某事後道別時，會說「じゃ、よろしくお願いします」（那就麻煩你了）吧。在商務會話中，和人見面時必定是企圖以某種形式推動對方行動，因此會說「じゃ、そういうことで。」（那就這樣吧。）作結。雖然不知道「そういうこと」（就這樣）到底是哪樣，但總之是彼此確認商談有了結論，就按照那個結論去行動吧。

第10部

挨拶

10. 別れる時の挨拶（2）別れのバリエーション

　前に述べたように、学校で授業が終わった時、先生は「皆さん、さようなら。」と言い、学生は「先生、ありがとうございました。」と言います。これは、授業の時間中、学生が先生から恩恵を蒙った、ということを示しています。授業というのは学生が教師から恩恵を蒙ることであり、教師は学生との出会いを楽しむものだ、という思想が表れていますね。「ありがとうございます」でなく、「ありがとうございました」と過去形でするのは、この会見が終わったというサインなのです。また、人に何かご馳走になった時には「どうも、ご馳走様でした」と言って別れましょう。

　前に、謝礼と謝罪は裏腹の関係にある、と書きました。感謝の別れが「ありがとうございました」ならば、悪いことをして謝罪した時の別れは、やはり「どうもすみませんでした。」でしょう。この際、感謝でも謝罪でも「ありがとうございました。」「すみませんでした。」と、過去形を使うのがミソです。別れの時に「すみません」と言って別れるなら、何だか逃げるような印象を与えます。「……でした」のタは、過去のほかに完了を表します。悪い事態の謝罪が済んで、この場の会見の締め括りを与える意味もあるのです。

　ですから、人の家を訪問して帰る時も「お邪魔しました」です。「お邪魔します」はこれから人の家に入る時、「お邪魔しています」はもう家の中に座っている時に家人に会った時、「お邪魔しました」は帰る時、というわけです。もちろん、「○○さんによろしく」とか「ごめんください」などの挨拶も言いましょう。

寒暄 40

10. 離別時的寒暄（2）不同的道別方式

　　就如前面所述，在學校上完課時，老師會說「皆さん、さようなら。」（各位同學，再見。）學生則說「先生、ありがとうございました。」（老師，謝謝您了。）這是表示學生在上課中從老師那裡蒙受恩惠。這是在表達上課是學生從老師那裡蒙受恩惠，而老師樂於與學生相見的思想。不是說「ありがとうございます」（謝謝您），而是說過去式「ありがとうございました」（謝謝您了），這是本次見面結束了的信號。還有，享用完人家的招待時，要說「どうも、ご馳走様でした」（我吃飽了，感謝您的款待）吧。

　　先前，提過致謝與致歉是一體兩面的。若說感謝的道別是「ありがとうございました」（謝謝您了），那麼行壞事而致歉時的道別就是「どうもすみませんでした」（實在是抱歉了）吧。在這種情況下，不管感謝或致歉都要使用過去式，如「ありがとうございました。」或「すみませんでした。」分別時若說「すみません」來告別，總有給人一種要逃避的印象。「……でした」中的「た」除了是過去式，也是表達完成。隱含著對自己所行的惡事、錯事已道歉完畢，總結這次見面的意思。

　　因此，訪問別人家後要離開時也是說「お邪魔しました」（打擾您了）。換句話說，「お邪魔します」（不好意思打擾了）是正要進入家時候，「お邪魔しています」（打擾了）是已經在家中坐定時見到其家人所說，而「お邪魔しました」（打擾您了）則是打道回府的時候。當然，道別時也說聲「〇〇さんによろしく」（請向〇〇さん問好）或「ごめんください」（告辭了）等寒暄吧。

第10部

挨拶

363

日本語

10. 別れる時の挨拶（2）別れのバリエーション

　以上、別れの挨拶には3種あることにお気づきですか？

　一つ目は、二人の関係を未来につなげる挨拶です。友人同士の「じゃ、またね」、何か依頼した場合の「よろしくお願いします」、学校での「さようなら」、相手を励ます「頑張ってね」、互いに鼓舞し合う「頑張ろうね」などがそうですね。夜の挨拶「お休みなさい」も、よく寝て明日また元気に顔を合わせましょう、という意味では未来につなげる挨拶と言えそうです。

　二つ目は、その場の会見の総括です。職場での「お疲れ様でした」、目上に対する「失礼します」、相手から恩を受けた時の「ありがとうございました」「ご馳走様でした」、相手に迷惑をかけた時の「どうもすみませんでした」、相手の家を訪問した時の「お邪魔しました」、病人に対する「お大事に」などがそれですね。

　三つ目は、訣別の挨拶です。「さようなら」が代表的ですが、これはどうもお葬式で死者に対する挨拶の時にしか聞かれないようです。自然の摂理で間を分かたれてしまった悲しい挨拶ですね。或いは、自分たちの意志で「もう会わない」と決めている離婚する夫婦などが言うようですが、彼らからは「さようなら」のほかに「元気でね」とか「体に気をつけて」など、相手を思いやる言葉も聞かれます。引っ越していく人などには、やはり「お元気で」「体に気をつけて」「お世話になりました」など、相手の未来を思いやる言葉をかけましょう。

　また、娘が嫁に行くということは戸籍を抜くということですから、昔は「お前はもうこの家の人でなくなるのだから、実家に帰ってきてはいけない」と親に言い含められて嫁入りしたものです。その際、嫁に行く娘は両親に対して「お世話になりました」と挨拶するのが恒例でした。これは、別れの挨拶と言うより両親と一緒に暮らした時間の総括ということで、二番目の「会見の総括」に当たるでしょうね。

寒暄 41

10. 離別時的寒暄（**2**）不同的道別方式

　　各位注意到以上道別的寒暄有 3 種類型嗎？

　　第一種，是把兩人的關係聯結至未來的寒暄。例如，朋友間的「じゃ、またね」（那麼，再見了）、有事請託人時的「よろしくお願いします」（拜託您了）、在學校的「さようなら」（再見）、鼓勵對方的「頑張ってね」（加油喔）、彼此鼓勵的「頑張ろうね」（一起加油吧）等。夜晚時的寒暄語「お休みなさい」（晚安），也含有「祝您一夜有好眠，明日活力相見」的意思，故也可算是聯結至未來的寒暄話語。

　　第二種，是總結該場會面。在職場對同事說「お疲れ様でした」（辛苦了）、對長上說「失礼します」（告辭了）、從對方接受恩惠時說「ありがとうございました」（謝謝您了）或「ご馳走様でした」（我吃飽了，感謝您的款待）、麻煩了對方時說「どうもすみませんでした」（實在是抱歉了）、造訪了對方家裡後說「お邪魔しました」（打擾您了）、對病人說「お大事に」（保重）等，都屬於這類。

　　第三種，是訣別時的寒暄。「さようなら」最具代表性，但這句話好像只在喪禮對死者致意時才會聽到。這個悲慟致意是因為大自然法則所造成的訣別。或者，離婚夫妻等由雙方自已的意志，下決心「不再相見」時所說，只是從他們口中除了「さようなら」之外，也會聽到「元気でね」（要多保重啊）或「体に気をつけて」（身體多保重）等關心對方的話語。對於搬走的人也會說「お元気で」（請多保重）、「体に気をつけて」（身體要多保重）或「お世話になりました」（承蒙關照了）等關心對方將來的話語吧。

　　此外，女孩出嫁的時候，因為等於戶籍遷出，因此往昔女子出嫁時，就會被父母諄諄囑咐「お前はもうこの家の人でなくなるのだから、実家に帰ってきてはいけない」（因為妳已經變成不是這個家的人了，因此不能再回娘家）。此時，要出嫁的女孩通常會對父母致意「お世話になりました」（承蒙您們的關照了）。此話與其說是告別時的寒暄，不如說是總結與父母一道生活過的時光，因此算作第二種「總結會面」的道別寒暄吧。

11. 挨拶、こんな使い方もある！

さて、挨拶言葉を使った軽妙な意思表示をご紹介しましょう。

（1）日本の大学と違って、台湾の大学では朝8時10分から授業が始まります。教師も辛いけど、若い体の学生はもっと辛いでしょう。それで、朝の授業では遅刻する学生が多いのです。学生の管理が厳しい私立大学では遅刻3回を欠席1回として成績から差し引くという大学もありますが、私の所属した国立大学では遅刻・欠席した学生の処分はすべて教師に任されていました。遅刻した学生をたしなめる時、怒って叱りつける教師もいれば、遅刻した学生に課題を課す教師もいたし、何も言わないで見過ごす教師もいました。私は、遅刻してきた学生に「お早うございません」と言っていました。これは一種のイヤミですが、これを言うと教室中が爆笑するし、当人も遅刻したことに対する慙愧の念を持たされて、雰囲気が悪くならずにすみます。

（2）授業中、学生に質問して学生が間違った答えを言った時、叱りつける教師もいれば、他の学生に質問する教師もいたし、自分で正解を言う教師もいました。私は、学生の答えが間違っている時は「さようなら」と言って別の学生に質問しました。

（3）もちろん、欠席が多い学生がたまに授業に来た時は、「ご無沙汰しています」とか「久しぶりですね」です。欠席の多い学生には罰として納豆を食べさせたこともありましたが、近年は納豆が好物の学生もいて大喜びで食べたりするので、この罰は早々にやめました。

寒暄 42

中文

11. 寒暄，也有這樣的用法耶！

現在，我要介紹如何使用寒暄話語，幽默地表達主張。

（1）台灣的大學和日本的不同，從早上 8 時 10 分就開始上課。雖然教師也很辛苦，但年輕的學子更辛苦吧。因此，早上授課遲到的學生很多，有些嚴格管理學生的私立大學，會把遲到 3 次當成缺席 1 次來扣成績，但在我所屬的國立大學，則把對學生遲到及缺席的處分交由老師全權處理。因此，面對學生遲到的時候，有的老師發怒斥責，也有老師出一些作業給遲到的學生，也有老師一聲不吭、視而不見。我呢，則對遲到的學生說「お早うございません」（「お早うございます」的否定→已經不早了）。這是一句挖苦的話，但此話一出，登時教室裡哄堂大笑，當事人對遲到感到慚愧，氣氛也不會尷尬。

（2）上課中，問學生問題而學生答錯的時候，有些老師會出言斥責；也有老師會轉問其他學生；也有老師會自己說出正確答案。我呢，在學生答錯的時候會說「さようなら」（再見），然後詢問其他的學生。

（3）當然，經常缺席的學生偶爾來上課的時候，我會說「ご無沙汰しています」（久疏問候）或「久しぶりですね」（好久不見了）。雖然也曾處罰經常缺席的學生吃納豆，但因為近年來也有學生愛吃納豆，吃得很開心，因此這種懲罰早就束之高閣了。

11. 挨拶、こんな使い方もある！

（4）以前、私はある学会の理事をしていました。その学会である問題が起こって、私たち理事は討論していました。その時、理事でないある教授が口をはさんできていろいろな意見を言いました。本人はアドバイスをしているつもりだったようですが、実はその内容が我々の討論していることとはまったく関係のない見当違いの長説教で、それをとうとうと続けるので私たちは大いに迷惑しました。私が切れそうになった時、私たちの理事の一人が「はい、ありがとうございました。」と言いました。前述のように、過去形を使った「ありがとうございました」という挨拶は別れを暗示します。私が「あなたの話、聞きたくない。もうやめてください。」と言うところを、その理事は「ありがとうございました」で片づけてしまったのです。お見事！

（5）私の大学に、大変学問がある教授なのですが、学生のちょっとのミスも許さず激しく叱りつける先生がいました。学生が遅刻でもしようものなら、何時間でも罵り続けるのです。学生はみんな、その先生を怖がっていました。ある時、その先生がアルバイトの学生（工読生）を募集して、その先生のことをよく知らない一人の新入生が工読生になりました。その学生が先輩たちのところに来て、「私、今度○○先生の工読生になります。」と嬉々として言った時、先輩たちはびっくりし、何と言っていいかわかりませんでした。と、その時、一人の先輩が「お大事に。」と言ったので、そのアルバイトの学生は青くなりました。周囲の先輩たちは爆笑しましたが。

　このように、相手にとってマイナスの情報を与えなければならないという気まずい場面でも、簡単な挨拶言葉で軽妙に切り抜けることができます。むろん、挨拶言葉の深い意味を知っていなければできることではありませんが。

　しかし、使い方を間違えるととんでもないことになります。以前、ある学生から「悩みがあるのでしばらく休学したい」という旨の電話をもらい、「お世話になりました」と言われたので私はびっくりし、この学生はもしかして自殺するんじゃないかと心配になって彼に真意を確かめたことがありました。結果は、彼は単に「お世話になりました」という挨拶が永の別れを意味することを知らず、感謝の意を示すだけだと思っていたようなので、ほっとしました。使い方を間違えるとヤバいことになるので、ご注意。

寒暄 43

中文

11. 寒暄，也有這樣的用法耶！

（4）以前我曾擔任過某學會的理事。那個學會有次出了問題，我們理事都在討論時。此時，突然有一位不是理事的教授插嘴，提了許多意見。他本人似乎是想提供建議，但實際上說出的內容，卻是和我們正在討論的事情完全無關的長篇說教，因為他持續說個不停，我們都很困擾。當我理智線正要斷裂的時候，其中一位理事出言說「はい、ありがとうございました。」（是的，謝謝您了。）如前所述，使用過去式的「ありがとうございました」這樣的寒暄暗示道別。那位理事用「ありがとうございました」來處理掉「我不想聽你的話，請別再說了吧。」真是高招！

（5）在我的大學裡，有很多學問了得的教授，但也有學生犯了點小過失就嚴厲斥責、不予原諒的老師。學生要是敢遲到，他就不停罵好幾小時，因此學生個個都很怕那位老師。有一次，那位老師在招募工讀生，就有一位不甚瞭解那位老師的新生做了他的工讀生。那位學生來到學長姐們那裡，興高采烈地說「我接下來要當○○老師的工讀生了。」學長姐們都很訝異，不知道要說什麼才好。就在那時，一位學長／姐說了「お大事に」（請多保重），霎時那位打工的學生嚇得臉色發青，周圍的學長姐們都爆笑起來。

像這樣子，即使是必須提供負面資訊給對方的尷尬場面，只要使用簡單的寒暄話語就能巧妙化解。當然，若是不知道寒暄話語的真意，就無法派上用場了。

但是，若弄錯使用方法就大事不妙了。以前，有位學生打電話給我，主要是說「因為有些煩惱，想要暫時休學」，加上因為聽到他說「お世話になりました」（承蒙您的關照了），我嚇了一大跳，擔心這位學生莫非要自殺不成，向他確認了真正的意思。結果他只是不知道「お世話になりました」這樣的寒暄有永別的意思，以為單純是表達謝意，我才終於放心了。一旦弄錯使用方法就可能造成不好的後果，因此請多留意。

日本語

12. 訪問時の挨拶

　年末年始は人の家を訪問することが多いですね。人の家を訪問した時は、挨拶の連続です。これを機会に、訪問の挨拶を整理してみたいと思います。

① 訪問宅のベルを押す　客　　「ごめんください。○○です。」

　　　　　　　　　　　ホスト「はい。」

② ドアが開く　　　　　客　　「こんにちは。」「ご無沙汰していました。」

　　　　　　　　　　　ホスト「いらっしゃい。」「ようこそ。」

　　　　　　　　　　　　　　「お待ちしていました。」

③ 家の中に入る　　　　ホスト「どうぞ、お入りください。」

　　　　　　　　　　　　　　「どうぞ、お上がりください。（日本式住宅の場合）」

　　　　　　　　　　　客　　「失礼します。」「お邪魔します。」

④ 部屋に案内する　　　ホスト「どうぞ、こちらへ。」

　　　　　　　　　　　客　　「失礼します。」「お邪魔します。」

⑤ 部屋に座る　　　　　ホスト「どうぞ、おかけください。（椅子の場合）」

　　　　　　　　　　　　　　「どうぞ、お座りください。（畳の場合）」

　　　　　　　　　　　客　　「あ、どうも。」「はい、では失礼します。」

⑥ お土産を渡す　　　　客　　「あの、これ、つまらないものですが。」

　　　　　　　　　　　　　　「これ、皆さんでどうぞ。」

　　　　　　　　　　　ホスト「まあ、すみませんねえ。」

　　　　　　　　　　　　　　「気を遣わないでくださいよ。」

⑦ お茶を出す　　　　　ホスト「お茶をどうぞ。」「粗茶ですが。」

　　　　　　　　　　　　　　「どうぞ、ごゆっくり。」

　　　　　　　　　　　客　　「あ、どうぞおかまいなく。」

　　　　　　　　　　　　　　「ありがとうございます。いただきます。」

寒暄 44

12. 訪問時的寒暄

　　歲末年初經常需要拜訪人家呢。拜訪人家的時候，就得不斷連續寒暄。因此我想藉此機會，試著整理出拜訪時的寒暄話語。

①按下拜訪對象家　客人「ごめんください。○○です。」
　的門鈴　　　　　　　（不好意思；打擾了。我是○○。）
　　　　　　　　　主人「はい。」（來了。）

②門打開　　　　　客人「こんにちは。」（您好。）
　　　　　　　　　　　「ご無沙汰していました。」（久疏問候。）
　　　　　　　　　主人「いらっしゃい。」（您來啦。）
　　　　　　　　　　　「ようこそ。」（歡迎光臨。）
　　　　　　　　　　　「お待ちしていました。」（我一直在恭候您。）

③進入別人家時　　主人「どうぞ、お入りください。」（請進。）
　　　　　　　　　　　「どうぞ、お上がりください。（日本式住宅の場合）」
　　　　　　　　　　　（請上來。（日本式住宅的話））
　　　　　　　　　客人「失礼します。」（失禮打擾了。）
　　　　　　　　　　　「お邪魔します。」（打擾了。）

④引領至屋內　　　主人「どうぞ、こちらへ。」（請往這邊。）
　　　　　　　　　客人「失礼します。」（抱歉，打擾了。）
　　　　　　　　　　　「お邪魔します。」（不好意思，打擾了。）

⑤在屋內坐下　　　主人「どうぞ、おかけください。（椅子の場合）」
　　　　　　　　　　　（請坐。（椅子的話））
　　　　　　　　　　　「どうぞ、お座りください。（畳の場合）」
　　　　　　　　　　　（請坐下。（榻榻米的話））
　　　　　　　　　客人「あ、どうも。」（啊，多謝了。）
　　　　　　　　　　　「はい、では失礼します。」（好，那就不好意思了。）

⑥送禮品時　　　　客人「あの、これ、つまらないものですが。」
　　　　　　　　　　　（啊，這個，一點小東西不成敬意。）
　　　　　　　　　　　「これ、皆さんでどうぞ。」（這個，請大家一起享用。）
　　　　　　　　　主人「まあ、すみませんねえ。」（哎呀，真不好意思呀。）
　　　　　　　　　　　「気を遣わないでくださいよ。」（請別那麼客氣啦！）

⑦端茶敬客時　　　主人「お茶をどうぞ。」（請喝茶。）
　　　　　　　　　　　「粗茶ですが。」（算不上什麼好茶，請用。）
　　　　　　　　　　　「どうぞ、ごゆっくり。」（請慢用。）
　　　　　　　　　客人「あ、どうぞおかまいなく。」（啊，請別張羅。）
　　　　　　　　　　　「ありがとうございます。いただきます。」
　　　　　　　　　　　（謝謝您。我現在享用啦。）

日本語

⑧ 客を待たせる　　ホスト「もう少しお待ちください。」「主人はすぐ参ります。」
　　　　　　　　　客　　「どうぞ、お気遣いなく。」

⑨ 主人が来る　　　ホスト「やあ、いらっしゃい。」
　　　　　　　　　客　　「あ、お邪魔しています。」

⑩ 客にご馳走する　ホスト「どうぞ、ご遠慮なく召し上がってください。」
　　　　　　　　　　　　「何もありませんが、どうぞ。」
　　　　　　　　　客　　「じゃ、遠慮なくいただきます。」

⑪ 食事中　　　　　ホスト「もう少し、いかがですか。」
　　　　　　　　　客　　「ありがとうございます。」
　　　　　　　　　　　　「いえ、もう充分いただきました。」

⑫ 食べ終わる　　　客　　「ごちそうさまでした。」「とてもおいしかったです。」
　　　　　　　　　ホスト「お粗末でした。」「お口に合いましたか。」

⑬ 客が帰る　　　　客　　「そろそろ失礼します。」
　　　　　　　　　ホスト「まだいいじゃありませんか。」
　　　　　　　　　客　　「では、これで失礼します。」
　　　　　　　　　　　　「今日はとても楽しかったです。」
　　　　　　　　　ホスト「何もおかまいしませんで。」
　　　　　　　　　　　　「またおいでくださいね。」
　　　　　　　　　客　　「ありがとうございます。」
　　　　　　　　　　　　「拙宅の方にもぜひおいでください。」

⑭ 玄関で　　　　　客　　「今日はどうもごちそうさまでした。」
　　　　　　　　　　　　「○○さんによろしくお伝えください。」
　　　　　　　　　ホスト「○○さんによろしくおっしゃってください。」
　　　　　　　　　　　　「またいらしてくださいね。」

⑮ 別れる　　　　　客　　「ごめんください。」「じゃ、これで失礼します。」
　　　　　　　　　ホスト「お気をつけて。」「気をつけてお帰りください。」
　　　　　　　　　　　　（客の姿が見えなくなってからドアを閉める）

　以上が基本的な訪問の挨拶です。もちろん、随所でお辞儀をすることを忘れないでくださいね。

寒暄 45

中文

⑧讓客人等待時　主人「もう少しお待ちください。」（請再等一會兒。）
　　　　　　　　　　　「主人はすぐ参ります。」（我先生馬上就來。）
　　　　　　　　　客人「どうぞ、お気遣いなく。」（請慢來別顧慮。）
⑨男主人出來時　主人「やあ、いらっしゃい。」（嗨，歡迎你。）
　　　　　　　　　客人「あ、お邪魔しています。」（喔，打擾啦。）
⑩請客人吃飯時　主人「どうぞ、ご遠慮なく召し上がってください。」
　　　　　　　　　　　（請別客氣，盡情享用。）
　　　　　　　　　　　「何もありませんが、どうぞ。」（粗茶淡飯，請享用。）
　　　　　　　　　客人「じゃ、遠慮なくいただきます。」（那我就不客氣了。）
⑪在用餐時　　　主人「もう少し、いかがですか。」（再來點如何？）
　　　　　　　　　客人「ありがとうございます。」（謝謝您。）
　　　　　　　　　　　「いえ、もう充分いただきました。」（不，已經很飽了。）
⑫用餐結束時　　客人「ごちそうさまでした。」（謝謝您的招待。）
　　　　　　　　　　　「とてもおいしかったです。」（好吃極了。）
　　　　　　　　　主人「お粗末でした。」（怠慢您了。）
　　　　　　　　　　　「お口に合いましたか。」（合您的口味嗎？）
⑬客人要回去時　客人「そろそろ失礼します。」（我該回去了。）
　　　　　　　　　主人「まだいいじゃありませんか。」（時間不是還早嗎？）
　　　　　　　　　客人「では、これで失礼します。」（那麼，就此告辭了。）
　　　　　　　　　　　「今日はとても楽しかったです。」（今天過得很愉快。）
　　　　　　　　　主人「何もおかまいしませんで。」（怠慢您了。）
　　　　　　　　　　　「またおいでくださいね。」（歡迎再來。）
　　　　　　　　　客人「ありがとうございます。」（謝謝您。）
　　　　　　　　　　　「拙宅の方にもぜひおいでください。」
　　　　　　　　　　　（也請您務必光臨寒舍。）
⑭在玄關時　　　客人「今日はどうもごちそうさまでした。」
　　　　　　　　　　　（今天謝謝您的款待了。）
　　　　　　　　　　　「○○さんによろしくお伝えください。」
　　　　　　　　　　　（請替我向○○さん問好。）
　　　　　　　　　主人「○○さんによろしくおっしゃってください。」
　　　　　　　　　　　（請替我向○○さん問好。）
　　　　　　　　　　　「またいらしてくださいね。」（歡迎再來喔。）
⑮告辭時　　　　客人「ごめんください。」（不好意思，告辭了。）
　　　　　　　　　　　「じゃ、これで失礼します。」（那麼，我就此告辭了。）
　　　　　　　　　主人「お気をつけて。」（路上請小心。）
　　　　　　　　　　　「気をつけてお帰りください。」（回家路上請小心。）
　　　　　　　　　　　（直到看不見客人身影才關上門）
以上是拜訪時的基本寒暄用語。當然，也請不要忘了要隨處行禮。

第10部

挨拶

國家圖書館出版品預行編目資料

妙子先生の日本語ミニ講座 II / 吉田妙子著；
許玉穎譯
-- 初版 -- 臺北市：瑞蘭國際, 2020.06
376面；19×26公分 --（日語學習系列；50）
ISBN：978-957-9138-82-6（平裝）
1.日語 2.讀本

803.18   109006107

日語學習系列 50

妙子先生の日本語ミニ講座 II
ハとガ、モダリティ、助詞、挨拶

作者｜吉田妙子
譯者｜許玉穎
責任編輯｜葉仲芸、王愿琦
校對｜吉田妙子、許玉穎、葉仲芸、王愿琦

封面設計、版型設計、內文排版｜陳如琪

瑞蘭國際出版

董事長｜張暖彗 · 社長兼總編輯｜王愿琦
編輯部
副總編輯｜葉仲芸 · 副主編｜潘治婷 · 文字編輯｜鄧元婷
美術編輯｜陳如琪
業務部
副理｜楊米琪 · 組長｜林湲淘 · 專員｜張毓庭

出版社｜瑞蘭國際有限公司 · 地址｜台北市大安區安和路一段 104 號 7 樓之一
電話｜(02)2700-4625 · 傳真｜(02)2700-4622 · 訂購專線｜(02)2700-4625
劃撥帳號｜19914152 瑞蘭國際有限公司
瑞蘭國際網路書城｜www.genki-japan.com.tw

法律顧問｜海灣國際法律事務所　呂錦峯律師

總經銷｜聯合發行股份有限公司 · 電話｜(02)2917-8022、2917-8042
傳真｜(02)2915-6275、2915-7212 · 印刷｜科億印刷股份有限公司
出版日期｜2020 年 06 月初版 1 刷 · 定價｜450 元 · ISBN｜978-957-9138-82-6

瑞蘭國際